KB196902

사유와
감성의
뜨락

삶과 예술이 만나는 에세이

문화란 수필집

문화란 수필집

사유와 감성의 뜨락

인쇄 2025년 1 월 5 일
발행 2025년 1 월 9 일

지 은 이 | 문화란

펴 낸 곳 | 도서출판 우인북스
등록번호 | 385-2008-00019
등록일자 | 2008. 7. 13
주　　소 | 안양시 동안구 시민대로 272, 1305호
전　　화 | 031-384-9552
팩　　스 | 031-385-9552
E-mail | bb2jj@hanmail.net

ISBN : 979-11-86563-38-0 03810
값 17,000 원

간의 갈피에 조금씩 풀어낸 한 장의 소묘라고 할 수 있다. 다만 글감의 종류에 따라 문체를 달리하거나, 일상과 문화예술 전반을 글감으로 삼은 점은 이 책이 지닌 개성이라 하겠다. 이는 수필이 지닌 포용성을 확장해 본 것이자 또한 이 시대의 주된 정신이 융합이라는 점에 유념한 결과이다.

누군가가 곁에 있음으로써 내가 완성된다고 한다. 그럼에도 외로움이 호흡처럼 자연스럽다는 건 완성이란 단어를 말하기가 어렵다는 말과 같을 것이다.

바닷가 백사장에서 모래알을 줍듯 무심히, 그러나 진솔함을 담아 글을 썼다. 부족한 그대로 이 책을 조심스레 내보인다.

2024. 12.

기쁨이 머문 집에서 문화란

|차례

V. 행복하려면

I. 필명筆名 리포트

풍경

　잠결에 아슴푸레 소리가 들린다. 무엇인지 분간이 되지 않는 시간이 짧게 흐른다. 몇 초 후에 깨닫는 것은 어젯밤 달콤하게 깊은 잠으로 빨려 들었던 내가 잠에서 깨어나 사물을 인식하고 있다는 사실이다.

　오늘도 그 소리가 들려온다. 하루도 빠짐없이 이 시간쯤에 시계추처럼 정확하게 들려오는 소리다. 그가 서재에서 영어 공부하는 소리는 관저의 여러 방들을 지나 내 귀에까지 날아온다. 때로는 낭랑하게 때로는 외마디처럼 거친 목소리로. 그가 심심하면 고함치듯 내지르는 소리다. 그럴 땐 문간방에서 잠든 요리사가 잠을 설칠까 봐 조심스럽다. 밤잠을 설치면 그녀는 낮시간에 헤매기 일쑤이기 때문이다.

　이곳에 부임한 후로 언어는 우리에게 떨어진 발등의 불이었다. 그것이 외교행사 참여와 각종 업무수행의 필수도구였기 때문이다.

부임하자마자 쌍십절(10. 10) 행사에 초대되어 총통부에 도착했다. 각국의 대사 부부가 귀빈실에 모여 서로 인사를 하고 총통 부부와 악수를 나누는 의식이 진행되었다. 그때 나는 바벨탑을 쌓은 인간에게 하늘이 벌로 내린 언어의 혼돈이 무엇인지를 뼛속 깊이 실감하였다. 웃으며 대화를 나누는 사람들 속에서 나는 외로운 이방인이었다. 그들의 대화는 단순한 음향일 뿐으로 귀를 스쳐 갔고, 나는 아스라한 꿈 속에서 붕붕 떠다니는 듯했다.

특임 대사로 임명된 이상 언어를 익히는 일이 급선무였다. 그는 역대 대사 중에서 중국어에 가장 능통한 사람이다. 그럼에도 또한 전문적인 언어를 익히느라 영어와 함께 중국어도 매일 공부하는 중이다. 나 역시 매일 사범대학 언어중심(어학원)과 영어학원에 다니며 중국어와 영어를 익히는 중이다. 늦은 나이에 무엇을 시작하는 건 쉬운 일이 아니지만 암기를 위주로 하는 언어 공부는 더욱 만만치 않았다. 직업 외교관이 아닌 이상 우리가 이곳 생활을 즐겁게 하다 돌아간들 누구도 나무랄 사람이 없는데, 왜 굳이 고생을 자초하는가 묻는 사람들이 많았다. 그러나 나는 일을 좋아하지는 않지만 적어도 숙제는 잘하는 사람이다. 명색이 박사로서 단지 즐겁게만 지내다 가는 건 자존심이 허락하지 않았다. 나는 박사 학위를 받던 시절을 떠올리며 외교관 박사 학위를 하나 더 딴다는 심정으로 주어진 임무에 최선을 다하려 하였다.

그는 수면 패턴이 바뀌어서 불만이다. 어중간한 시간에 잠이 깨면 다시 잘 수가 없어 그만 일어나고 만다. TV를 보며 저절로 눈꺼풀이 내려오기를 청해 보지만 잠이란 놈은 더 멀리 달아날 뿐이다. 그 시간에 영어 공부를 하다 다시 잠이 들면 그만 늦잠에 빠져들곤 한다. 그의 나이테가 노년기의 생채리듬 모드로 전환을 끝낸 것이다. 그 징후가 마치 초대받지 못한 손님처럼 어색한 모습으로 찾아왔으니 어쩌랴! 맞이할 수밖에. 다행인 것은 그는 그 문제에 대해 크게 갈등하지 않고 현실을 인정한다는 점이다. 시간이 가는데 대해 노심초사하는 나는 그런 그의 모습에서 묘한 안도감을 느낀다.

부창부수라 했던가. 늦게 자고 늦게 일어나던 생활패턴이 바뀌어 나도 덩달아 일찍 눈을 뜬다. 밤과 새벽이 교차하는 어렴풋한 어둠 속에서 몸의 감각을 점검한다. 새날이 시작되는 순도 높은 고요의 시간, 그 적막 가운데 짧고도 온전한 생의 열락悅樂이 찾아온다. 찰나에 스러지고 마는 이 몇 초의 감각을 붙잡으려 집중한다. 딸깍 딸깍 초침과 함께 비정하게 내빼는 시간의 속성 때문이다. 지구가 참 빠르게 돈다는 걸 실감한다.

여름철이 되면 아침이 더 일찍 찾아온다. 실눈을 뜨고 창밖을 보면 어둠 속에 초록색 아고라 가든 건물이 우뚝 서 있다. 내 창 앞 키 큰 나무에 찾아온 첫 생명의 소리가 귓가에 닿는다. 지지구

재지구! 작고 귀여운 새는 밝은 음색을 지녔다. 새벽을 물고 온 첫 새가 낭랑하게 노래하면 나의 오늘이 덩달아 희망으로 채워진다. 일어나야지 하면서도 이불을 끌어당겨 다시 베개에 얼굴을 묻는 이 시간이 감미롭다. 따스함을 떨치기 싫어 떼를 쓰다 보면 하늘이 자꾸만 밝아 온다. 야속하게도 태양의 신 아폴론은 혈기 왕성한 청년인지라 사람의 감성엔 아랑곳하지 않고 오늘도 태양의 수레바퀴를 힘차게 허공으로 밀어 올린다.

이곳에 부임한 때가 10월 초였다. 이후 매일같이 창밖에서 내 방을 기웃거리는 키 큰 나무를 보았다. 이름도 모르는 그 나무는 수액만으로 5층 창 높이까지 올라오느라 오랜 시간이 걸렸을 것이다. 나는 이곳 연둣빛 수목들을 보며 그들이 참 행운아라고 생각하였다. 상하常夏의 나라니 신산한 조락의 통증을 모른 채 늘 싱싱한 모습으로 생명의 기쁨을 구가할 것이라 여겼다. 그런데 이 나라에도 계절에 따라 피고 지는 순환의 규칙이 엄연하였다. 내 창밖 나무는 사계절 기후에서나 있을 법한 활엽수들의 생리를 고스란히 보여주었다. 가을에 잎을 떨군 채 앙상한 골격만으로 동면의 시간을 보내는 그 인고의 숙명 말이다. 그는, 이국 생활 3년 동안 나의 향수를 달래주려고 내 나라 산천초목의 순환의 리듬을 고스란히 재현해 준 것일까.

나목으로 겨울을 보낸 그가 2월이 되자 마른 가지에 참새 혀처럼 작은 새잎들을 조랑조랑 매달았다. 땅속 깊이 내린 뿌리로 힘겹게 수액을 빨아올려 그만의 봄의 제전을 준비한 것이다.

　오늘 아침 창밖 나뭇가지에 작은 흰머리 새 한 쌍이 날아왔다. 머리엔 산뜻한 흰 모자를 쓰고 몸엔 회색과 검은색의 말쑥한 깃털 정장을 차려입었다. 모자를 좋아하는 나를 위해 멋진 모자까지 장착했나 싶다. 그의 높고 낭랑한 음색이 무척이나 매혹적이다. 마치 콜로라투라 창법으로 모차르트의 '밤의 여왕'을 노래하는 소프라노처럼.

　봄을 깨우는 미물들이 왜 이리 사랑스러운가. 광대한 우주에서 누군가가 나를 본다면 나 역시 한낱 미물일 터이다. 그러니 나도 새처럼 사랑스럽게 나의 봄을 노래해 볼까나.

얼음 마사지

타이베이 거리에 갑자기 비가 내린다. 무겁게 드리웠던 먹구름이 빗줄기가 되어 흐른다. 얼른 가로수 아래로 들어가 후드득후드득 떨어지는 빗소리를 듣는다. 순간 깊은 내면에서 무언가가 솟구쳐 올라온다. 회한인지 그리움인지 정체를 알 수 없는 감정이 스쳐 간다. 무엇일까. 어디선가 스멀스멀 다가오는 아린 감정의 파편은….

어머니는 돈이 조금 쥐어지자 밝은 웃음을 띠고 우리를 바라보셨다. 자식들은 '이때다' 하고 달려들어 앞다퉈 필요한 것을 말한다. 하나가 돈을 타서 웃으며 나간다. 다른 하나가 용도를 말하고 또 타서 나간다. 너도나도 가뭄에 단비를 만난 듯 참아왔던 요구를 말하자 어머니 손에 들린 쥐꼬리만 한 돈이 순식간에 없어지고 만다. 빈손임에도 요구가 계속되자 어머니는 결국 한숨을 쉬며 고개를 돌린다.

지금 낯선 이국땅 가로수 길에서 왜 갑자기 어머니 생각이 난 걸까. 갑자기 묵직한 것이 올라와 눈물이 된 까닭이 무엇일까. 빗줄기 너머로 낮게 드리운 회색 하늘을 올려다본다. 무엇이 먼 옛날의 기억을 되짚어 회한을 몰고 온 것일까.

경축식과 연회에 참석하는 일이 많아 하이힐을 신다 보니 발가락에 통증이 생겼다. 누군가가 알려 준 얼음 마사지를 해 보니 그런대로 차도가 있다. 아픈 곳이 웬만해져 마음을 놓으려는데 웬걸, 이젠 전에 아프지 않던 다른 곳이 새삼 고개를 내민다. 처음엔 발바닥 움푹 들어간 곳이 아파서 얼음찜질을 했지만 언제부턴가 발가락부터 발등 부위까지 통증이 있어 찜질 범위를 넓혔다. 오늘 아침엔 난데없이 엄지발가락도 동참하겠다고 나선다. 통증도 우선순위를 정해 나오는 것인가. 다른 곳이 웬만해지자 살며시 고개를 내미는 엄지발가락이 마치 누군가를 닮은 듯하여 마음을 시리게 한다.

둘은 용호상박의 형국으로 으르렁대던 사이다. 하나는 고집이 세서 지지 않으려 했고, 2살 위인 다른 하나는 언니 값을 찾으려고 안간힘을 썼다. 늘 일촉즉발의 팽팽한 긴장감이 감돈 탓에 어머니의 애로가 크셨다.

나는 고지식한 사람이다. 학교에서 등록금이나 보충 학습비를 내라고 하면 정해진 날짜에 꼭 가져가야만 했다. 자존심이 강하여 독촉당하는 일을 참을 수가 없었기 때문이다. 등록금은 삼 개월에 한 번씩 4분기로 냈다. 나는 이번 분기의 첫 달에 등록금을 내면 자연히 다음 분기에도 첫 달에 내게 될 것이라는 야무진 생각을 해냈다. 한 번 부모님을 괴롭히면 다음부터는 자동적으로 학교생활이 안정될 것이니 묘안이라 여겼다. 순환 구조를 바꾼 내 결정으로 그 피해가 언니에게로 갔다. 부모님의 어려움을 헤아려 말을 꺼내지 못한 언니는 학교의 독촉을 감수할 수밖에 없었다. 등록금과 보충비를 마지막 달에 낼 경우 교실 칠판 한쪽을 장식한 미납자 명단에 이름을 올리게 된다. 나는 이왕 돈을 내면서 이름 적히는 수모를 당하는 것은 돈의 가치를 살리지 못한 어리석은 일이라고 스스로 합리화하였다. 그녀의 본성이 착하여 차마 말하지 못하는 걸 알면서도 애써 그것을 무능함으로 간주하였다.

교장 선생님께서는 우리 자매를 잘 아셨다. 그분은 엄격함과 자상함을 갖춘 존경받는 분이셨다. 언니는 여중에 들어가자 바로 시와 그림에 출중함을 드러냈다. 일 학년에 입학한 나는 삼 학년 복도에 그녀의 시가 액자로 걸린 것을 보고 부러움과 경외감을 동시에 느꼈다. 그녀의 시에 미술 선생님의 삽화가 곁들여진 액자는 매우 고풍스러운 느낌을 주었다. 미술반에 들어오라는 권유는 재롯값이 버거워 포기했지만, 그녀의 문학성만은 계속 발휘되었고 여고에 와서는 더욱 빛을 발했다. 그녀가 신라의 향가인 〈제망매가〉를 소재로 쓴 소설이 인근 대학교 소설 공모전에 당선되었다. 심사를 담당한 교수님은 어린 문학도를 격려하려는 차원이라 할지라도 아주 오래 기억될 만큼 좋은 평을 해주셨다. 창의적인 모티브와 유려한 문체, 그리고 풍부한 상상력을 장점으로 칭찬해주셨다. 문예부장이던 그녀가 대외 활동으로 시, 소설 분야 문예상을 수상할 때마다 자신은 물론 학교의 명예를 드높였기 때문에 교장 선생님께선 당연히 그녀를 잘 아실 수밖에 없었다.

나는 초등학교 5학년 때부터 아버지의 지도로 서예가 일중 김충현 선생의 한글서예를 익혔다. 시작한 지 겨우 한 달쯤 되었을까, 인근 교육대학교 주최의 서예대회에 나가서 최우수상을 받았다. 서예를 존중했던 당시의 분위기에서 나의 수상은 자랑거리가 되었다. 이후 나의 호불호와는 무관하게 서예가 나의 길인 양 계속할 것을 종용받았다. 여중·여고 때에도 매번 학교 대표로 대회에 나가 학교의 바람대로 최고의 상을 받아 날랐다. 교장선생님은 상장을 수여할 때마다 우리 자매를 보셨으므로 당연히 기억하실 수밖에 없었다.

그 시절엔 등록금을 내지 못하면 교장실로 불려 가기도 하였다. 교장선생님은 불려 온 언니를 가만히 바라보곤 조심스럽게 물으셨단다.

"네가 집에서 부모님 말씀을 잘 안 들었니? 동생은 등록금을 일찍 내는데 너는 왜 아직까지 내지 않았니?"

9남매의 교육에 허리가 휘신 부모님 사정을 모르신지라 교장 선생님께선 그녀가 등록금을 늦게 내는 걸 의아해하셨다. 단지 그녀가 말을 듣지 않아 훈육 차 돈을 늦게 받은 것이라 생각하신 것이다. 아니면 어려운 시절인지라 그녀의 자존심을 살려주고자 그처럼 넌지시 말씀하신 것일지도 모른다. 나의 이기심으로 선수를 뺏긴 그녀는 인내하고 감수할 수밖에 없었다.

오늘 아침 엄지발가락이 '나도 아프다' 고 고개를 내민 순간 문득 그녀의 모습이 겹쳐서 떠올랐다. 그때의 미안함이 늘 내 안에 잠재되어 있었던가 보다.

비 오는 타이베이 거리에서 회한이 나를 붙잡았다. 그러나 행복하려면 이제 생각의 방향을 바꾸고 기억을 재설정해야 한다. 그때를 오히려 꿈 많고 풋풋한 희망으로 가득 찼던 시절로 바꿔야만 한다. 돌아보면 호구지책도 어려운 빈곤의 시절에 부모님의 교육열 덕분에 고등교육을 받은 것만도 행운이지 않은가 말이다.

에필로그

　그녀는 이십 대에 문학에 더욱 전념하여 그 당시 작가 등용문인《현대문학》에 소설로 등단하였다. 이후 신학을 공부하고 목회자의 아내로 미국에 가서 지친 영혼들을 위로하는 귀한 사역을 담당하였다. 그동안에도 한인신문에 매주 시를 게재하고 또한 시집도 출간하여 미국 한인들의 외로운 마음에 위로를 건네며 문학의 가락을 잊지 않았다. 또한 베푸는 것을 좋아하는 그녀의 선한 본성이 여러 가지의 선한 열매로 알알이 영글었다.

통장

그는 퇴근하면 양복 주머니에서 이것저것 꺼내어 탁상 위에 올려놓는 습관이 있다. 하루 일과가 끝났다는 것을 보여주듯 늘 반복되는 퍼포먼스이다. 내가 건성으로 보아 넘긴 까닭은 그것이 손수건, 차 열쇠, 동전 등 대수롭지 않은 물건들이기 때문이다.

출근을 준비하는 그의 옆에서 거들다 보니 탁상 위의 물건 중에 대만 돈 100엔이 눈에 띈다. 100엔은 이곳에서 최소 단위 지폐이다. 순간 100엔이란 돈이 난데없이 아주 생소한 느낌으로 다가온다.

'저렇게 적은 돈을 주머니에 넣고 다녔나?'

돈이라는 물상에 생각이 미치자 그것이 저절로 날개를 단다. 어쩌다 어머니를 떠올리게 된 것일까를 생각하며 창가로 걸음을 옮긴다. 어머니는 평생 돈 한번 풍족하게 써 보지 못하고 살다 가셨다. 삶이 본래 불완전한 것이라 해도 자식을 많이 둔 그녀의 삶은 더욱 부족하고 불완전하였다.

5층에서 내려다본 정원은 남국의 무성한 풍요를 자랑하는 중이다. 이곳 타이베이의 한국대사관 관저는 정원이 특히 아름답다. 조경의 목적이 한 공간 안에서의 동물과 식물의 알맞은 조화를 의도했던 듯하다. 중앙에는 남국의 식물인 소철나무가 부챗살 같은 유연한 잎줄기와 육중한 몸체로 존재감을 드러내며 한 켜씩 자라서 올라온다. 정원에 서 있는 갖가지 수종의 나무들이 크고 작고 짙고 옅은 색깔로 자연스러운 음영을 만들어 낸다. 바람이 불면 그들은 큰 바람결엔 큰 춤을, 작은 바람결엔 작은 춤을 추어 보이지 않는 허공의 흐름을 보이는 형상으로 반추해 낸다. 다른 한편에서 색색깔의 잉어들이 높고 낮은 물길을 따라 한가로이 유영을 한다. 지상의 연못에서 지하 2층 연못에까지 좁고 긴 수로를 상하로 연결해 놓은 덕분에 비단잉어들은 하루에도 몇 번씩 위아래로 순례를 다닌다. 붉고 노랗고 하얀 무늬의 비단잉어 행렬이 무리 지어 오르락내리락하는 모습이 호화롭기 그지없다. 여느 때 같으면 나는 준수하게 잘 생긴 소철나무와 비단잉어의 유영遊泳에 미소 지었을 것이다. 그런데 어머니 생각에 잠시 멍해 있던 내 시선에 난데없이 흰나비 한 마리가 팔랑팔랑 날아오르는 모습이 잡힌다. 작고 여린 몸을 허공에 맡겨 오 층 내 창 앞까지 올라온다.

　'어머니의 영혼이 나의 슬픔을 위로하러 오셨나…'

　문득 나비의 움직임과 이제는 볼 수 없는 어머니의 모습이 겹

처진다. 생각의 갈피를 헤치고 들여다보니 그 해 봄이 거기에 놓여 있다.

어머니의 오랜 병고에 나도 지쳐 갈 무렵이었다. 봄 산에 녹엽이 차오르고 진달래 철쭉꽃이 산을 붉게 물들이던 사월에 어머니는 우리 곁을 떠나셨다. 삼우제를 마치고 어머니의 유품을 정리하다 말고 나는 울컥하였다. 어머니의 손때가 묻은, 하얀 공작새가 수 놓인 자개장롱 안에서 통장 하나가 발견되었다. 거기엔 단 한 번의 입금, 그리고 잔액 10만 원이라 찍혀 있었다. 75세를 살고 간 한 사람의 흔적, 그 누구보다 고단한 삶을 살았던 여인이 세상에 남긴 흔적으로서 그건 너무 초라한 것 아닌가. 그때의 비통했던 심정이 무언가에 촉발될 때마다 습관처럼 조용한 슬픔을 불러오는 것이다. 빈손으로 왔다 빈손으로 가는 것이 인생이라는 말로는 별다른 위로가 되지 못한다.

어머니의 삶은 일제 강점기와 6.25 전쟁, 그리고 폐허가 된 나라의 가난을 온몸으로 겪어 낸 시간이었다. 그러니 갈피갈피 질곡의 사연들이 오죽이나 많았으랴! 나라가 가난했던 탓인지, 타고난 분복이 그뿐이었던지 어머니에겐 평생 돈이 따라 주지 않았다. 그런데 그처럼 부족한 삶에서도 어머니는 원망이나 불평 대신 환하게 웃으며 말씀하셨다. "돈이 조금만 더 있으면 좋겠다." 그리고는 마치 바라지 못할 것을 바라서 자식의 마음을 아프게 한 건 아닌지 싶어 미안한 표정으로 조용히 웃으셨다.

자녀의 양육과 교육에 전력투구하시며 가난한 살림을 꾸리던 어머니는 이른 나이에 병을 얻으셨다. 요즘 말로 하면 스트레스가 너무 심하셨던 것이다. 그런데도 어머니는 고통을 내색하거나 우울해하지 않으셨고 낙천성과 강인함으로 스스로를 갈무리하셨다. 모든 순간을 아끼고 흐르는 물처럼 주어진 생에 순응하시는 모습에서 나는 늘 산비탈에 우뚝 선 거목을 보는 것만 같았다.

세상에 완전한 것은 없다고 한다. 모순으로 가득 찬 세상에서 후회 없는 삶이란 애초부터 가당키나 한 말인가. 어머니는 희로애락을 넘어 마치 "산다는 것 자체가 아름다움이야"라고 말하는 것처럼 생을 사랑하셨다.

오늘 남편의 지폐 한 장에서 촉발된 어머니의 통장에 대한 회상이 당시의 비통했던 심정을 소환해 왔지만 그것은 어쩌면 내 감정의 사치에 불과한 것인지도 모른다. 단돈 십만 원을 예금할 때의 어머니 마음은 돈이 아닌 생의 의지를 심었던 것이 아닐까 싶은 것이다. 육체의 에너지가 잦아들던 시기에 어머니가 예금을 했다면, 그것은 세상에 드리웠던 인연의 끈들을 한 번 더 팽팽하게 잡아당긴 흔적이라 보아야 할 것이다.

나는 어머니의 유품으로 검정 티셔츠 하나를 간직하고 있다. 검은색 바탕에 목 주변에 여러 줄 반원으로 금빛 구슬을 촘촘히 달아놓은 옷이다. 그 티셔츠를 안에 받쳐 입고 하얀 정장 투피스를 입으신 어머니의 멋진 모습이 아직도 눈에 선하다. 하얀 투피스 정장과 윤이 나는 검은색 에나멜 구두는 어머니가 애용하시던 패션 스타일이다. 햇빛이 눈부시게 빛나는 아스팔트 길을 하얀 정장을 차려입고 정갈한 양산을 받쳐든 어머니가 또각또각 걸어가신다.

작은 것에 만족하시던 어머니의 낙천성과 생에 대한 깊은 열정을 나는 오늘 진한 그리움으로 추억한다.

동지 팥죽

 동짓날이다. 일 년 중 해가 가장 낮게 뜨는 날이다. 싸늘한 공기에 해가 뜬 낮에도 응달에는 얼음이 엉겨 있다. 절기음식인 동지 팥죽을 먹지 않고 지나칠 수 없어 집을 나선다. 주문이 밀려 2시간을 기다리라니 제법 대목 분위기가 난다. 음식 천국인 요즘 세상에도 동짓날 팥죽 먹는 전통을 잊지 않은 사람들이 아직 많은가 싶어 반갑다. 마침내 죽을 찾아와 열어 보니 이런, 새알이 고작 다섯 개! 상당한 양의 팥죽그릇엔 태반이 퍼진 쌀알이다. 팥죽이라 하니 팥죽인 죽그릇에서 한 수저를 떠 맛을 본다. 어릴 적 팥죽 맛을 기억하는 혀끝은 팥에서 절로 우러난 단맛을 거의 느끼지 못한다.
 어린 시절 어머니가 끓여 주신 팥죽은 짙은 자주색의 걸쭉한 국물에 찹쌀로 빚은 새알 옹심이 가득한 옹골진 팥죽이었다. 그 달착지근한 팥물과 새알의 쫀득한 식감이 어울렸으니 그 시절엔 아마도 천상의 맛이었으리라. 포만한 저녁을 마치면 남은 죽을 넓은 함지박에 퍼담아 장항아리들이 줄지어 선 장독대로 내간다. 겨울밤의 냉기에 차갑게 식은 죽의 표면엔 살얼음이 살짝 얼힌다. 그리하여 팥죽의 식감은 더욱 쫄깃해지고 맛은 농밀해진다. 밤이 이슥해지면 누구랄 것도 없이 앞서거니 뒤서거니 서둘러 장독대로 나가 백자 사발에 죽을 퍼서 돌아온다. 살얼음 어린 차가운 팥죽에 길게 자른 동치미 무와 새콤하게 익은 파 줄기를 곁들여 먹는 일은 동짓날 밤에만 누리는 호사였다. 아랫목이 쩔쩔 끓어 장판종이가 검게 그을던 초가집 안방에선 밤 깊도록 도란도란 대화가 익어갔다. 세상의 기쁨이 다 모인 듯 행복했던 그 시절의 기억이 어딘가에 고이 간직되어 때마다 아련한 그리움으로 소환되곤 한다.

사람은 예부터 해와 달을 기준 삼아 살아왔다. 태양을 중심으로 한 24 절기 중에 동지는 해가 다시 고도를 높이는 시작점이니 태양의 부활제라 부른다. 예전엔 새 해를 정할 때 태양의 운행에서 전환점인 동지를 설날로 삼거나, 계절의 시작인 입춘이 든 달의 첫날을 설날로 삼았다. 민간에선 동짓날에 선조의 사당에 제사를 지내고 팥죽을 쑤어 역귀를 내쫓았다. 나라에선 환구단에서 종묘와 사직에 제사하고 관측대에 올라 구름의 모양을 살피는 의식을 진행하였다.

학문을 지극히 사랑했던 정조대왕은 대신들에게 과제 내주기를 좋아했다. 어느 동짓날 왕은 '동지'를 시제로 삼아 시를 짓도록 분부하였다. 시제는 당나라 시인 두보의 '소지小至'라는 시에서 '섣달 문턱에서 언덕에 버들눈 피는 풍경을 기다리네'라는 구절이었다. 으뜸상은 당시 초계문신으로 박학다재하여 정조의 사랑을 듬뿍 받았던 다산 정약용이 차지하였다. 그 시 가운데 두 구절을 소개하면 다음과 같다.

삼동의 쌓인 눈이 핍박하건 말건(從他積雪三冬逼)
희미하게 불어오는 양의 기운은 막을 수 없지(不禁微陽一氣噓).

다산의 시는 엄혹한 겨울 추위가 암만 기승을 부려도 동짓날 양의 기운이 돌아오는 형세를 막을 수는 없다는 내용이다.

동짓날부터 한 걸음씩 다가오는 봄기운을 막을 수 없는 것이 바로 우주의 섭리다. 그러기에 시인 두보는 동지섣달 언덕의 메마른 가지를 보면서 이미 버드나무 새싹 돋는 봄날을 기다린다고 읊은 것이다.

동서양을 막론하고 신은 천지만물을 주관하는 존재로 부각된다. 서양의 신이 전능의 인격신임에 비해, 동양의 유가가 보는 신은 우주만물에 작용하는 변화자재의 성능이다. 우주가 운행하는 이치는 끝없이 자라났다 사라지며 순환하는 일이다. 변화의 두 주역이 바로 음과 양이다. 음양은 각기 극점에 이르면 전환을 시작한다. 하짓날은 양이 극점에 이른 날이자 음이 시작되는 날이며, 동짓날은 음이 극점에 이른 날이자 양이 시작되는 날이다. 동지는 주역周易의 괘로는 복괘復卦이니 양이 새롭게 '돌아온다'는 뜻이다. 그것은 영원히 순환하는 천지의 마음을 상징한다.

한학을 공부하던 젊은 시절 대유大儒이신 홍찬유 선생께서 들려주신 이야기이다.

옛 선비들은 음과 양이 교차한다는 하짓날과 동짓날에 대해 큰 호기심을 가졌다. 특히 동짓날에 양이 하나 돌아온다는 말이 과연 사실인지에 의문을 품었다. 천기를 엿보려는 선비들은 동짓날이 되기 며칠 전부터 목욕 재계하고 심신을 가다듬는다. 마침내 동짓날이 되면 땅을 파고 갈대 줄기를 잘라 땅 속에 세운다. 가늘고 텅 빈 갈대 속에 볏짚을 태워 가루로 만든 재를 채워 넣고 행운을 경험하려 경건하게 기다린다. 운이 좋으면, 태양이 정오에 도달하는 순간 놀랍게도 갈대 속에 들어있던 재가 '호로록' 공중으로 솟아오르는 광경을 목격한단다. 동짓날 음이 양으로 교체되는 순간의 우주의 신비가 바로 눈앞에서 펼쳐진 것이다. 이 이야기를 들은 후 나는 이 광대한 우주에서 일어나는 오묘한 현상에 경탄을 금치 못했던 기억이 아직까지 생생하다.

문명이 아무리 발전해도 사람은 자연과 더불어 살아갈 수밖에 없다. 사람이 살아왔고 또 살아갈 이 우주는 변화를 본질로 하는 세계이자 생명을 꽃피워 내는 신묘한 능력을 갖춘 공간이다. 음양은 생명 창출의 두 주역으로 모순과 대립 가운데서도 또한 서로를 북돋우는 불가분의 관계다. 만물 가운데 중추적 존재인 인간의 남녀는 당연히 생명 창출의 두 주역이다. 남녀가 대립과 모순 가운데 서로 존중하고 북돋우며 사는 일이 바로 우주 자연의 존재 원리에 부합하는 일이다.

우주의 어느 곳에 있든 우리는 행복을 꿈꾸며 살아간다. 동짓날은 한 살을 더 얹어 깊어진 눈으로 세상을 보며 다가올 봄날의 환희를 꿈꾸는 시간이다. 동지 팥죽의 붉은 색깔로 혹시 모를 액운을 날려 버리고, 가족이 둘러앉아 그 달콤하고 쫀득한 식감을 즐기는 일이야말로 내겐 진정 소소하지만 확실한 행복이다.

중용이란

거리를 걷는다. 정갈해 보이는 제과점 앞을 지나다가 팥빙수를 선전하는 포스터에 유혹된다. 제과점 안으로 들어가 좋아하는 팥빙수를 시킨 후 아담하고 정겨운 나무의자에 앉아 기다린다. 드디어 내 앞에 놓인 팥빙수는 다채롭게 얹힌 고명에 부드럽게 갈린 얼음으로 먹음직스럽게 보인다.

햇빛이 비쳐드는 창가에서 거리를 바라본다. 가벼운 민소매 차림의 젊은 아가씨가 팔랑팔랑 걸어가고, 남녀 학생들이 떠들썩하게 지나간다. 그 모습을 보며 빙수 위에 소복이 올라온 팥고명을 한 입 문다. 저쪽에서 아줌마 둘이 빵을 고르고 있다. 굵은 팔뚝과 구릿빛 피부에서 건강함이 묻어난다. 차라리 우람한 체격이라 할 그들은 복잡한 가정 일도 억척스럽게 해치우는 역전의 용사들 같다. 그 강인한 모습들을 보고 있자니 우스갯소리가 생각난다. 전철에서 자리를 잡기 위해선 몸보다 가방을 먼저 던진다는 한국의 아줌마들…. 그 생존력에 일말의 부러움이 앞선다.

다시 길거리로 나와 줄지어 늘어선 상점들을 들여다본다. 떡집이 있고 화장품 가게, 핸드폰 가게, 피자집이 있다. 유기농 가게에 들어가 도토리묵을 골라 들고 나온다. 길 건너편 아저씨는 리어카에 수박을 잔뜩 쌓아 놓고 손님을 기다린다. 시야에 들어오는 모든 것이 성하盛夏의 풍경이다. 파란 물빛 하늘 위로 뭉게구름 몇 점이 한가롭게 떠 있다. 언덕길을 올라 집에 막 다다랐다.

그런데 웬일인가? 갑자기 창밖이 어두워지며 수상한 소리가 들려온다. 먼 데서 낮고 무거운 천둥소리가 들리는가 싶더니 이젠 아주 가까운 곳에서 늑대처럼 무섭게 으르렁댄다. 이게 현실일까? 바로 몇 분 전 나는 빛나는 태양 빛을 가리려 양산을 펼쳐 들고 은행나무 가로수 언덕길을 올라왔는데….

소나기가 쏟아진다. 우르릉 쾅쾅 천지가 진동하자 세찬 빗발이 사정없이 지면을 강타한다. 사람들 소리와 자동차 소리가 빗소리에 섞이며 거리가 부산해진다. 창가에서 내려다보니 갑자기 만난 비에 사람들이 우왕좌왕 흩어진다. 밖으로 열린 창문이 허공에 걸려 세찬 비를 맞는다. 시선을 바깥 풍경에 고정시킨 채 여름 소나기를 즐긴다. 은행나무 가지가 빗물에 씻긴 정갈한 몸체로 우뚝 서 있다. 불과 몇 분 사이에 팥빙수로 더위를 식히던 여름과 천둥치고 장대비 내리는 여름이 강렬한 대비를 이룬다. 이것이 가능한 일인가 하는 의구심으로 하늘을 올려다보는 순간 다시 찢어지는 듯한 벼락과 함께 굵은 장대비를 쏟아붓는다. 경사진 넓은 도로가 삽시간에 물길로 변했다.

여름의 두 얼굴에서 천기의 오묘함을 실감한다. 어찌 천기만 그런가. 인생도 천기와 다를 바 없어 나 역시 웃다 우는 형국에 처해 있다. 행복과 불행은 종이 한 장 차이라는 말을 되새기는 중이다. 나락으로 떨어진 상황에서 나는 어떤 출구를 찾지 못하고 있다. 마음의 불균형이 육체의 불균형을 불러온 모양이다. 요즘 현기증과 저림 현상이 극한의 고통을 몰아온다. 며칠 동안 감지 못한 머리칼이 아우성인지라 사우나에 가려고 나선다. 외국생활에서 그리운 것 중 하나가 한국의 사우나에서 받는 서비스이다. 어지럽고 흔들리는 머리를 겨우 가누며 사우나에 들어선다. 언제 기우뚱 쓰러질지 몰라 조심스레 머리를 감는다. 세신의 순서를 기다리는 동안 용기를 내서 뜨거운 탕에도 잠시 들어가 본다.

그녀는 숙련된 솜씨로 질서 정연하게 임무를 수행한다. 몸의 방향을 바꿀 때마다 현기증이 올라온다. 나는 그녀에게 조용히 말한다. 현기증 때문에 천천히 움직여야 한다고. 그녀는 담뿍 인정 어린 말투로 대답한다.

"그러면 천천히 움직여야지요."

별 말이 아니었다. 그런데 그 한마디가 마력을 지닌 듯 나를 안심시켰다. 심신이 어린애처럼 약한 상태였던지라 그녀의 따뜻한 말에 눈물까지 핑 돈다. 때를 밀고 오일로 마사지를 한 후 뜨거운 수건으로 덮고서 지압을 해 준다. 그녀의 능숙한 손놀림이 일사불란하게 이어진다. 장자에 나오는 포정이 소를 해체하는 이야기가 떠오른다. 기교를 넘어 사물의 원리에 통달한 경지란 이런 것인가. 효율성과 편안함을 다 갖춘 손길에 감탄하여 나는 말했다. "당신의 터치가 알맞다. 너무 억세지도, 너무 약하지도 않다." 그녀는 프로만이 가질 수 있는 여유로운 미소를 띤다. 처음 손님의 다리에 물을 끼얹으며 스치듯 만져 본 것은 피부의 강도를 테스트한 것이란다. 내 피부가 유난히 약한 것을 알고서 그에 맞는 수건을 선택했단다. 숙련은 바로 손님에게 알맞은 수건을 선택하는 데서 드러난단다. 그녀의 노하우는 바로 상대에게 알맞게 하는 것이었다. 이른바 중용이란 것의 실체일 것이다. 그것은 허공을 맴돌다 사라지는 현학적인 입담이나 책의 활자로서 사장되고 마는 이론이 아니다. 그녀가 실천하는 생활 속 중용에 감화를 받은 나는 이 일을 3D 업종쯤으로 얕본 데 대해 미안한 마음이 들었다. 자신의 일에 정통하고 최선의 마음으로 손님을 대하는 모습이 참으로 귀하다. 그것이 바로 중용이고 인仁이 아니겠는가. 그녀는 중용과 인을 몸소 실천하는 사람임이 분명하다. 기쁜 마음으로 팁을 건네니 그녀는 다정한 표정으로 감사를 표한다. 중용이 설 곳은 일상이어야 하고, 인은 사람의 마음에 감동을 심어야 한다.

나는 무엇을 하든 정직했고 진실만을 추구했다고 자부했다. 그런데 그것만으로 부족하다고 말하는 듯 험로에서 헤매는 중이다. 뭉게구름 뜬 하늘에서 갑자기 천둥벼락이 내리칠 수 있음을 보았듯이 호락호락한 삶이란 정녕 없는 건가 보다. 내 삶을 지탱하려면 알맞게 사는 법을 터득해야 한다. 진실이 관계를 악화시킬 경우라면 선의의 거짓도 대안일 수 있겠다는 각성이 온다.

인생이란 공중 줄타기에서 진정 나를 지켜줄 중용이란 어떤 것일까.

필명筆名 리포트

내 필명인 문화란文和鸞은 어감이 부드러운 편이라 거부감이 들지는 않는 것 같다. 그런데 은연중 고전적인 느낌이 있어 이 시대 정서로는 조금 어색한 느낌을 받기도 하는 모양이다. 특이하다거나 편안하다거나 반응이 각각 다른 것은 그만큼 받아들이는 사람의 감각에 차이가 있기 때문일 것이다.

내 이름은 글월 文, 곧을 貞에 아들 子, 문정자文貞子이다. 아마도 일본식 이름 짓기의 여풍일 것이라는 의구심이 들기는 하나 나 자신은 공자, 맹자 등 성인의 학력을 따랐다는 외람된 농담으로 아버지의 작명을 변호해 본다. 그런데 이름이 사람의 성격을 좌우하는 것인지 하필이면 곧을 정貞이란 글자에 딱 부합하는 내 성격이 신기할 따름이다. 나는 무엇이건 바르고 곧고 정직해야만 하는 것으로 알고 그렇게 살아왔다.

나의 서예 스승인 일중 김충현 선생은 내 호를 지으실 때, 곧을 정貞과 어울리는 글자를 찾다가 사물 중에 소나무가 사철 푸르고 곧은 절개가 있다 하여 소나무 송松을 뽑으셨다. 다음으로 송자와 어울리는 글자를 찾다가 동산 원園이 뽑혀 결국 '소나무 동산'이란 뜻의 송원松園으로 호가 정해졌다. 이름의 곧을 정이나 호의 소나무 송자가 모두 곧은 절개를 상징하는 글자인지라 결국 이름과 호에서 모두 정직, 지조, 절개로 무장한 셈이 되었다. 그런데 세상살이는 곧을 정과 촌수가 멀다는데 문제가 있었다. 무슨 일에든 늦깎이인 나는 이제야 세상이 이해타산으로 돌아가는 것임을 각성하게 되었다. 세상에 태어난 이상 그 사회에 적응해서 살아가는 것이 마땅한 일일 것이나 그렇지 못한 나의 곧은 성격이 인생살이를 고달프게 만들었다. 원칙과 정직을 신념으로 시비를 가리다 보니 주변과 원활한 관계를 만드는 것이 매우 어렵다. 정직한 성품은 오히려 모나고 융통성 없으며 까다롭다는 핀잔만 받게 된다. 사람이란 본래 약한 존재인지라 대인관계가 삐걱거리면 자괴감에 빠져들기 마련이다.

인생 후반기에 어쩌다 수필 쓰기를 시작하였다. 등단하려면 필명이 필요할 것 같았다. 이왕이면 편한 어감의 이름을 지어 세상을 유연하게 살아보자는 생각이 들었다.

이강렬 박사는 박사 과정에서 만나 동문수학한 벗이다. 그는 전통적 학문의 내용인 문사철文史哲을 오랜 시간 수학하여 이미 통달의 경지에 이르렀으며 더욱이 작시에도 또한 특별한 소양을 보여 수려하고 격조 있는 한시들을 많이 선보였다. 경전 중에서는 특히 《주역》을 애독하고 섭렵한 후 그 정신을 전파하는데 주력하고 있다. 한마디로 그는 학문의 생활화를 적극적으로 실천하는 학자라고 할 수 있다.

필명을 청하는 나의 부탁에 여러 날을 심사숙고한 그가 마침내 '화란和鸞' 이란 이름을 보내왔다.

'화란和鸞' 은 《시경詩經》의 "화란옹옹和鸞雕雕 만복유동萬福攸同" 구절에서 차용한 이름이다. 곧 '부딪히는 방울소리 화락하니 만복이 모여들리라' 라는 뜻이다. 그러므로 밝은 어감에 비하면 그 의미가 만만치 않게 깊은 편이다.

난鸞은 '난새' 와 '방울' 의 두 가지 뜻을 지닌다. 난을 '난새' 로 풀면 신령한 새의 이름인 봉황의 일종이다. 털은 청황적백흑靑黃赤白黑 오색을 갖추고, 소리는 궁상각치우宮商角徵羽 오음에 맞는다. 난을 '방울' 로 풀면 천자가 타는 마차의 말에 매단 방울을 의미한다.

다음은 이 박사가 나의 필명을 지은 과정을 설명한 글이다.

"달포 전, 박사 과정에서 동문수학했던 문송원文松園이 칠순에 가까워지는 나이에 본격적인 문학활동을 펼치기 위해 필명筆名을 나에

게 부탁하기로, '화란和鸞'이라 이름하였습니다. '화란'은《詩經》·
〈소아小雅·요소蓼蕭〉의 화란옹옹和鸞雝雝에서 나온 말로, '만백성
을 화락하게 하는 천자天子의 말방울'을 뜻합니다. '화和'는 수레 앞
에 가로 댄 나무, 곧 식軾에 다는 방울이고, '난鸞'은 말의 멍에나 재
갈에 다는 방울입니다. 이는 마부가 말을 몰아 달릴 때 달리는 정도
를 조절하여 말과 수레의 균형과 조화를 이루는 기능을 한다고 합
니다. 그러니까 '화란'이란 천자보다 앞서서 세상을 조화롭게 이끌
어가는 상징물인 셈이지요. 문정자 님의 성씨인 문文과 결합하면 문
화란文和鸞이 되는데 이는 문화계에 이름을 드러내라는 문화란文化鸞
의 음차音借를 염두에 둔 말입니다. 과연 필명의 의미대로 되었던지
며칠 전 우리나라 이름 있는 수필잡지인《현대수필》에 등단이 결
정되었다는 연락이 왔습니다. 그래서 당나라 시인인 가도賈島의 시
상을 빌려 축하의 졸작시 하나 올립니다. 작품이 내년 2월《현대수
필》, 봄호에 등재될 예정이라 아직 내용을 읽어보진 못했지만 무척
기다려집니다. 결코 저의 기대를 저버리진 않을 것입니다.”

문화란 님의《현대수필》등단을 축하하며
祝文和鸞登壇現代隨筆

반백 년 동안 한 자루 칼을 갈아왔으나,
반백마일검 半百磨一劍,

서릿발 같은 칼날은 아직 써보지 못했네.
상인미상시 霜刃未嘗試,

이제 한 번 글발을 날리자 세상이 놀라니,
금일명경인 今一鳴驚人

시대를 이끄는 문단의 여왕은 바로 당신이구려!
문화란사자 文和鸞斯子:

　나는 이 박사의 이 과분한 축하 시에 부응할 만한 재목은 결코 아니다. 다만 마음을 둔 곳에 길이 만들어진다는 말이 있듯이, 단 한 편이라도 수필의 본령에 부응하는 글을 쓰고 싶다는 바람만은 품고 있다. 그러므로 내 글이 누군가에게 작은 공감이라도 불러일으킬 수 있다면 정녕 그것만으로 충분하다.

　이 박사는 나의 문학이 일취월장하기를 바라는 뜻에서 고심 끝에 매우 깊은 뜻이 담긴 필명을 지어주었다. 거기에 당唐나라 시인 가도의 시상을 빌려 품격과 운치가 깃든 축하 시까지 지어 화룡점정을 더해 주었다. 그 정성에 보답하는 뜻에서 그의 글을 지면에 실어 등단의 기쁨을 함께 나눈다. 이후 내 글솜씨의 유무와는 별개로 벗의 여망에 부응해야 할 책임이 있음을 마음에 깊이 새겨야 할 듯하다.

돌가루가 성가셔

아침에 눈을 뜬다. 천천히 고개를 조금씩 좌우로 돌려 본다. 어느 쪽으로 고개를 고정시킬지 망설인다. 왼쪽으로 일어나야 할지 오른쪽으로 일어나야 할지 아니면 정면으로 일어나야 할지를….

매일 아침 고민하는 이유가 있다. 방향을 잘못 선택하면 일어나는 순간 천장이 빙글빙글 돌고 울렁거림이 동반되기 때문이다. 잘못된 선택은 하루 종일 불안정한 컨디션으로 지내야만 하는 불상사를 초래한다.

오늘은 좌우 모두 조짐이 좋지 않아 엎드린 상태로 일어나 보기로 한다. 서서히 고개를 들어 한참 동안 앞을 겨눠보다 각도를 고정시킨 채 천천히 일어난다. 고개를 좌우 맘대로 돌리지 못하니 팔자에 없는 로봇 신세다. 요즘 아침마다 반복되는 과정이다. 가장 심할 때 병원에 가야만 정확하게 진단할 수 있다 해서 미뤄왔지만 아무래도 오늘은 병원에 가야 할 것만 같다.

보름 전 병원을 방문했을 때 의사는 병원에 올 필요가 없다고 했다. 나쁜 병이 아니니 걱정할 것 없고, 귓속 반고리관에 떠다니는 돌가루가 빠져나가기만 하면 된다고 위로하였다. 하루에도 여러 번 반듯이 앉아 고개를 들고 정면을 보라고 한다. 그것을 정복이라 한단다. 정복이란 바르게 돌아오도록 한다는 뜻이다. 며칠 동안 괜찮아서 괘씸한 돌가루가 빠져나갔거니 했더니 삼 일 전부터는 자신이 여전히 건재함을 과시한다.

이런 상태론 차를 운전할 자신이 없다. 돌발 상황이 발생할 위험성 때문이다.

전철을 탄다. 몸이 흔들리면 균형을 잡기가 어렵다. 그렇게 몇 정거장을 지나는데 다행히 자리가 난다. 흔들리지 않고 가게 되어 다행이라 여기며 조심히 앉는다. 몸을 똑바로 세우고 고개를 들어 정면을 향해 고정시킨다. 이른바 정복의 자세다. 그런데 자꾸만 몸이 한쪽으로 쏠려옴을 느낀다. 옆자리의 아가씨가 무심결에 기대고 있다. 몸집이 상당히 큰 젊은 아가씨. 그녀의 육중한 몸의 흔들림이 내 몸에 곧바로 전해지자 몸의 균형이 깨진다. 아침 10시경에 이처럼 곤히 자다니…, 그녀는 밤을 새운 게 분명하다. 할 일 많고 고민 많은 청춘이려니, 너그럽게 인내하기로 한다. 그런데 시간이 갈수록 몸이 자꾸만 밀리며 힘겨워진다. 어지러움이 고개를 든다. 몸을 살짝 비켜 볼까? 그녀의 무게를 떨쳐 낼 수 있을 텐데…. 그럼에도 차마 실행을 못하고 망설인다. 그녀가 허망하

게 옆으로 무너져 내릴 것이기 때문이다. 그처럼 부대끼며 좌불안
석으로 몇 정거장을 더 가다가 드디어 목적지 역에 닿는다. 일어
나는 순간 그녀가 와락 옆으로 무너질까 봐 살그머니 몸을 빼낸
다. 그녀는 아직도 세상모르고 '쿨 쿨'이다.

　이석증은 몸에 충격이 있거나 피곤하거나 스트레스가 심할 때
온다고 한다. 어쨌거나 내겐 그것이 너무 자주 온다는 게 문제다.
체력이 부족함을 잘 알기에 이제까지 한꺼번에 무리하게 일을 해
본 적이 없다. 물론 가사노동을 많이 한 적도, 그 밖의 어떤 일도
오랜 시간 과중하게 몰두한 적이 없다. 그럼에도 이런 증상이 빈
번하게 일어나니 답답한 노릇이다. 어떤 이유로든 귓속에서 돌가
루가 오락가락 떠다니면 당연히 일상의 불편이 뒤따를 수밖에 없
다. 귓속의 질서를 교란시키는 그 물질은 인내심이 없는 내게서
더욱 쾌재를 부르는 것 같다. 문득 이런 불편이 단지 몸에서만 일
어나는 것일까 하는 생각을 해본다.
　살아가면서 우리는 수많은 불균형을 경험한다. 비단 몸뿐 아니
라 마음의 불균형을 수없이 겪으며 불면의 밤을 보내는 것이다.
마음이 흔들릴 때마다 그것을 제자리로 돌려놓기 위해 우리는 또
얼마나 많은 시간을 소모해 왔던가.
　마음이 흔들릴 때마다 나는 도종환 시인의 "흔들리지 않고 피

는 꽃이 어디 있으랴…"라는 시구를 되뇌어 본다. 보잘것없는 한 송이 꽃조차 피어나기 위해 수많은 어려움을 극복해야 했거니, 그도 흔들리고 흔들리면서 꽃으로 피어난 것이겠거니 하면서.

'그래, 산다는 것은 끊임없는 흔들림의 연속이지…'

흔들림의 진앙이 어디이든, 그것이 바람이든 천둥이든 사람이든 많고 많을 터이다. 어디에서 온 무엇이든 간에 그로 인해 우리는 자주 흔들리며 마음앓이를 하며 살아간다. 그러므로 삶이 곧 흔들림이란 사실을 기정사실로 인정할 수밖에 없다. 그렇다면 이쯤 해서 흔들릴 때마다 숨어들 공간 하나를 마련해 두어야 하지 않을까 싶다. 마음속에 누구도 침범할 수 없는 무념의 공간 하나 마련해 놓고 그 안에 들어가 자신만의 균형을 찾아보는 것이다. 이석증을 가라앉히는 동작을 정복이라 하듯이, 마음이 평정을 회복하는 과정도 바로 정복이라 하렷다! 우리는 심신에 균열을 가져오는 감정의 파동과 다시금 균형을 회복하려는 정복의 과정 사이에서 시계추처럼 왕복운동을 지속하며 생을 통과하는 존재들이다.

집을 출발할 때부터 병원 치료를 받고 귀가하는 시간까지 나는 줄곧 꼿꼿한 자세를 유지하였다. 몸이 불편하니 표정이 밝을 리 없다. 그리하여 꼿꼿한 목과 무표정이 만든 그 도도한 얼굴만 본다면 틀림없는 여왕의 품새이다. 평소에 좀 구부정한 자세였던 터라 목을 꼿꼿이 세우고 한나절을 지내보니 부자연스럽기 이를 데가 없다. 부질없이 하나의 깨달음이 온다.

'여왕으로 태어나지 않은 것이 얼마나 다행인가!'

보통사람으로 살면서 유연한 목으로 어쩌다 고개를 숙일 수도 있는 것이 참 행복임을 깨닫는다.

을지로

　무형의 시간이 마치 프리즘처럼 우리 삶을 다채롭게 굴절시키고 흘러갔다. 날개를 단 시간이라지만 요즘엔 가속도까지 붙어 화살처럼 지나간다. 우리 생에 기억에 남을 만한 날이 얼마나 될까.

　새해를 맞은 정월의 공기엔 설렘의 파동이 일고 동창 모임에 가는 발걸음은 느긋하기만 하다. 정겨운 편안함이 전제되었기 때문일까.

　교장으로 정년퇴직한 친구가 모임 장소로 안내한 곳이 을지로 어느 호텔이다. 전철에서 내려 계단을 오르다 이곳이 을지로라는 생각이 들자 문득 이 거리 특유의 냄새를 맡은 것만 같다.

　오랜만인데도 예전의 다소 삭막했던 분위기는 여전한 듯하다. 계단을 올라 거리에 발을 딛는 순간 나는 어느덧 스무 살 시절로 돌아간다.

　을지로는 서울로 대학을 와서 버스를 타고 지나다니던 길이다. 70년대의 을지로는 마치 기름때가 보도블록 위에 거뭇거뭇 입혀

진 듯 추레한 모습이었다. 작열하는 태양 아래 마치 감수해야 할 운명 같은 가난의 무게가 나른하게 내려앉아 있었다. 오늘 어쩌다 이 길에 다시 서니 감회가 새롭다.

되돌아보면 왜 서쪽에서 동쪽까지 먼 거리를 가로질러 다녔는지 이해 못 할 일이다. 차가 적던 그 시절에도 서대문구에서 성동구까지 통학시간이 왕복 2시간이나 걸리는 거리였다. 불광동은 처음 서울에 올라온 언니가 자리 잡은 곳이었지만 그렇다고 자취를 하는 학생이 계속 살아야 할 이유는 없었다. 다만 넓은 들판에서 자란 우리가 농경사회의 정착본능에 충실했던 것이 아닐까 싶다. 눈 오는 날엔 버스가 무악재 고개를 올라가지 못해 모두가 내려야 했다. 남자들이 달려들어 버스 뒤를 힘껏 밀어 올리면 그제서야 고개를 넘어선 버스가 승객을 다시 태우고 남은 길을 가곤 하였다.

그 당시 불광동 대로변은 제법 깨끗했고 주택가에는 붉은 벽돌의 이층 집들이 줄지어 섰다. 그런데 안으로 들어갈수록 누추함이 짙어갔다. 길 끝에는 돌산이 떡 버티고 있었고 바위처럼 거칠고 삭막한 삶들이 산자락을 타고 흘러내렸다. 처마를 맞대고 이어진 토굴인 듯, 천막인 듯한 집들이 빈곤의 시절을 고스란히 반사하였다.

서울에서 첫 일 년은 번듯한 양옥집 문간방에서 밝은 햇빛을 보며 지냈지만 다음해 이사 간 집은 길가의 허름하고 어두운 집이었다. 어스름 저녁이면 나는 남루한 집들이 줄지어 있는 좁은 골목길을 따라 걸었다. 언덕 중턱쯤에서 내려다본 밤 풍경은 비록 먼지 가득한 창으로 새어 나온 불빛일지라도 제법 아늑하게 느껴졌다. 시골에서 상경하여 가진 것 없는 대학생에겐 그마저도 부러운 광경이었다.

불광동에서 155번 버스를 타고 출발하여 을지로를 지나면 청계천이 나온다. 청계천 고가도로 아래는 검은 기름과 쇳소리의 굉음과 인부들의 땀 냄새가 섞인 혼탁한 공간이었다. 그곳에 고인 매캐하고 탁한 공기는 청정한 공기 속에서 자란 내 코와 허파를 무던히도 괴롭혔다. 하굣길엔 행당동에서 65번 버스를 타고 을지로에서 내려 155번을 갈아탄 후 불광동으로 향했다. 방향 감각이 무딘 나는 종종 반대 방향 버스를 타고 종점까지 가는 해프닝을 벌였다. 어디든 낯설긴 매한가지라 정방향과 반대방향을 잘 분간하지 못했다. 한참을 가면 알아차리지만 중간에 내려 달라고 할 용기도 없던 나는 그대로 앉아 있다 종점에 가서야 되짚어 돌아왔다. 그럴 때면 낯선 서울 거리에서 헤매던 스무 살 청춘이 마냥 외로웠다.

새해 처음 만난 우리는 만면에 희색을 띠어 덕담과 음식을 나눈다. 생로병사의 큰 줄기에 잔가지로 뻗어 나간 다양한 인생사가 화제에 오른다. 축하와 위로를 건네고 미각의 즐거움을 누리고 나면 다음 만남을 기약한다.

호텔 문을 나서면서도 우리는 어디로 갈 것인지에 그다지 유념하지 않는다. 누군가의 사소한 이야기에 귀 기울이며 앞사람의 발만 따라가면 된다. 방향을 잃어도 상관이 없다. 야무진 누군가 깨닫고 길을 고쳐 잡으면 된다. 혹 원점으로 되돌아왔다 해도 개의치 않는다. 앞장선 누군가를 또 따라가면 될 뿐이다. 시간의 축적이 만들어 낸 신뢰와 여유란 그런 것인가 보다.

인생의 여정이 달랐던 만큼 각자의 생각도 취향도 서로 다르다. 그럼에도 오랜 인연의 깊이와 넉넉함이 그 다름의 편차를 덮어 주고도 남는다. 마치 참외밭 한구석에서 넓은 잎에 가려진 채로 익은 노란 참외처럼 벗들 사이엔 단내가 깊이 배어 있다. 책상물림인 나는 세상일에 무지하여 벗들에게서 일상의 유용한 정보들을 얻는다.

요즘 을지로는 힙지로라는 별칭으로 불린다. 본래 인쇄 골목이었던 이곳이 색다른 분위기를 찾는 젊은이들의 발길을 붙잡았단다. 좁고 낡은 인쇄소 건물들이 개성 있는 카페들을 숨겨 놓고 청춘의 호기심을 자극하였다. 핫플의 명성이 그렇게 얻어지는 것인가 보다. 자유롭고 개성적인 젊은이들의 피는 분명 뜨거울 것이다. 그들이 만들어 낸 분위기를 느끼고자 이젠 어른들도 덩달아 집을 나서는 세상이다.

풍요로운 시대의 수혜자인 청춘들은 그 어느 세대보다 현재에 집중한다. 순간을 붙잡아 즐겁게 살려는 경향이 대세인 듯하다. 21세기 지금 그들이 처한 불확실한 미래도 거기에 한몫을 했을 것이다.

카르페 디엠!

생의 후반부에 서 있는 우리에겐 모든 순간이 의미 깊다. 오늘은 평범한 시간이 주는 행복을 체감한 날이다. 열정이 식은 우리가 열정이 넘치는 젊은이의 거리에서 카르페 디엠을 누렸다. 그 옛날 검은 기름기로 누추했던 을지로에 돌아와 초로의 동창들 얼굴에서 내 모습을 되돌아본다. 그들 또한 내 눈동자에 어려 있는 자신들의 모습을 들여다보았을 것이다.

총량의 법칙이란 말이 유행한다. 얻은 것이 있으면 잃은 것도 있는 법이다. 자신에게 주어진 생의 무게를 안고 우린 또 내일의 만남을 기약한다.

사라진 텃밭

집을 사는 일은 아마도 큰일일 것이다. 그런데 나같이 단순한 사람은 그걸 결정하는데 그리 오랜 시간이 걸리지 않는다. 나는 내 책장이 들어갈 만한 방과 햇빛이 잘 드는 남향 그리고 오솔길 따라 조그만 텃밭이 있다는 것만으로 이 집을 샀다. 푸성귀들이 자라는 텃밭이 고향처럼 푸근히 나를 감싸 주었기 때문이다. 똑 똑한 척은 다하면서 현실에 매우 무능한 나는 이밖에 어떤 조건을 더 살펴야 하는지 잘 알지 못한다.

나의 유년은 공동 우물가에서 물을 길어 항아리에 채운 후 머리에 이고서 집에 돌아오던 시절이었다. 정화된 수돗물이 미덥지 않아 생수가 일상화된 이 시대에 '항아리 물긷기'는 마치 전설 같은 이야기로 들릴지도 모른다. 그러나 지금 누리는 문명화된 일상이 그리 오래된 일은 아니다.

공부는 뒷전이고 산과 들을 찾아 한없이 뛰놀던 우리였지만 부엌의 큰 항아리에 물을 채워 넣는 일은 부모님을 돕는 최소한의 일과였다.

공동 우물가에서 열 걸음 정도 발을 떼면 바로 우리 집 남새밭이 나온다. 그곳에는 봄부터 가을까지 계절에 따라 온갖 푸성귀가 자라나 밥상에 신선한 채소를 공급해 주었다. 겨울 눈을 얹고서도 싱싱하게 얼굴을 내밀던 초록의 배춧잎은 겨울 밥상에 색다른 별미가 되었다. 그 남새밭 가장자리에선 미루나무 한 그루가 늘 잔바람에 잎을 뒤척이며 서 있었다. 바라만 보아도 마냥 좋은 풍경과 그런 순간에서 나는 생의 순일한 기쁨을 맛보았다. 이런 기억이 바로 내 삶에서 자연이 늘 가까운 곳에 있는 이유이다.

아파트를 살 때 집 앞 오솔길 옆의 텃밭이 한몫을 하였듯이, 이곳에 사는 동안 탄천으로 산책을 나설 때면 늘 텃밭의 싱싱한 푸성귀에 눈길이 갔다. 그 길이 길지는 않지만 유난히 붉고 노란 단풍나무가 늘어서서 마치 동화책에 곁들인 삽화 같은 분위기를 만들었다. 몇 발짝을 옮겨 아파트 이름이 새겨진 나무 아치와 그 위로 둥글게 덩굴을 늘려 가는 등나무를 지나면 자그마한 공원이 나온다. 한쪽에 있는 나지막한 동산에는 소나무 대여섯 그루가 굵은 몸통을 자랑하며 서 있어 제법 시골 분위기를 만든다. 어릴 적 내 놀던 동산엔 키 큰 적송들이 지나가는 바람을 들여놓아 서늘하였다. 붉은 황토 위엔 검은 빛깔의 부지런한 왕개미들이 오갔었다.

학원에 매몰된 요즘 애들 같지 않게 이곳에선 늘 공놀이하는 아이들의 건강한 함성을 들을 수 있다. 신나게 노는 그들의 열기를 느끼면서 걷다 보면 내 걸음에도 생기가 실린다. 때로는 공이 울타리를 넘어 내 앞에 떨어지기도 한다. 그들은 앳된 얼굴에 웃음 가득 머금고 공을 넘겨 달라는 표정을 짓는다. 나는 절로 나오는 웃음을 삼키며 공을 주워 울 너머로 힘껏 던져 준다. 때로는 부실한 체력임을 잊고서 발로 차서 넘겨줄까 하는 엉뚱한 생각도 해 본다. 아이는 밝은 얼굴에 웃음을 담아 고개 숙여 인사한다. 상쾌한 기분이 탄천을 산책하는 내내 이어진다.

오솔길 옆 텃밭은 작지만 내겐 풍요를 선물하는 공간이었다. 발길을 멈추지 않고 고개만 살짝 돌려도 한두 평의 자그만 땅을 차지하고 앉아 여러 작물을 가꾸는 텃밭지기들이 보인다. 식물에 얼굴을 들이밀고 땀 흘리는 그들의 발아래서 웃는 어린애처럼 반짝반짝 빛나는 식물들이 자라 올랐다. 무, 배추, 상추, 고추, 가지, 고구마가 윤기 있는 잎과 덩굴로 위세를 넓혀 간다. 그 사이로 수국 몇 그루와 도라지꽃이 부드러운 보랏빛으로 존재감을 드러낸다. 밭에서 살다시피 하는 할아버지의 구획에선 일찌감치 길고 탐스런 고추가 주렁주렁 열렸다. 조그만 땅에 어울리지 않게 키 큰 옥수수도 묵직한 수염을 달고 서 있고, 보랏빛 가지는 반질반질

윤기 나는 몸체를 길게 늘어뜨렸다.

이사 온 지 몇 해가 되었다. 그런데 아뿔싸! 한국에서 늘 같은 풍경을 기대하는 건 쉽지 않은 일이라는 걸 그만 잊고 있었다.

텃밭 울타리에 경고문이 나붙었다.

출입금지!

출입구에 쇠자물쇠가 걸렸다. 경찰 기동대 뒤편에 위치한 그 텃밭 기동대 소유지였던 모양이다. 자동차 회사는 자꾸 자동차를 만들고 주차난은 날로 심각해진다. 경찰 기동대에서 그 땅을 주차장으로 쓰려는 모양이다. 이미 결정이 끝난 건지 포클레인이 매캐한 기름 냄새를 풍기며 들이닥쳤다. 그 단단한 몸체가 굉음을 내며 사정없이 오가자 순식간에 텃밭은 사라지고 자갈밭이 만들어진다. 격세지감이란 말은 변화에 대하여 어쩌다가 느끼는 감정을 표현하는 용어 아니던가. 그런데 내 나라에선 늘 격렬한 변화의 한가운데를 통과해야 하니 하루가 멀다 하고 격세지감을 느끼게 된다.

왜 이리도 자꾸만 파헤치는가. 파고 없애는 게 일인 이 나라는 장차 어디로 가려는 것인가. 자고 나면 변해 버리는 나라, 어디 숨한 번 편히 쉬겠나. 보란듯 새로 들어선 건물들이 국적 없는 삭막한 도시를 만들어 간다.

관성의 법칙을 따라 사는 예전 사람은 이런 변화가 두렵기만 하다. 변화에 대한 욕구로 인류가 발전해 왔다고 하나 우리네 변화는 해도 너무하다. 변하는 게 어디 동네뿐이랴! 삶은 늘 사람과의 관계로 이루어지지만 나는 변하는 게 싫어 사람들을 멀리해 온 사람이다. 이해타산에 따라 요동치는 인심에 상처를 받기 때문이다. '사람은 본래 그런 거야'라고 체념하게 된 것도 노년에 이르러서야 겨우 가능해졌다.

세상과의 불협화음이 발생할 때마다 내 삶의 기틀을 견고하게 지탱해 준 건 언제나 그대로인 자연이었다. 탁 트여 먼 지평선을 볼 수 있는 광활한 호남평야에서 자란 나는, 그저 바람과 구름과 냇물이 있는 곳이면 만족하여 소박한 삶에서도 얼마든지 기쁨을 찾을 수 있다. 진정한 기쁨은 많은 것을 가진 데서 나오는 게 아님을 알기 때문이다.

평온을 누리기에 자연만 한 것이 또 있으랴.

천둥소리

늦은 산책길에 나서니 눈부셨던 벚꽃의 봄꿈을 잇기라도 하는 듯 수수한 이팝나무 꽃잎들이 풍성하게 허공을 수놓는다. 흥부가 보면 반겼을 듯한 밥알 모양의 작은 꽃잎들이 벌써 길 위를 하얗게 덮었다. 벚나무 사이로 조랑조랑 가지에 매달린 찔레꽃이 달콤한 향기를 전해 온다. 노랑과 보라색 붓꽃도 어둑한 물가에서 우아한 자태로 존재감을 드러낸다.

한참을 걷노라니 맑은 봄날 저녁에 때아닌 빗기운이 감돈다. 잿빛 비구름 자락이 머리 위로 길게 드리운다. 천둥은 먼 곳에서 가끔씩 수레가 굴러가는 듯한 돌돌돌 울림을 전한다. 점점 가까이 다가오는 그 소리는 구름 속에서 크르렁거리다 덜커덕덜커덕 퉁명한 소리로 잦아지곤 한다. 가끔씩 번개가 마치 위협하듯 번쩍거리고는 잽싸게 자취를 감춘다. 그러자 냇가의 수많은 버드나무 잎들이 알 수 없는 언어로 수선스럽게 속삭이기 시작한다. 하늘이 금세 짙은 먹장구름으로 변해 간다. 공기는 갑작스레 한기를 품고 어둠은 심연을 향해 깊어 간다.

폭풍우가 다가올 모양이다. 번개가 번쩍 스치자 몇 초의 간격을 두고 천둥소리가 '콰앙' 고막을 때린다. 마치 허공 중에 폭약을 설치해 놓은 것처럼 찢어지는 듯한 굉음을 내고는 사라진다. 곧이어 굵고 세찬 빗줄기가 허공을 가로지른다. 냇가의 물길도 겁먹은 듯 사색이 되어 서둘러 흘러간다. 바람이 허공을 휩쓸어 가자 버드나무 가지가 이리저리 거세게 춤을 추기 시작한다.

비가 억수같이 쏟아진다. 어둠 속에서 굵은 빗줄기가 선명한 수직의 선을 그으며 내리꽂힌다. 어느새 걷던 사람들이 보이지 않는다. 미처 돌아가지 못한 두서너 사람들과 나는 운동기구 가장자리에 높이 설치된 천막으로 숨어든다. 그러나 비를 피하려 해 봐야 말짱 허사다. 천막 아래쪽으로 들이치는 빗발에 온몸이 젖었다. 뒤집힌 우산은 이미 용도를 잃었다. 도로는 애당초 사람이 다니던 길임을 잊은 듯 삽시간에 물길로 변해 버렸다.

춥고 난감하다. 용기를 내서 빗속으로 나서 본다. 차가운 빗방울이 닿자 등골이 써늘해진다. 50여 미터 앞 교각까지가 목표다. 온몸이 흠뻑 젖은 채 교각 아래로 뛰어들어 안도의 한숨을 내쉰다. 멍하니 장대비를 바라보다 생각이 날개를 달자 꼭 오늘처럼 장대비 내리던 그 여름날로 거슬러 간다.

불혹이 가까워 올 무렵 삐걱삐걱 녹슨 기계와 같은 몸의 신호에 따라 마지못해 산책을 시작하였다. 그런데 얼마 지나지 않아 하필이면 사나운 여름 폭우에 갇히고 말았다. 걷던 사람들이 순식간에 교각 아래로 모여들었다. 시간이 가면서 가족이 우산을 가져온 사람들은 하나둘씩 떠나갔다. 동그마니 혼자 남은 나는 그칠 줄 모르는 빗줄기를 하염없이 바라보았다. 문득 외로움이 짙게 밀려왔다. 내 모습이 꼭 봄에 부화하여 몸집을 제법 불린 중병아리가 마루 아래 토방에서 장맛비를 피하는 형상이었다.

언제까지 이대로 있어야 할까. 비는 그칠 기미를 보이지 않는다. 한참을 망설이다 마중 나올 이 없는 내 처지를 각성하고 난 후에야 용기를 내본다. 첫 번째 목표는 다음 교각까지다. 무작정 달려가는데 불쑥 불길한 생각이 나를 사로잡는다. 빨래처럼 축 처진 내 바지 주머니에는 젖은 열쇠 꾸러미가 있지 않은가.

'내 주머니 속 열쇠 다발을 향해 번개의 과속 전류가 내리꽂힌다면?'

섣부른 과학 지식에 잠식당하자 끝 모를 두려움에 몸이 경직되어 버린다. 도어 록을 누르는 요즘과 달리 그땐 묵직한 금속 열쇠로 문을 열던 시절이다.

비는 억수로 내리고 심장은 점점 쫀득해진다. 무턱대고 다리에 힘을 주어 속도를 내 보지만 운동과 거리가 멀었던 몸이 천근만 근 무겁기만 하였다. 뜀박질도 못하는 내 몰골이 한심하기 그지없었다. 나는 속으로 '교각까지만, 교각까지만'을 되뇌며 납덩이같은 몸을 재촉해 뛰고 또 뛰었다. 그러나 제자리를 맴도는 것처럼 거리가 쉽사리 좁혀지지 않았다. 절박한 심정으로 혼신을 다해 뛰어가는데 문득 신문의 사회면이 떠올랐다. 가끔씩 들에서 번개 맞았다는 뉴스를 본 것이 화근이었다.

'폭우에 올드미스 번개 맞고 쓰러지다'라는 제목이 상상된다. 오싹한 공포와 전율이 전신을 타고 흘렀다. '아니, 그런 불상사가 일어나선 안 되는 거야!' 나는 단말마의 힘으로 내달려 교각으로 뛰어들었다. 시간이 한참 흘러 겨우 집에 도착했을 때 전쟁터에서 돌아온 병사처럼 나는 탈진하였다. 그런데 세상이 너무 조용하였다. 마치 아무 일 없었다는 듯 평화롭기만 했다. 내가 냇가에서 겪은 공포감 따위엔 아무도 관심이 없었다. 순간 알 수 없는 눈물이 주르륵 흘러내렸다. 온몸에서 물이 줄줄 흐르는 나를 구경하듯 바라보는 시선을 느끼며 엘리베이터에 몸을 맡겼다.

'그래, 아무 일도 일어나지 않았어.'

남편은 심상하게 말했다. 그때 내가 번개를 맞았어도 신문에 나지 않았을 것이라고. 놀리려는 건지 여자가 번개 맞은 일쯤은 대수롭지 않은 일이라고 여기는 건지 분간이 가지 않았다. 뉴스거리도 되지 않는다는 듯한 그 말투에 기분이 나빠진 나는 반드시 신문에 났을 것이라고 우겼다. 그러다 문득 마치 사고가 나서 신문에 실렸어야 했다는 듯 억지를 부리고 있는 내가 어이없어 실소를 흘리고 만다.

   '아, 그 여름날 천둥번개와 폭우 속에서 나는 생사를 넘나들었지.'

   생각하면, 어찌해도 가고 없는 그 젊은 날이 아름답기만 한 것을….

마지막 비행

　직면하기엔 아픈 기억이라 애써 외면했지만 이제 아버지를 떠나보낸 그 시간으로 돌아가 본다.

　2015년 새해가 밝았다. 사람들은 무형의 시간을 날과 달과 해로 나누고서 거기에 의미를 부여하며 살아간다. 새해를 맞아 모두가 나름의 희망을 품어 보는 시간이었다. 아버지를 모시고 사는 남동생에게서 연락이 왔다. 아버지께서 췌장암 4기라는 청천벽력 같은 소식이었다. 평생 입이 짧다는 어머니의 불평을 들으실 정도로 소식하시고, 한의사 못지않은 지식으로 본인의 건강을 챙기신 아버지인지라 자녀들은 오히려 아버지의 건강에 무심한 편이었다. 그런 몹쓸 병이 자리잡을 줄 어찌 상상이나 했으랴! 한 치 앞을 모르는 게 인생이란 생각에 마음이 어지러웠다.

　음력 설날이라고 병원에도 은연중 희망의 빛이 떠돌았지만 그건 우리와는 무관한 일이었다. 죽음은 어둔 심연으로부터 조용히 다가와선 강렬한 일격을 가하는 습성이 있다. 그리하여 행복했던 긴 시간보다 죽음의 짧은 순간을 더욱 도드라지게 느낄 수밖에 없도록 만든다. 아버지는 밤새도록 산소호흡기에 매달려 거친 숨을 들이쉬고 내쉬기를 반복하셨다. 생의 종결을 향한 그 힘겨운 호흡은 동트는 새벽녘 마침내 무기력하게 잦아들었다. 생과 사는 반 호흡 사이에 결정되었다. 들이쉰 숨을 내쉬지 못한 아버지는 남은 숨을 나비의 날갯짓인 양 소리 없는 곡선으로 허공에 남겼다. 생의 표식을 나타내는 기계는 더이상 물결선의 진폭을 드러내지 않았다. 삐— 하는 건조한 금속성 소리와 함께 한일자의 수평선이 지나갔다. 생사의 엄중함에 대한 현학적인 수사나 육친에 대한 깊은 정을 제외한다면 아버지의 마지막 비행은 조용한 아름다움으로 끝을 맺었다.

아버지의 암 진단과 4개월의 시한부 판정이 내려진 후 우리가 할 수 있는 건 아무것도 없었다. 체념 속에서 다만 고통 없는 이별이기를 소망할 뿐이었다. 봄이 오면 고향 산소에 다녀오자는 말로 병상의 아버지를 위로하는 게 고작이었다.

90세 언저리인 아버지의 신체에 전투 여력이 남아 있을 리 없었다. 병이 기승을 부리자 견디기 힘든 통증이 찾아왔다. 환자나 보는 자녀나 고통에 직면하기는 매한가지였다. 아버지는 병명을 모르시는지라 자신의 의학 지식으로 병증을 분석해 보시고 호전이 없는 상황에 의문을 나타내셨지만 가족은 차마 병명을 알려 드릴 수가 없었다.

영리가 목적인 병원은 말기 암 환자를 반기지 않았다. 그들은 해 줄 일이 없다고 퇴원을 강요하였고, 집에 오시면 극한의 통증을 견디지 못해 재입원하는 상황이 반복되었다.

그들은 요양병원을 권유하였다. 근처의 요양병원을 찾은 날 나는 비로소 죽음으로 가는 길의 참담한 실상을 목격하였다. 요양병원에 의사가 상주한다지만 응급 처치를 담당하는 정도에 불과했다. 한방에 누워 있는 열 명가량의 환자들은 호흡만 있을 뿐 죽은 듯이 고요했다. 이들은 산 것도 죽은 것도 아닌 채 존재하는 21세기의 이방인들인가! 태어남이 축복이었듯 죽음도 이보다는 자연스럽고 아름다워야 했다. 아버지는 평생 자유롭게 사신 분이라 이런 환경에서의 연명은 결코 견딜 수 없을 것이었다.

입퇴원을 반복하며 한 달여의 시간이 흘렀다. 그동안 제 앞가림만 하던 자녀들과 보이지 않던 손주들까지 빠끔히 얼굴을 내밀었다. 그들을 반기시던 아버지의 표정이 시간이 갈수록 무덤덤하게 변해 갔다. 극한의 통증과 불안정한 호흡으로 긴박한 상황이 벌어지면 간호사는 모르핀을 투약하는 게 고작이었다.

타고난 명석함에 뛰어난 기억력을 소유하신 아버지!

일제강점기에 수재들만 모인다는 사범학교를 나와 약관이 채 안 된 소년이 초등학교 교사로 부임하였다. 일본이 항복하고 어수선한 해방정국이 되자 학교에는 문서가 제대로 남아 있지 않았다. 행정처리에 어려움을 겪던 그 시절 아버지는 뛰어난 기억력으로 모든 문서를 재현해 냈다고 한다. 정직하고 성실하며 통찰력이 있으신 아버지는 많은 제자들에게 미래에 대한 꿈을 꾸게 하셨고 어려운 소년들을 돌보아 앞길을 열어 주셨다.

아버지는 38세의 이른 나이에 동기들 중 첫 번째로 교장선생님이 되셨다. 교장선생님인 아버지와 학교 관사에서 살던 환경은 자녀에게 일말의 자부심을 심어 주기에 충분하였다. 그 당시 관사라고 해 봐야 안방, 작은 방, 쪽방에 부엌이 고작이었고 뒤꼍으로 숙직실이 달려 있는 평범한 흙집에 불과하였다. 그럼에도 공적 공간이라는 점에서 나름의 위엄이 있었다. 형제들은 아버지가 만들어 준 안전한 터전에서 미래를 꿈꾸며 자랐다.

아버지는 변화하는 세상의 추이를 먼저 통찰하고 진취적인 자세로 고답적인 학교의 일상을 역동적인 공간으로 만들어 갔다. 아버지의 선구적 행보가 매번 성공을 거둔 것은 아니었지만, 고정관념에 안주하는 것을 거부하고 도전을 거듭하신 아버지의 진취적인 정신만은 성공과 실패를 떠나 그 자체로서 의미가 있었다.

아버지는 학교 주변을 온통 꽃밭으로 가꾸어 놓으셨다. 감성이 싹트던 시절의 우리는 넓은 운동장과 꽃 천지 동산에서 아름다움이 무엇인지를 몸으로 체감하였다. 그 유년의 기억은 생의 틈새마다 찾아와 영혼에 윤택함을 공급해 주는 화수분이 되었다.

아버지는 스물 즈음에 외가댁 근처의 학교에 부임하셨다. 거기에서 작은 외할아버지께 처음으로 서예를 배우시고 높은 소양과 재능을 인정받으셨다. 이후 자녀와 제자들에게 꾸준히 서예를 가르치셨고 은퇴 후에는 스스로 정진하여 여러 공모전에 출품하셨다. 지극히 좋아하면 결과도 따라오는 법이니, 아버지는 여러 상을 수상하시고 초대작가로서 보람과 성취의 시간을 누리셨다. 어린 시절부터 아버지의 서예 사랑에 영향을 받은 언니와 나도 자연스럽게 서예가와 서예 학자의 길을 걷고 있다.

우여곡절을 겪지 않는 인생이란 없다고 한다. 그래도 만년이 좋으면 다 좋은 것이란다. 아버지의 만년은 평온하였다. 광명골 햇빛 밝은 집에서 오전에는 맘껏 글씨를 쓰시고, 오후에는 젊은이들처럼 헬멧에 무릎싸개를 차고서 자전거로 안양천을 달리며 자유로움을 구가하셨다.

설 다음날이었다. 2015년 2월 20일 아침 8시 55분, 아버지는 마지막 남은 호흡으로 나비의 날갯짓인 양 소리 없는 곡선을 허공에 그리며 하늘로의 비행을 시작하셨다. 암선고를 받은 지 겨우 한 달 남짓, 아홉 자녀의 아버지이자 자기 앞의 생을 충실히 살아온 한 남자가 태어난 곳으로의 귀향을 고했다.

Ⅱ. 거미 선생

장티푸스의 고백

　어느 날 병균들의 성과보고회가 열렸다. 전국에서 내로라하는 병균들이 자신들이 거둔 성과를 자랑하는 자리였다. 올여름 독보적인 활약을 펼친 장티푸스가 먼저 나서서 무용담을 풀어놓는다. 그러다 한 가지 실패담을 고백하겠다고 하자 모두가 눈을 크게 뜨고 귀를 기울인다.

　올여름 나는 전국 방방곡곡을 다니며 속전속결로 균을 퍼트렸지. 내가 들어간 마을은 속수무책으로 당할 수밖에 없었어. 사람들이 무수히 죽어 나가고 곡소리가 끊이지 않았지. 나는 내 세상인 양 활개를 치고 다니며 통쾌한 기분을 만끽했어. 그렇게 여러 곳을 순회하다 남쪽 땅 전라도 김제군 공덕면 제말리에 들어온 건 초여름이었어. 의기양양하게 집집마다 들어가 균을 퍼뜨리지 않았겠나. 아니나 다를까 아이들이 40℃의 고열에 복통과 설사를 시작하더군. 나는 쾌재를 불렀어. 당황한 어른들이 영문을 몰라

애태우더니 며칠 후 서로들 수군대기 시작했어.

"전염병이 돈디야, 저짝 동네에선 벌써 사뭇 죽어 나갔디야. 우리 친척집 애도 죽었다는디. 그게 인자 우리 마을에 들어온 거여. 이 일을 어짜면 좋디야…."

일찍이 나의 위력을 경험한 적이 있는 어른들은 내 이름을 듣자마자 공포감에 파랗게 질렸지. 이 소식은 날개를 달고 마을에 퍼졌어. 나는 파죽지세로 마을을 점령하여 단숨에 끝장을 내려고 작정했지. 그런데 생각지도 못한 복병 하나가 나타났어. 마을 한쪽에 대나무로 둘러싸인 집이 있었어. 그 집에는 젊은 부부와 아들 둘에 딸 하나, 할머니가 살고 있었지. 용케도 할머니와 자녀 셋이 한꺼번에 나한테 걸려들고 말았지 뭐야. 네 명을 데려갈 생각에 나는 흥분을 감추지 못했어. 그들은 고열에 오한으로 심한 고통을 겪으며 복통과 설사로 사경을 헤매더군. 조금만 더 세게 밀어붙이면 곧 줄초상이 날 것만 같았어. 그런데 젊은 부인이 완강하게 저항하더란 말이지. 의사가 아닌데도 그녀는 만만치 않았어. 내가 발붙이지 못하도록 집안을 청결히 하더군. 반드시 물을 끓여 먹이고 하루 몇 차례씩 죽을 끓여 환자들에게 먹이더란 말이지. 그뿐인가. 아침이면 앞산 고개를 넘어 약방까지 걸어가서 네 명의 약을 지어 왔어. 그런데 이상한 것은 치마에 네 개의 주머니를 달고 각자의 약을 따로 넣어 온다는 것이야. 약탕기도 네 개를 준비하여 환자들 약을 각각 따로 달였어. 이유를 알 수 없어 고개를 갸웃거리는데 우연히 나이 든 노인이 하는 말을 엿들었지 뭐야. 예부터 시골에선 약한 사람이 치인다는 말이 있다는구먼. 똑같이 병들면 강한 사람은 살고 약한 사람이 희생된다는 뜻이래. 그녀는 그것을 염려한 것 같아. 네 명 중 누구도 잃지 않겠다는 강한 의지에서 네 명의 약을 따로 관리한 것이었어. 한여름에 마당한편에 네 개의 부뚜막을 세우고 거기에 각자의 약탕기를 올렸어. 작은 나뭇가지로 불을 지펴 약을 달이느라 부인의 얼굴은 늘 빨갛게 달아올랐지. 매일같이 약을 달이고 죽을 끓여 먹이며 집안을 돌보느라 부인은 쉴 틈이 없었어. 새벽부터 밤까지 고군분투하는 그녀를 보자 나의 적이긴 하지만 불쌍한 생각이 들더군. 그러나 내가 누구인가. 온 나라를 벌벌 떨게 만든 그 장티푸스 세균 아닌가.

부인의 정성에도 불구하고 가족은 쉽게 차도를 보이지 않더군. 그들의 수척한 몰골을 보니 데려가는 건 시간문제라는 생각이 들었지. 죽음의 전조는 미물이 먼저 알아챈다고 하질 않나. 아니나 다를까 집안에 떠도는 죽음의 냄새를 이미 맡은 듯 개가 헛간에서 땅을 파기 시작했어. 시골에선 개가 집 안에 땅을 파면 사람이 죽어 나간다는 미신이 전해 온다네. 부인은 개가 헛간에 파 놓은 구멍을 보고 가슴이 철렁했겠지. 그런데도 침착하게 구멍을 메우고는 다시 평평하게 다져 놓았어. 그때부터 개는 매일 땅을 파고, 부인은 파헤친 구멍을 흙으로 다시 메우기를 반복했어. 아마도 그녀는 집 안에 엄습해 오는 죽음의 공포를 간신히 버텨내고 있었을 것이야. 나와 부인의 싸움은 그렇게 팽팽하게 전개되었지. 그렇게 한 달여가 지나가자 그녀의 정성이 하늘을 감동시켰던지 가족의 병세가 차도를 보이기 시작했어. 내 자존심이 구겨지기 시작한 건 아마 그때쯤일 거야. 급기야 패배를 선언해야 하나 고민하던 중에 때마침 반전이 일어나질 않았겠나. 오래도록 죽만 먹다 보니 속이 개운치 않았던 노모께서 병이 다 나은 것으로 착각하곤 그만 고추장에 밥을 비벼 먹었단 말이지. 고열과 설사로 형편없이 약해진 위와 장이 고추장의 자극을 견뎌낼 리 만무했지. 다시 복통이 시작되고 치료는 원점으로 돌아갔어. 순간 나는 '앗싸!' 쾌재를 불렀지. 내가 다시 승기를 잡은 거야. 그런데 말이지, 그 기쁨도 잠시였어. 부인은 강인하고 현명했어. 지친 기색이 역력한데도 대단한 인내심으로 원점으로 돌아가 간호를 계속하더란 말이지. 지성이면 감천이라고 했나. 하늘이 그들 편을 들어준 것 같아. 얼마 지나지 않아 세 아이와 노모는 마침내 건강을 회복하고 말았어. 나는 깨끗이 패배를 인정했지. 생사를 건 전투에서 완전한

승리자는 바로 젊은 부인이었어. 난 인간이 만만한 존재가 아니란 걸 똑똑히 깨닫게 되었지.

초여름부터 마을에 장티푸스 전염병이 퍼졌다. 부인의 가족 네 명은 죽음의 문턱까지 갔다가 살아 돌아왔다. 상태가 호전되다가 다시 재발하자 가슴 졸이던 부인도 이제야 한숨을 돌렸다. 환자의 고통도 고통이려니와 여름내 간병을 도맡아 가족의 생명을 건진 부인의 노고는 필설로 표현하기가 어렵다. 정신을 차리고 보니 여름이 물러가고 추석이 다가오고 있었다. 항생제가 없던 그 시절 전염병과의 싸움에서 부인은 정신력과 한약 몇 첩으로 대승을 거두었다. 젊은 부인의 지혜롭고 헌신적인 간병이 무서운 역병에서 가족 네 명의 목숨을 건져낸 것이다.

그 시절 많은 아이들이 전염병으로 목숨을 잃었고 부모들 가슴은 피멍으로 검게 물들었다. 마을 어귀에 들어서면 자녀 잃은 집에서 나는 호곡소리가 끊이지 않았다.

거미 선생

나는 초등학교 5학년 때 아버지의 부임지인 이곳으로 전학을 왔다. 전북 정읍군 소성면 남성초등학교라는 곳이다. 학교 안에 있는 관사에서 동생들과 함께 살게 되었다. 고향인 김제군 공덕면엔 할머니가 농사를 짓고 계셨다. 언니 오빠들은 할머니의 보살핌 아래서 이리(익산)에 있는 중·고등학교를 다녔다.

고향이 아닌 낯선 곳에서 부모님은 내게 하늘만큼 절대적인 존재였다. 그런데 가을이 익어 갈 무렵 어머니는 고향에 다녀와야 한다고 하셨다. 고향에 가서서 추수한 곡식들을 갈무리하고 할머니와 언니, 오빠들도 두루 살펴보려는 것이었다.

어머니가 안 계실 때 나는 무엇을 해야 할지 엄두가 나지 않았다. 고작 11살에 불과한 내가 아버지와 동생들을 돌봐야 하는 것이다. 어쩔 수 없이 밥 짓는 것을 배워야 했다. 쌀을 씻어 솥에 넣고 물의 양을 손등으로 가늠하는 것을 배운 것이 그때였다. 가장 큰 문제는 아버지의 식사를 내가 맡아야 하는 것이었다. 그 시절의 통념은 남자가 부엌일을 하지 않는 것이었고, 더욱이 외아들로 자라신 아버지는 부엌일과는 거리가 먼 분이셨다. 어머니가 고향으로 떠나신 후 나는 막막한 상태에 빠졌다. 다만 내게 책임이 주어졌다는 것에 어깨가 무거울 뿐이었다.

초가을이라 관사에는 땔감이 변변치 않았다. 늦가을이 되어야만 땔감이 들어오기 때문이다. 우리는 소나무 가지를 꺾어 말린 땔나무를 몇 동씩 사다가 노적가리처럼 쌓아 두고 지내왔지만 그것도 거의 떨어질 무렵이었다.

농사를 짓지 않는 우리 집에 볏짚이나 왕겨 같은 농가의 땔감이 있을 리 없다. 고향에선 뒷동산에 올라가 소나무 아래 쌓인 솔가루를 긁어 본 경험이 있지만 지금 학교 가까이엔 농토만이 있을 뿐이다.

나는 무엇으로 밥을 지어야 할지 궁리를 하며 주변을 이리저리 서성이다가 학교 건물 뒤편으로 돌아갔다. 때마침 학교에서 무슨 건축을 했던 모양이다. 건물을 짓고 쌓아 놓은 대팻밥이 눈에 띄었다. 살림이 무언지를 모르는 어린 내 눈에 그것이 땔감으로 보인 것을 보면 다행히도 눈썰미가 아주 없는 건 아니었던가 보다. 웬 떡인가 싶어 대팻밥을 모아다 불을 붙였다. 그런데 그것은 불속에 들어가자마자 화르르 타 버리고 말았다. 이처럼 화력이 약한 것으로 어떻게 밥을 짓지? 아무튼 천신만고 끝에 물이 끓고 밥이

지어졌다.

당시엔 쌀이 매우 귀한 시절이었다. 그래도 어머니는 아버지의 진지만큼은 언제나 쌀밥을 준비하고 날달걀을 깨어 그 안에 넣어 드렸다. 나 또한 귀한 쌀로 어렵게 밥을 지어 아버지께 드렸지만 아버지는 좀처럼 수저를 들지 않으셨다. 어머니를 기다리며 약주만 드시는 아버지가 어린 우리의 마음을 불안하게 만들었다. 아버지를 비롯하여 나와 어린 동생들 모두에게 기다림은 일상이 되어갔다.

애주가이신 아버지를 위해 나는 산너머 주막집까지 걸어가 노란 주전자에 막걸리를 사다 날랐다. 산길을 타박타박 걷다 보면 팔이 무겁고 갈증이 나는 데다 심심하였다. 재미있는 무언가를 찾던 나는 문득 막걸리를 한 모금쯤 마셔 보면 어떨까 하는 생각을 해냈다. 유혹하는 마음이 행동으로 옮겨지자 곧 달짝지근한 막걸리가 목을 타고 넘어갔다. 세상의 남자들을 꼼짝 못 하게 만든다는 그 술이란 놈, 그 한 모금의 마법을 그때 처음으로 경험하였다. 톡 쏘는 듯 달콤한 맛이 어딘가 매력이 있었다. 입에 남은 단맛에 몸이 노곤해지는 느낌까지 더해져 돌아오는 산길이 제법 기분 좋았다. 산을 넘어올 때마다 무료함을 잊게 해 준 막걸리 몇 모금은 이제 심부름을 갈 때마다 익숙한 친구가 되어 주었다. 주전자를 받아 든 아버지는 이리저리 흔들어 보고 고개를 갸우뚱하셨다. 한 주전자 안의 술이야 뻔한 것이니 양이 부족한 것을 단박에 알아차리셨을 것이고 그것이 내 소행임도 당연히 아셨을 것이다. 아버지의 의구심과 부족한 양에 대한 불만족은 아버지의 일일 뿐이었다. 어쨌거나 그 일로 인해 나는 11살의 나이에 술의 묘미를 깨닫게 되었다. 주신酒神 바커스가 술을 만든 이래 나는 가장 자연스럽게 술맛을 터득한 사람 중 하나일 것이다.

 기다림은 가을 내내 우리 가족의 마음을 하나로 응집시켰다. 누군가 아침에 거미를 보면 반가운 사람이 온다는 속설을 말해 준 적이 있었나 보다. 어머니를 기다리는 마음이 하루가 석 달 열흘처럼 길게 느껴지자 나는 그 속설을 기억해 냈다. 초가집 방 안에서 거미 선생을 보는 일은 그리 어렵지 않았다. 나는 아침마다 안방 벽 앞에 앉아 모서리를 타고 거미가 내려오기를 기다렸다. 아버지께 그 말씀을 드렸는지는 기억이 나지 않는다. 다만 어느 날부터 아버지도 나와 똑같은 자세로 거미가 내려왔는지를 확인하시던 것만을 기억한다. 부녀가 엎드려 거미가 내려오기를 기다리는 이 회화적인 풍경이 아침마다 반복될 만큼, 어머니의 존재는 가족에게 세상 그 전부였다. 그 기간이래야 넉넉잡아 보름 남짓한 시간에 불과했지만, 그때의 거미는 우리의 기다림을 희망으로 바꾸어 줄 지구상 가장 귀한 곤충이었다. 거미를 이토록 반긴 인간은 아마도 그 시절의 우리 가족 외에는 없었을 것이다.

여름날의 작열하는 햇빛 못지않게 따가운 가을 땡볕이 들판을 달구던 어느 날이었다. 땅거미가 질 무렵 멀리서 학교 운동장으로 들어오는 누군가의 실루엣이 희미하게 어른어른거렸다. 점점 가까워 오는 그 형상이 어머니임을 확인하는 순간 세상의 기쁨은 온통 우리들만의 것이었다. 달려가는 우리와는 달리, 멀찌감치 뒷짐지고 서 계시던 아버지의 얼굴에도 드문 미소가 번져갔다. 지금은 계시지 않는 부모님의 속 깊은 정이 새삼 정겹고 아름답다.

추수가 끝난 후 학교 주변의 들판은 줄지어 선 나뭇가지들처럼 텅 비어 갔다. 어머니의 고향 방문을 끝으로 한 해의 큰일들이 마무리되자 계절은 만추로 깊이 빨려 들어가고 있었다.

어머니의 부엌

대부분이 가난했던 70년대에 농사는 생명의 젖줄이었다. 농사 중에서도 논농사가 큰 비중을 차지하였다. 일일이 사람 손으로 농사를 짓던 시절이라 농가엔 일손이 턱없이 부족했다. 그 시절 학교는 공부가 중심이 아니었다. 농사철에 학생들이 농부들의 일손을 돕는 것은 당연한 일로 여겨졌다. 주로 4, 5, 6 학년 학생들이 도맡아 했지만 모두가 군말 없이 따라나섰다.

학생들은 모내기 철엔 모를 심고, 추수철엔 벼를 베었다. 여름 방학엔 불빛을 이용해 벼에 번식하는 이화명충을 잡아 말려서 학교에 제출하였다. 상으로는 품질이 형편없는 연필을 받았지만 그래도 기쁘기만 하였다. 벌거벗은 산의 나무 심기에 동원되는 것은 물론이고 가을이면 길가나 들에서 풀씨를 훑어 모아다 제출하기도 하였다.

모내기를 하려면 이른 봄부터 준비가 필요하다. 먼저 지난가을 쟁기로 갈아 놓은 흙덩이를 잘게 부수어 공기가 통하도록 해야 한다. 겨울 동안 말라서 단단해진 흙덩이를 백댕이라 불렀다. 우리는 집에서 가져온 연장들로 백댕이를 잘게 부수었다. 자욱한 흙먼지가 일어나 눈, 코, 입을 덮어도 마냥 좋다고 시시덕거렸다. 어리고 서툰 손으로 농사일을 돕는 것이 쉬운 일은 아니었다. 그래도 4, 5, 6학년을 합하면 삼사백 명이 되는지라 개미의 역사가 이루어졌다. 한나절이 지나면 학교 근처 논들이 매끄럽고 부드러운 흙으로 바뀌어갔다.

농부들은 논에 물을 대어 써레질을 한 다음 고르게 다듬어진 모판에 볍씨를 뿌린다. 싹이 한 뼘쯤 푸릇푸릇 올라올 때면 모판의 벼를 뽑아 뭉터기로 논에 옮겨다 놓고 모내기를 시작한다.

모내기 철이 시작되면 학생들이 모내기를 도우러 나갔다. 그런데 제일 큰 복병은 바로 논물에 떠 있는 거머리란 놈이다. 생긴 것도 검고 흉측한 그놈이 아이들의 다리에 달라붙어서 피를 빨았다. 한 번 붙으면 잡아떼려 해도 웬만해선 떨어지지 않는다. 여학생들은 징그러워 몸서리를 치면서도 논에 들어가지 않겠다고 도망치는 아이는 없었다.

우리는 논에 들어가 일렬횡대로 늘어선다. 어른 두 사람이 양쪽 논둑에 서서 못줄을 잡는다. 그들은 "어이" 하는 신호와 함께 긴 줄에 묶인 나무 기둥을 벼의 간격에 알맞게 옮겨 놓는다. 우리는 한 손에 벼 뭉치를 들고 다른 손가락 끝에 대여섯 개의 볏모를 떼어 잡은 후 못줄 아래 흙 속에 깊이 꽂아 넣는다. 얕게 꽂으면 벼가 물결에 붕 떠올라 다시 꽂아야만 한다. 이마에 땀이 흐르고 해가 중천에 이를 즈음 모내기는 끝이 나고 찰름거리는 논물 위로 볏모들이 고개를 까딱거린다. 논둑으로 올라온 우리는 다리에 붙은 거머리를 떼어 내느라 바쁘다. 다리에서 피가 흐르는 걸 보고 놀란 여학생들은 비명을 지르고 남학생들은 놀리느라 왁자지껄하다.

학생들의 동원과 노동이 당연한 것으로 여겨지던 시절이라 별다른 보상이 없었다. 주인이 우물물을 떠다 인공 감미료인 사카린을 타서 양동이에 바가지를 얹어 내오면 그것도 감지덕지하며 달게 마셨다.

겨울이 지나 봄철이 되면 대부분의 농가는 끼니를 잇기 어려운 춘궁기와 맞닥뜨린다. 춘궁기는 생명이 위협받는 시절이다. 당시엔 숙명처럼 춘궁기를 거쳐야 했던 까닭에 다만 어서 보리가 누렇게 익어 가길 학수고대하였다. 주린 배를 안고서 농부들은 밭은 물론 밭두둑까지 온갖 종자를 파종하였다. 고구마와 감자, 콩과 팥, 고추와 깨, 밀과 옥수수, 메밀과 조, 수수 등이 비를 맞고 성큼성큼 자라 올랐다.

여름 보리를 수확하기 전의 틈새 먹거리는 바로 산과 들에 지천으로 솟아난 새싹들이다. 마당 옆 남새밭에 돋아난 푸성귀들, 논에 잔뜩 돋아난 독새기풀, 야산에 돋아난 나물과 버섯, 나뭇가지에 돋아난 새순들이 그 시절 빈속을 채워 준 식재료들이다. 하물며 우리 반 여자애는 하굣길에 운동장 가에 서 있는 무궁화나무 속잎을 훑다 보리쌀과 섞어 죽을 끓여 먹기도 하였다.

6.25 전쟁 후 폐허로 변한 대한민국은 헐벗고 굶주린 국민을 보살필 능력이 없었다. 땅이 없는 사람들은 남의 집 머슴살이나 걸인으로 전락할 수밖에 없었다. 거기에 전쟁의 후유증으로 남은 상이군인들이 살 길이 없어 거리를 헤매고 다녔다. 정부가 껴안지 못한 그들의 대책 없는 삶이 그렇지 않아도 가난한 사람들의 일상에 불안을 가중시켰다.

우리 학교는 언덕 위에 있어 마을과는 동떨어진 공간이었다. 그럼에도 사택 앞으로 걸인들이 자주 지나다녔다. 남루한 옷차림에 씻지 않은 얼굴, 머리카락이 쭈뼛쭈뼛 치솟은 그들은 허리춤에 깡통 하나씩을 차고 다녔다. 그런 시절에 그들조차도 어머니의 부엌에선 당당한 손님이었다.

어머니는 거지들을 부엌에 들여 밥을 먹여 보내곤 하였다. 그들의 몰골에 개의치 않았을 뿐만 아니라 그들이 무엇을 훔치거나 해코지를 할 수 있다는 편견을 두지도 않았다. 한참 놀다가 부엌에 먹을 것이 없나 고양쥐처럼 드나들던 우리는 남루한 차림의 여인들이 흰 대접에 담긴 밥을 먹다 말고 검고 순한 눈으로 우리를 바라보던 걸 기억한다. 어머니는 아궁이에 불을 지펴 끼니를 준비하는 동안에도 걸인들에게 평평한 곳에 앉아 밥을 먹게 하였다. 그들을 무시하지도 싫은 내색도 하지 않던 어머니의 모습이 익숙한 기억으로 내 뇌리에 남아 있다. 내가 자라면서 신분의 귀천에 따라 사람을 차별하지 않는 성향을 갖게 된 것은 사실상 어머니의 영향이 큰 것 같다. 그 시절엔 누구라도 가난하였다. 보잘것없는 음식이라도 기꺼이 나누던 어머니의 모습은 내 심신에 스며들어 자연스러운 호흡이 되었다. 내가 교사가 되어 처음 받은 월급은 매우 적은 돈이었다. 그나마 고향집에 보내고 나면 한 달을 살 만큼의 여윳돈도 남지 않았다. 그럼에도 동네에 굶는 노인이 있다는 말을 어머니로부터 전해 들었을 때 주저 없이 쌀값을 정기적으로 보내 주었다. 자녀가 돌보지 않는다고 노인이 굶게 둘 수는 없었다. 이제껏 나눌 수 있는 한 나누며 살아오다 보니 나눔이란 돈이 있고 없고의 문제가 아니라는 것쯤은 알겠다. 그건 단지 마음의 문제일 뿐이고, 그 시절 어머니의 부엌이 그처럼 따뜻했던 이유이기도 하다.

욕망이란 이름의 전차

어릴 적 미국 영화 〈욕망이란 이름의 전차 A Streetcar Named Desire〉에 대해 들은 적이 있다. 테네시 윌리암스의 희곡에 엘리아 카잔 감독의 명작이다. 거기에 명배우 비비안 리와 마론 부란도가 주연을 맡았으니 그것은 세계적인 센세이션을 일으키기에 충분하였다. 영화는 제목부터 의미심장한 내용을 암시한다. 그 내용은 주인공이 욕망의 허상을 좇다 파멸에 이르는 비극적인 스토리이다.

인간은 욕망의 집합체라 해도 과언이 아니다. 흔히 돈, 사랑, 식욕, 명예, 장수에 대한 욕망을 오욕五慾이라 부른다. 긍정적 측면에서 보면 그것은 삶의 목표를 설정하는 기폭제이자 위대한 창조를 가능하게 만드는 원동력이다. 그것이 비록 현실에서 뚜렷한 성과로 드러나기는 쉽지 않은 일이지만 그럼에도 불구하고 그것은 꺼지지 않는 열정과 완고한 지속성으로 무장한 채 우리 삶을 지배한다. 일단 욕망이란 강력한 마그마가 마음속 얇은 표피를 뚫고 나오면 그것은 질주하는 전차와 같아서 힘차게 궤도를 따라가든 가 아니면 이탈하든가 둘 중 하나로 끝이 나게 된다.

인간의 욕망 가운데 특히 부富는 타의 추종을 불허하는 주인공 이다. 저마다 손을 뻗어 그 오만한 얼굴에 한번 닿아 보기를 열망 하지만 허락받는 이는 매우 드물다. 한 생을 살다 보니 부란 가지 고 싶다고 가질 수 있는 것도, 가졌다고 영원히 지킬 수 있는 것도 아니라는 것쯤은 알겠다. 그것은 마치 생명체처럼 살아서 돌고 도 는 생리를 지닌 것만 같다.

그 마을에서도 그랬다. 들녘이 질펀히 펼쳐진 그곳에서 예전엔 눈이 닿지 않을 만큼 넓은 땅이 남자 집안의 소유였다. 그러다 선 대의 어느 시점부터 재산이 빠져나가기 시작하였고, 남자의 어린 시절엔 공동 우물가 맞은편 기와집으로 넘어간 상태였다. 그런데 웬일인지 그 기와집 문 앞은 늘 적막감이 감돌았고 드나드는 발길 도 뜸하였다. 그 집 앞마당엔 돌로 튼튼하게 쌓아 올린 둥근 우물 이 있고, 그 위에 얹은 나무지붕 한가운데에 묵직한 도르래가 두 레박을 매달고 있었다. 우물 곁 이끼 낀 마당과 오래된 나무줄기 사이에는 어둑한 음영이 드리워져 있었다. 기와집의 부는 이미 맞 은편 언덕 너머 다른 집으로 이동하는 중이었다. 부란 생물과 같 아 언제든 야무진 자손이 나온 집안으로 이동하는 것이 원리라면 원리인 듯싶다.

젊고 패기 있는 남자는 고등 교육을 받은 후 직장을 잡았다. 막 시집온 젊은 아내는 지혜로울 뿐만 아니라 포부가 커서 기울어진 가산을 되찾고자 맘먹었다. 생활이 알뜰하게 꾸려졌고 가을이면 논 몇 마지기씩을 사들여 재산을 되돌리기 시작했다. 희망이 미소를 머금고 그 집 문을 두드린 지 몇 년이 지나지 않아 몇십 마지기의 땅이 다시 돌아왔다. 그동안 젊은 부부에게서 아기들이 태어났다. 외모와 총명함을 모두 갖춘 아이들이 선물처럼 차례로 오자 남자는 더할 수 없는 기쁨에 들떴다. 자녀를 잘 키우려는 목표와 더불어 부에 대한 갈망이 자연스레 싹텄다. 마침내 사업을 꿈꾸고 계획을 세웠다. 그런데 그것이 무엇인지 모르기에 다분히 허술하고 충동적일 수밖에 없었다. 더구나 사람을 전적으로 신뢰하는 천진한 성품 탓에 앞날이 이미 예견된 듯했다.

첫 번째 사업인 식품공장에서 수입이 잘 났다. 문제는 고용인이 주인의 천진무구한 성품을 즉시 간파하였다는 데 있다. 남자는 고용인을 가족처럼 믿고 수입과 지출을 확인하지 않았다. 이런 주인이 세상 어디에 있으랴만 남자는 바로 그런 사람이었다. 복이 넝쿨째 굴러들어 온 걸 알아챈 고용인은 수입을 가로 채 유흥에 흥청망청 쓰기 시작했다. 그도 성에 차지 않았던지 얼마 지나지 않아 그는 결국 가게를 통째로 팔아서 도주하고 말았다. 참담한 실패를 경험한 남자는 당연히 낙담할 수밖에 없었다. 그러나 그것도 잠시 뿐이었다. 사업이 잘 되었던 기억이 또 다른 희망을 앞세워 유혹했기 때문이다. 다시 지인을 데려다 사업을 벌였는데 이번엔 시운이 맞지 않았다. 남자는 거듭된 실패에서 잃은 자금을 회수하고 싶었다. 그리고 미련을 끊지 못한 남자가 오뚝이처럼 새로운 시도를 반복하는 동안 죄 없는 전답이 차례로 팔려 나갔다.

도시에서의 사업이 실패로 돌아간 후 남자는 고심 끝에 자신의 전답으로 시선을 돌렸다. 그때부터 전답엔 수익성이 좋다는 특용 작물이 등장하기 시작했다. 어떤 농산물이 성공했다는 소식이 들려오면 다음 해 어김없이 그 작물이 전답에 등장하였다. 그리하여 참외꽃과 수박꽃이 활짝 피었고, 다음 해는 준수하게 잘생긴 대파들이 줄지어 섰다. 어느 해엔 푸른 아마 꽃이 환상적인 모습으로 하늘거렸고, 때론 누에를 키울 뽕나무가 튼실하게 줄지어 섰다. 아무리 애를 써도 시운은 남자의 편이 아니었다. 정성껏 가꾼 작물들이 수매 시에 가격 폭락을 만나 원가도 건지지 못하는 상황이 반복되었다. 사람의 계획이 이처럼 어긋나기도 쉽지 않을 터였다. 이쯤 되면 그것은 아마도 운명이란 것의 소관이었을 것이다.

부를 갈망하는 전차가 구동을 계속하는 동안 남자의 가계는 점점 곤궁해졌다. 궁핍이 장막을 드리우자 가족은 쓰리고 매운 계절을 통과해야만 했다. 가족의 행복을 위해 시작된 욕망의 전차는 허무한 질주 끝에 결국 궤도 이탈로 끝이 나고 말았다.

성공하려면 반드시 필요충분조건을 갖춰야 할 것이다. 허술하게 욕망을 추구할 때 그것은 결국 무모한 짝사랑으로 끝날 수밖에 없다.

인간은 오욕 가운데서도 부를 더욱 갈망한다. 부는 자신의 존재감을 알기에 한껏 도도한 몸짓으로 지나갈 뿐 웬만해선 누구에게 눈길을 주지 않는다. 아주 드물게 지혜와 성실함에 행운까지 타고난 사람에게만 살짝 미소를 보낼 뿐이다. 사람이란 존재가 이런 함정에 잘 빠지다 보니 예부터 헛된 욕망을 경계하는 말이 있다.

'만족할 줄 알고 분수에 편안하라 知足安分!'

이 말이 고리타분한 듯해도 빈부격차가 극심한 오늘날 더욱 유효한 명제이다. 그것은 상대적 박탈감으로 상심한 우리에게 주는 위로이자 경종이다. 그러나 분수를 터득하는 것은 현명함의 축복을 받은 자만이 가능한 일이다. 타인과 비교하는 것이 시간 낭비임을 알게 될 때 비로소 우리는 유유자적한 생을 누릴 자격을 얻게 된다.

진정 실속 있는 삶이란 이런 게 아닐까?

시골 운동회

잠결에 두런두런하는 소리가 들린다. 관사 앞 운동장에서 들려오는 듯하다. 잠시 몽롱한 상태가 이어진다.

"아, 오늘이 운동회 날이지!"

아버님이 교장 선생님이셔서 나는 학교 관사에서 살고 있다. 초등학교 운동회 날은 모처럼의 대목장인지라 좋은 자리를 차지하려는 장사꾼들이 새벽같이 모여든 모양이다. 추석 무렵 첫새벽의 냉기는 만만치 않다. 모닥불을 지펴 놓고 몸을 녹이며 그들은 아마도 이 마을 저 마을 떠도는 세상 소식들을 전하고 있을 것이다. 그들의 짐 보따리에 든 물건들이라야 초라하기 짝이 없는 것들이다. 조악한 깃털에 삑삑 소리를 내는 장난감 새, 색색의 풍선들, 진한 빨노초 색깔로 물들인 둥근 막대 사탕, 구멍이 숭숭 뚫린 긴 엿, 건빵이나 껌 같은 값싼 물건들이 고작이다. 그래도 아이들의 호기심을 자극하기에 충분할 뿐 아니라 상인들이 그나마 돈을 쥐어 보는 귀한 물건들이다.

어렴풋이 들려온 소리에 잠이 깬 나는 더는 잠들 것 같지 않다. 창호지 미닫이문을 빠끔히 미니 동이 트려면 아직 먼 듯 청회색 하늘이 짙은 어둠 속에 잠겨 있다. 부모님과 동생들이 자고 있는 안방에서는 아무런 기척이 없다. 눈을 감은 채 나는 오늘 벌어질 운동회를 설렘으로 상상해 본다.

넓은 운동장이 새 단장을 한다. 학교 건물의 처마에서 운동장 끝 나무들까지 사통팔달로 걸린 만국기가 잔칫날 분위기를 띄운다. 경쾌한 행진곡이 교정에 울린다. 땅바닥에는 둥글고 네모나고 긴 선들이 빼곡하게 그려진다. 청백의 게임선이나 출발선, 결승선 표시들이다. 선 위에 뿌려진 하얀 석회 가루의 냄새가 톡 쏘지만 그 생소한 느낌조차 잔칫날의 흥을 돋운다.

드디어 아이들이 줄지어 서서 애국가를 부르고 체조를 한다. 교장 선생님께서 정정당당한 경쟁을 주문하고 개회를 선언하면 운동회가 시작된다.

청백의 대결은 먼저 어린 학생들의 게임으로 시작된다. 운동장 한가운데 양편의 바구니를 높이 세우고 콩 주머니를 던져 터트리는 경기이다. 호루라기가 울리면 청백의 머리띠를 두른 어린이들이 '와 와' 달려 나가 바구니를 향해 콩 주머니를 던지기 시작한다. 고사리손으로 힘껏 던져 보지만 야속하게도 바구니는 꿈쩍도 안 한다. 그러다 개미의 역사가 이루어져 마침내 바구니가 터지면 꽃가루가 쏟아지고 색색의 끈에 매달린 풍선들이 푸른 하늘로 날아간다. 아이들과 부형들의 함성이 허공을 흔든다. 점수판에 이긴 쪽의 점수가 올라가면 한쪽은 의기양양하고 다른 쪽은 전의를 다진다.

큰 공 굴리기는 어떤가. 어린이들이 짝을 지어 공을 굴려 가서 목표점을 돌아오는 경기이다. 몸보다 몇 배 큰 공을 굴리다 보면 공이 엉뚱한 곳에 가 있기 일쑤이다. 안타까운 어린 학생들과 부모님들의 열띤 응원은 결국 승패가 결정된 후에야 멈추게 된다.

고학년들은 한결 의젓한 모습으로 기마전, 장애물 달리기 경기에 출전한다. 공부는 딴전이고 산과 들을 누비며 건강하게 그을린 얼굴들은 초롱초롱한 눈빛에 긴장감이 역력하다. 어깨에 몇 층으로 동무를 올려놓고 마지막에 기수를 태운다. 기수는 손을 뻗어 상대의 깃발을 뺏으려 안간힘을 쓰고, 받쳐 주는 아이들은 기수를 따라 숨차게 발을 옮겨 간다. 협동이 관건인 이 게임은 마치 전투인 양 박진감이 있어 인기를 독차지한다.

장애물 경기는 또 어떤가. 둥근 운동장을 빙 둘러 군데군데 장애물을 배치하고 빨리 빠져나오는 경기이다. 옆으로 놓인 사다리, 무겁고 촘촘한 그물, 모래주머니 매달고 달려가기, 높이 매달린 엿 따먹기 등 힘든 과정을 거쳐 1등을 한 아이들은 세상을 다 얻은 듯 뿌듯하다. 행진곡에 맞춰 출발과 퇴장을 반복하는 아이들이 다양한 경기로 운동장을 수놓을 때마다 학부모들은 덩달아 긴장과 흥분을 감추지 못한다. 만국기가 휘날리는 파란 하늘로 양편의 응원의 함성이 힘차게 퍼져 나가고, 점수판엔 청백의 분필이 바쁘게 점수를 썼다 지운다.

학부형 참여 종목도 있다. 부모와 자녀가 다리 묶고 뛰기나 마을 대항 줄다리기 혹은 사람 찾기 같은 것들이다. 갓 쓴 할아버지를 찾아오라는 쪽지가 걸리면 '아차' 주저앉고 싶고, 몸이 잽싼 남자애가 걸리면 환호성이다. 줄다리기는 마을의 자존심이 걸린 만큼 응원의 함성도 하늘을 들썩인다. 활력 넘치는 청년들이 어금니를 꽉 문채 농사일로 검게 탄 굵은 팔뚝에 힘줄을 돋운다. 이긴 마을의 기쁨이야 더할 나위 없어 마을 잔치는 밤을 새워 가며 흥겨울 것이다.

쩌렁쩌렁 울리던 음악이 멈추고 게임이 중단되면 마스게임이 시작된다는 뜻이다. 똑같은 색깔과 모양의 옷을 입은 여학생들은 동작을 잊어버리면 어쩌나 조바심과 설렘으로 기다린다. 여선생님의 신호에 따라 음악이 울리면 일사불란한 동작이 펼쳐진다. 소고춤은 하얀 옷에 빨노파 색깔의 띠를 묶고 징, 꽹과리 박자에 맞춰 좌우와 위아래로 소고를 치며 나아간다. 동그라미, 네모, 십자, 8자로 대형을 바꾸어가는 동안 머리에 쓴 꽃 고깔이 좌우로 춤을 춘다. 현대 무용은 리넨 천의 하얀 블라우스와 검정 주름치마를 입은 날렵하고 경쾌한 모습으로 군무를 선보인다. 실수 없이 끝마치는 순간 여자 아이들의 수줍은 얼굴에도 기쁨이 완연하다.

뭐니 뭐니 해도 운동회의 하이라이트는 마지막 순서인 청백 계주다. 반에서 가장 발이 빨라 뽑혀 나온 선수들이 청군과 백군으로 나뉘어 교단 앞에 늘어선다. '탕' 하는 총소리에 바통을 쥔 첫 주자가 출발하면 일시에 함성이 터진다.

청군 이겨라!

백군 이겨라!

흥분과 열기 속에 승패가 가려지고 마무리 체조를 하고 나면 마침내 잔치가 끝이 난다. 어느덧 가을 해는 서산에 걸리고 박수와 함성으로 들썩였던 운동장엔 썰물이 지나간 바닷가처럼 고요가 찾아든다.

즐길 거리가 없던 시절 학교 운동회는 학생은 물론 바쁜 농사일에 잠시 짬을 낸 부모들까지 여러 마을 전체가 함께한 축제였다. 그것은 고단한 삶에 웃음과 위로를 선물해 주는 잔치였다. 그만큼 행사를 주관하는 학교는 한 달 전부터 계획하고 준비하느라 바쁜 시간을 보내야 했다.

언제부턴가 운동회가 자취를 감추었다. 번거로운 준비 과정이 달갑지 않은 주체와 운동회가 자녀의 공부에 방해가 된다고 보는 부모들의 바람이 맞아떨어진 것이리라. 일제의 잔재로 호도되면서 말이다.

몸과 마음을 하나로 묶던 공동체의 축제가 사라진 이 시대에 우리는 너 나 할 것 없이 바쁘고 건조한 하루를 살아간다. 공부에 내몰린 청소년들이든, 변하는 세상에 적응하지 못한 어른들이든 모두가 소외감에 시달린다. 문명의 발전과 개인주의로 우리는 진정한 즐거움을 놓치고 있는 것 아닐까. 입이 귀에 걸리도록 웃고 즐기던 어린 날이 마냥 그립다.

토끼몰이

    늦가을 어느 화창한 날이었다. 오후 수업을 앞당겨 끝내고 모두들 운동장에 모였다. 오늘은 기다리던 가을 행사가 있는 날이다. 정읍에서 한참이나 들어간 곳에 있는 남성초등학교는 운동장 정면에 높은 입암산을 마주하고 주변이 논밭으로 둘러싸인 곳이다. 무리 지어 피어난 키 큰 코스모스가 운동장을 에워싸서 담장을 대신한다.

    가을걷이가 끝날 즈음이면 고학년 학생들만 모여 가까운 산으로 토끼몰이를 간다. 그보다 더 흥미진진한 일이 없으니 모두가 소풍 가는 날처럼 손꼽아 기다린다. 손에 손을 잡고 산을 빙 둘러싼 후 토끼를 몰아가는 일은 영화보다 더 스릴 만점인지라 학수고대하는 게 당연하다. 가난한 시절이라 하얗게 버짐이 피고 까맣게 그을었지만 어린 얼굴들엔 막 재미있는 일이 벌어질 거라는 기대로 웃음기가 가득하다. 남녀 두 줄로 늘어선 우리 반 앞에 담임선생님이 서 계신다. 교감 선생님께서 주의사항을 당부하시지만 들뜬 마음에 그것이 귀에 들어올 리 없다. 선생님을 따라 이 열 종대로 출발한다.

　교문 밖을 나서자 전답 사이로 구불구불 황톳길이 이어진다. 우리는 짧은 다리를 부지런히 놀려 앞으로 나아간다. 길가 양옆으로 추수를 끝낸 들판이 사뭇 휑하다. 논바닥에는 추수 후에 남은 이삭과 줄기들이 널려 있다. 논둑 사이로 키 큰 억새가 꽃술을 피워 올려 바람을 탄다. 좁은 도랑을 따라 흐르는 맑은 물속에 파란 하늘이 담겨 있다. 김장을 위해 남긴 알찬 배추들이 노오란 속잎을 드러내어 웃는다. 속잎은 그 고소한 맛으로 김장 날 젓갈 양념과 깨소금에 버무려져 누군가의 미각을 흡족하게 만들어 줄 것이다.

　가을바람이 서늘하게 불어와 빈 들판을 넘어간다. 태양은 밝게 빛나고 와자지껄 떠드는 학생들의 티 없는 웃음소리가 멀리 퍼진다. 삼백육십여 명의 아이들이 구불구불한 흙길을 천방지축 제멋대로 장난을 치며 걸어간다. 한참을 걷다 보니 오늘 목표지인 야산의 모습이 눈에 들어온다. 허름한 초가지붕 몇 가구가 산자락 끝에 옹기종기 마을을 이루고 있다. 우리는 마을 어귀에서 산으로 통하는 길을 따라 오르기 시작한다.

　긴 대열의 끝이 도착하자 선생님들이 앞장서서 산의 몸체를 휘

감듯 둥글게 길을 잡아 나가신다. 호루라기 신호가 들리자 우리
도 손에 손을 잡고 산 위를 향해 한 발씩 나아간다. 수북이 쌓
인 낙엽이 발밑에서 바스락거린다. 잎을 떨군 나뭇가지는 그만큼
더 많이 파란 하늘을 들여놓았다. 낙엽이 쌓인 데다 작은 나뭇가
지들이 서로 얽혀 오르기가 여간 어렵지 않다. 그루터기를 만나
면 잠시 손을 놓았다가 곧 다시 잡고서 포위망을 좁혀 간다. 언덕
배기에 올라서니 구부정하게 누운 듯한 산능선이 한눈에 들어온
다. 낙엽 아래 검은 땅에선 오랜 시간 숙성된 흙냄새가 짙게 올라
온다. 나뭇가지들이 여린 피부를 할퀴어 길을 막는다. 불청객들이
찾아들자 놀란 새들이 푸드덕 날아올라 가지를 옮긴다. 말소리를
내지 말라는 지시에 따라 낙엽 밟는 발자국 소리만이 고요를 흔
든다. 생명의 숨결로 충만한 아이들 곁을 시간의 발자국이 조용히
따라온다. 얼마쯤 지났을까. 산의 반대쪽에서 아득히 고함소리가
들려오는 듯했다. 소리는 아주 작게 들려오다 이내 가까워지고 곧
여러 사람의 합창으로 바뀐다.

"토끼다!"

"토끼?"

"어, 어디?"

"와! 토끼다!"

모두가 목청을 다해 외치기 시작한다.

"이쪽, 이쪽이야!"

아이들이 지르는 함성이 가을 산을 냉큼 들어올린다. 꼭 잡은 고사리손에 더욱더 힘이 들어간다. 다급한 토끼들이 행여 내 쪽으로 달려올까 안절부절이다. 내 앞에 나타난다면 절대로 놓치지 않겠다는 결연한 얼굴로 더욱 빈틈없이 좁혀 간다. 선생님들의 긴장하신 모습이 나뭇가지들 사이로 어른거린다.

"이쪽이다!"

"아니, 저쪽으로 튄다!"

"야, 막아!" 하는 다급한 외침이 허공을 가른다. 듣는 사람도 덩달아 손에 땀을 쥔다. 이쪽저쪽에서 '후다닥 후다닥' 뛰는 소리가 들리고 "잡아!" 하는 다급한 소리가 뒤따른다. 몰려오는 사람들 소리에 놀란 토끼는 길을 잃었다. 속수무책이다.

마침내 누군가 큰소리로 외친다.

"잡았다! 잡았어!"

선생님 한 분이 토끼 귀를 잡아 높이 치켜드신다.

"와! 와!"

그 순간 기쁨의 함성이 산을 뒤흔든다. 토끼를 본 아이들이 손뼉을 치고 팔짝팔짝 뛰어오른다. 몸짓은 달라도 저마다 흥분을 감추지 못한다. 벅찬 하루가 이렇게 끝나 간다.

오늘 야산을 뛰놀던 산토끼 몇 마리의 운명이 바뀌었다. 산을 떠나 이제는 학교 운동장 옆 비좁은 토끼장에서 지내야 한다. 그들은 아이들의 사랑을 받으며 배추와 고구마로 겨울을 날 것이다.

둥근 대열이 들쑥날쑥 허물어지며 모두가 산 아래로 향한다. 우리는 온 길을 되짚어 나아간다. 마을과 논둑을 지나 집으로 가는 길에 들뜬 아이들의 시끌벅적한 지저귐이 늦가을 저녁 공기를 데운다. 가을 산의 정경과 토끼몰이는 그들의 뇌리에 새겨져서 오랜 시간 그리움으로 기억될 것이다.

해는 뉘엿뉘엿 떨어지는 중이다. 붉은 노을이 내려앉은 서쪽 하늘이 검붉은 빛으로 변해 간다. 뒤돌아보니 함성으로 가득했던 야산의 잡목 숲은 어느새 졸음에 겨운 듯 잠잠하다. 아이들은 서로 "잘 가"라는 인사와 함께 삼삼오오 흩어진다. 굴뚝에 연기를 피워 올린 초가지붕들이 정답게 아이들을 맞는다. 드문드문 들리는 말소리와 멀어지는 발소리가 늦가을 저녁의 어둠 속으로 잦아든다.

들뜬 낮이 지나면 별이 꿈꾸는 시간이 온다. 어둠을 타고 내려온 별들이 하나둘씩 허공에 촛불을 밝힌다. 시간의 경계 위에서 사위가 고요하다.

울던 아이

아이는 태어날 때부터 수려한 용모에 귀티가 흘러 관옥冠玉같다는 말을 들었다. 용모만 빼어난 것이 아니라 총명하기 그지없어 사랑을 독차지하였다. 장남을 귀히 여긴 어머니는 그에게 잡다한 집안일들을 시키지 않았다. 그런데 아이의 버릇 하나가 어른들의 염려를 자아냈다. 잠을 깬 후 으레 우는 아이의 미래가 혹 밝지 못할까 하는 염려였다. 쉬운 인생이 있을까마는 그래도 방글방글 웃는 아기가 순탄한 삶을 살 것이라 여기지 않던가.

아이는 꿈에서 좋아하는 물건을 마음껏 가질 수 있어 좋았다. 그런데 눈을 뜨면 방금까지 손에 쥐고 있던 것들이 보이지 않았다. 그것이 현실과 꿈의 차이라는 것을 알지 못한 아이는 그 허망함 때문에 울었다.

초등학교에 들어가서는 뛰어난 기억력으로 공부뿐만 아니라 웅변도 잘하여 늘 칭찬을 받았다. 성웅 이순신의 일대기를 모두 외워서 매일 뒷동산에 올라가 낭송하였다. 당시는 정치가들의 웅변

실력이 대중에게 파급력이 컸기 때문에 학교에서도 웅변대회가 자주 열렸다. 감정이 풍부한 아이는 열정적인 웅변 실력으로 나가기만 하면 매번 최고상을 휩쓸었다. 그렇게 중고등학교를 거쳐 대학에 갈 시기가 되었다. 법과에 합격한 기쁨도 잠시, 등록금을 내야 할 때 아버지는 안타까운 어조로 말씀하셨다.

"등록금을 대려면 밭을 팔아야 하는데 그러면 네 동생들을 가르칠 수가 없구나. 어쩌면 좋으냐?"

맏이는 마음이 모질지 못하였다. 차마 자신의 등록금을 내려고 밭을 팔아 동생들의 교육을 포기하게 할 수가 없었다. 대부분의 집에선 장남에게 전력을 다하던 시절이었지만 아버지는 아들 딸 구별 없이 모두 가르쳐야 한다고 생각하셨다. 칭송받아 마땅한 그 신식 사고방식은 충분한 돈이 있을 때나 가능한 것이었다. 딸들에겐 행운이나 그에겐 불운인 셈이었다.

청년은 대학을 포기하고 입대를 결정하였다. 6.25 전쟁을 겪은 후 60년대의 이 나라는 사회질서도 도덕도 반듯하지 못했다. 초라한 국방 예산에 담당자들의 부도덕한 축재까지 횡행하여 군대 보급품이 형편없었다. 최전방에 배치된 청년의 신병 생활은 추위와 배고픔으로 혹독하였다. '이럴 바에야 월남에 가는 게 낫지 않을까. 위험하지만 돈을 벌어 대학에 갈 수도 있고…'

월남 파병에 자원하였다. 막연한 두려움은 월남 땅에 발을 딛

자마자 엄혹한 현실로 다가왔다. 그곳은 피비린내 진동하는 전쟁 터였다. 수색 부대에 배속된 청년은 매 순간 죽음의 위험에 맞닥 뜨려야 했다. 열대 우림 지대의 숲은 해충으로 들끓고 말라리아모 기는 한층 더 극성을 부렸다. 한 치 앞도 보이지 않는 숲속을 전 우들과 숨죽여 한 발씩 나아갈 때 난데없이 베트콩들의 총알이 "핑 핑" 귓가를 스쳐갔다. 은신의 귀재인 그들은 예상치 못한 곳 에서 공격을 감행하였고 고막을 울리는 총소리에 표현할 길 없는 공포감이 몰려왔다.

어느 때였던가, 방금까지 함께 있던 전우들이 눈앞에서 '픽! 픽!' 쓰러져 갔다. "따, 따, 따" 아군의 응사하는 총소리와 불길을 뿜어내는 화염 방사기가 동굴을 지나가면 상대편에서도 비명이 터져 나왔다. 생사가 한순간에 갈리고 죽음을 목격하는 일이 일 상이 되어 갔다. 전장은 이념과 명분을 넘어 인간이 서로 총을 겨 누어 살상하는 곳일 뿐이었다.

어느 부대가 작전에 나갔다가 베트콩의 기습 공격에 많은 사상 자가 났다. 소대장과 분대장 등 지휘자 7명이 현장에서 사망하고 남은 병사들은 숲속으로 뿔뿔이 흩어졌다. 이로 인해 청년의 수 색 중대에 야간 출동 명령이 떨어졌다. 그곳에서 준동하는 베트 콩을 소탕하고 그 퇴로를 끊으라는 작전 명령이었다.

때는 베트남의 우기였다. 어두운 밤 헬기를 타고 떨어진 적진은 바로 논바닥 한가운데였다. 발이 바닥에 닿는 순간 목까지 차오르는 논물에 겁이 털컥 났다. 그 와중에도 무전병인 청년은 무전기가 젖을세라 두 팔을 높이 들고 중심을 잡으려 안간힘을 썼다. 사방이 트인 적진 한가운데서 그는 적의 총알을 유도하는 안성맞춤 타깃이 되었다. 죽음이 목전에 놓인 그 순간 신만이 베트콩의 총알이 날아오는 방향을 알 것이었다. 그 공포의 밤을 청년과 전우들은 매복한 상태로 대기하였다. 한밤중에 하늘에 떠오른 하현달이 형언할 수 없는 기괴한 느낌을 자아냈다.

인간의 역사에서 전쟁이 없는 시대가 있었던가? 그것은 왜 끊임없이 반복되는 것일까? 누군가의 욕망을 그럴듯한 명분으로 감추고 자행되는 전쟁과 그 참상들…. 정치가가 탁상에서 전쟁을 결정하면 무고한 청년들이 전장의 소모품으로 사라진다. 쓰러진 전우 옆에서 산 자는 어떻게든 생존을 도모해야 하는 것이 전장의 생리다. 슬픔이란 감정이 퇴색되어 갔다. 숲에 내리는 밤이슬은 단숨에 총기를 빨갛게 녹슬게 할 정도로 위협적이었다. 열대의 숲은 젊은 영혼을 갉아먹는 승냥이의 무덤과 같았다. 전쟁이란 어떤 명분을 들이대도 가당찮은 일이었다.

청년의 영혼과 육체도 피폐해져 갔다. 내일도 살아 있으리란 보장이 없다. 두려움과 공포가 쓰나미로 몰려올 때 청년은 어머니를 불렀다. 아들의 무사귀환을 위해 밤낮으로 기원하는 어머니의 기도가 자신을 지켜 줄 것이란 믿음으로 버텼다. 유골로 귀향하는 전우들을 보면서 청년은 신체발부身體髮膚는 수지부모受之父母라는 말을 되새겼다. 절대로 유골로 고향에 돌아갈 수는 없다고 다짐하였다. 이 엄혹한 전장의 경험도 인생이란 험로를 너끈히 이겨낼 동력이 될 것이라고 자신을 위무하였다.

드디어 꿈에 그리던 귀대 날이 왔다. 고국으로 돌아간다는 기쁨도 잠시, 그러나 그는 말라리아에 걸려 39~40도를 오르내리는 고열과 한기에 치를 떠는 상황이었다. 치료를 받지 못해 인사불성인 상태였지만 죽어도 고향에 가서 죽겠노라고 배를 타고야 말았다. 배의 밑바닥 칸에서 7일 동안을 말라리아와 뱃멀미에 시달리다 부산항에 내렸다. 그러나 한 발짝도 움직일 수 없는 몸 상태에 정신마저 혼미해졌다.

항구 한 모퉁이에서 꼼짝도 못 하는 청년에게 그래도 신이 한줄기 빛을 내려 주었다. 월남에서 같은 부대원이었던 김양수 상병이 마침 부산항 보충대에서 귀국 제대병을 돌보고 있었다. 귀국하는 병사들 명단에서 청년의 이름을 보고 마중나온 그가 그의 위급한 상태를 목격하고 의무대에서 가져온 말라리아 약을 건네주었다. 그 약을 먹고서야 차도가 있어 청년은 겨우 귀향할 힘을 얻었다.

청년이 위험한 전장에서 매월 집에 보낸 45불은 당시엔 큰돈이었다. 그러나 안타깝게도 그 돈은 이미 고향집 생계와 동생들 교육비로 들어간 지 오래였다. 꿈에도 그리던 고향에 돌아왔건만 허망한 마음만이 허공으로 흩어졌다. 오래전 잠을 깨어 울던 아이는 자신의 힘겨운 미래를 이미 예감했던 것일까.

청년은 다시 원점에 섰다.

그는 다시 꿈을 향해 나갈 수 있을까.

에필로그

전장에서 돌아온 그는 여의치 않은 상황에 좌절했지만 의지가 꺾이지는 않았다. 경찰학교를 수석으로 졸업하고 애국심과 성실함으로 나라의 치안을 굳게 지켰던 그는 지천명쯤에 명퇴한 후 다시 신학에 도전하여 목회자의 꿈을 이루었다. 산수傘壽가 되어 가는 지금도 그는 오롯한 신앙심으로 전도사역에 헌신하는 중이다.

가련다

신경숙 작가의 〈엄마를 부탁해〉라는 소설에서 엄마는 가족에게 마지막 한마디를 남긴다.

"나는 갈란다."

그 독백이 눈에 닿는 순간 강한 울림으로 심장에 와 꽂힌다. 그건 내 어머니의 마지막 말이기도 하였다. 무의식의 심연에 웅크리고 있던 아픔이 때마침 출구를 찾았다는 듯 비집고 나온다.

1998년 새해 벽두였다. 연락을 받고 집에 가니 누구보다 정신력이 강하셨던 어머니가 백지장 같이 하얀 얼굴로 자꾸만 웃으셨다. 무슨 일인가 싶어 어머니 얼굴을 찬찬히 바라보았다. 어머니는 지병이 악화되어 잠시 정신을 놓은 듯했다. 남은 생을 가족의 처분에 맡겨 버린 그 무기력한 모습을 보자 내 심장이 저려왔다. 어머니의 위급한 소식에 발길 뜸했던 가족들까지 와서 마지막 인사를 하였다.

그렇게 보내 드릴 수는 없었다. 늘 입원하시던 대학병원으로 가려니 멀고 간호할 사람이 없었다. 집에서 가까운 병원은 마음이 놓이지 않았지만 아버지가 문병을 다니시기에는 좋을 것 같았다. 어머니의 생이 끝나감을 예상했기에 50년을 함께해 온 노부부가 정을 나누도록 해 드리는 것도 좋을 성싶었다. 그러나 우려한 대로였다. 대학병원의 치료에 익숙했던 우리에게 이곳 의료진의 처치는 허술하기만 하였다. 간호사들이 실수를 하고 허둥지둥하는 모습이 자주 눈에 띄었다. 그로 인해 말 못 하는 환자가 겪을 고통에 마음이 아팠지만 상태가 위중하여 옮길 수도 없었다. 혼수 상태에서 미동도 하지 않던 어머니는 사흘 후 기적처럼 깨어나셨다. 실낱같은 생의 한 가닥을 붙잡고 돌아온 어머니는 혼수상태에서 꾼 꿈을 무용담처럼 들려주셨다.

"어딘가에 누워 있었어. 수많은 사람들이 나를 둘러싸고 지켜보더군. 한편에서 내 촛불이 타고 있었어. 촛불은 너무나 짧았고 바람에 금방이라도 꺼질 듯 춤을 추었지. 어리둥절하다 겨우 정신을 차리고 주변을 둘러보았어. 그때 사람들이 소리쳤어. '빨리 촛불을 끄고 저 늙은이를 끌어내요!' 거기에 낯익은 식구들의 얼굴이 보였어. 나는 힘껏 외쳤어. '우리 딸이 아직 돌아오지 않았으니 내 촛불을 끄면 안 돼요! 또 우리 아들이 반대하는데 왜 내 촛불을 끄려고 해요?'"

어머니의 강한 저항에 끌어내리던 검은 사람들의 손길이 멈추어 가까스로 끌려 나가지 않았단다. 누군가 손을 내밀어 끌어당겨 주어야만 생의 이편으로 돌아올 수 있다는 것이었다. 무의식의 세계와 의식세계가 이처럼 하나로 결속되어 있다는 사실에 새삼 놀라움을 금할 수 없었다.

어머니는 아홉 자녀를 낳고 기른 훈장인 양 일찍부터 지병을 얻어 병원을 드나드셨지만 강한 정신력으로 고통을 극복해 오셨다. 그처럼 혼수상태에서도 꺼져 가는 자신의 생명을 강인하게 지켜내신 듯했다. 의식이 돌아온 후 어머니는 자신의 생명을 연장시키려 애쓰는 나와 간병을 도맡은 오빠가 혼수상태에서도 그녀를 지켜준 힘이었다고 고마워하셨다.

병세가 호전되자 나는 감개무량하였다. 병원용품을 사려고 찻길을 건너는데 이월의 싸늘한 냉기 속에 플라타너스 나무는 가지마다 작고 둥근 방울들을 귀걸이처럼 늘어뜨리고 있었다. 이제껏 들어본 적이 없는 맑고 영롱한 새소리가 발길을 붙잡았다. 미물들이 봄날의 온기를 먼저 알아챈 듯, 작고 예쁜 새가 마른 나뭇가지 사이를 옮겨 다니며 청아한 목소리로 노래한다. 세상에 저리도 고운 목소리가 있었나.

아! 생이란 얼마나 숭고한 것인가?

입원실엔 어머니와 단 둘이었다. 어머니를 위해 꽃시장에 가서

사 온 꽃바구니가 화사하게 웃는다. 생의 이편으로 돌아온 기쁨을 어머니는 소녀 같은 미소로 답하셨다. 휠체어를 밀고 복도 창가로 다가가자 어머니는 장난스럽게 부탁하셨다. "목이 마르니 콜라 조금만 마시면 안 될까?" 하시며 겨우 손가락 한 마디를 내미셨다. 그런데 나는 받는 손이 부끄러울 만큼 정말로 조금만 드렸다. 내 인색함의 이유가 혈당임을 아시는 어머니는 목을 축이기엔 턱없이 부족한 그 콜라 한 모금을 달게 마셨다. 그때 한 잔 가득 따라 드렸더라면 얼마나 좋았을까. 기쁨이란 살아있을 때만 누릴 수 있는 특권인 것을….

조금 호전된 어머니는 퇴원하여 손주들의 재롱을 보고 즐거워하셨다. 적어도 일 년쯤은 더 사실 줄로 생각한 것이 나의 착각이었다. 안심한 나는 투정처럼 한마디를 던졌다. "이제 관리 잘하셔야 돼. 또 입원하시면 나 힘들어." 무심결에 나온 그 말은 관리를 잘하시라는 뜻이었지만 어쩌면 나의 내면에 잠재된 유심의 한 가닥이었을지 모른다. 나는 늘 어머니의 병원비를 감당해야 했던 역할에 지쳐 있기도 하였다. 의지해 온 딸의 투정 어린 한마디가 어머니 마음을 벼랑 끝으로 내몰았던 것일까. 아니면 점점 나빠지는 상태에 절망했던 것일까. 퇴원 후 어느 날 신장 투석을 다녀오시던 어머니는 조용히 오빠에게 말씀하셨단다.

"……나, 갈란다."

비장함이었다. 꼭 붙잡았던 삶의 끈이 느슨해졌다. 자식의 짐이 되는 미안함과 생명의 힘이 다한 것을 절감하는 사람의 심정이 어떨지는 짐작조차 하기 어렵다. 불과 두 달 후 어머니는 다시 입원하여 중환자실로 들어가셨다. 그리고 철쭉이 천지에 꽃불을 켜던 사월의 어느 새벽 홀로 이승을 하직하셨다.

아, 고향의 봄 언덕에서 누군가 손짓하여 불렀는가. 노랑 저고리 빨간 치마로 뛰놀던 어릴 적 고향이 그리웠는가. 아른아른 아지랑이 피어오른 언덕 너머로 나비를 찾아갔는가. 가시는 길 산마루에도 철쭉꽃 그리 붉게 물들었는가.

이제 촛불을 지켜 줄 그 누구도 없어서였나. 어머니는 자신의 촛불을 거두려는 어둠의 무리에게 더는 저항할 힘을 잃었나 보다. 생사의 강을 건너던 그 새벽, 병원에선 위급을 알렸다는데 무슨 일이 일어났던 것인가…. 9남매를 기르신 어머니의 마지막은 결국 손잡아 배웅하는 자녀 하나 없는 쓸쓸한 이별이었다.

소멸이 생명체에 주어진 숙명이라 하나 남은 이의 마음엔 그저 허허로운 바람이 맴돈다. 어머니는 이미 가망이 없는 상태였다고 항변도 해 본다. 그럼에도 깊이 각인된 미안함이 내내 지워지지 않는다.

시간은 망각을 선물한다. 무심히 살다가 삶의 고비를 만날 때만 온전히 내 편이었던 누군가를 떠올린다.

'이럴 때 내 옆에 계셨다면 얼마나 좋을까.'

허공에 어리는 어머니의 모습, 그 환한 웃음과 낭랑한 음성이 오늘따라 몹시도 그립다.

미역국

늦은 밤 전화벨이 울렸다. 큰언니의 전화다.

"미역국 끓여 먹었냐?"

"어? 아니."

"아니, 왜 그랬어? 어머니가 그 더운 날 너를 낳느라 얼마나 힘들었는지 아냐?"

어머니는 나를 가졌을 때 건강한 아이를 낳으려고 녹용을 드셨단다. 그래 그런지 복중 아기가 커진 바람에 해산날 쉬이 나오지 않아 고생이 많으셨다는 얘기다. 옆에서 해산을 도우신 할머니가 어머니의 모진 산고를 다 지켜보셨단다. 한 분의 하늘이 노래지는 고통과, 다른 한 분의 노심초사 속에서 내가 세상 구경을 하게 되었다. 마침내 고고성을 울리며 아기가 나오자 기쁨의 탄성과 함께 탯줄이 잘렸다. 할머니는 마당에 왕겨로 불을 피우고 태를 올려 태웠단다.

세 살쯤 되었을 때 이리(익산)에서 사업을 하시던 어머니는 일 년쯤 집에 오시지 못했다. 누구보다 헌신적인 할머니의 품에서 자랐건만 그래도 어머니의 손길이 그리웠던가 보다. 모기가 많은 시골이라 아기 몸에 까시락지(부스럼)들이 났단다. 중학교에 다니던 큰언니와 할머니는 걱정이 되어 멀리 계신 어머니께 보여야 한다고 결정하였다. 이십 리가 넘는 땡볕 길을 제법 묵직한 아기를 업고 걷는 고단한 길이었단다. 할머니와 언니는 아기를 번갈아 업고서 온몸이 땀에 젖어 오갔단다. 지금이라면 약국에 가서 '버물리' 한 개만 사서 바르면 될 일이지만, 그땐 물린 곳이 짓물러 아기가 울어도 견디는 것밖에 다른 도리가 없었단다. 나는 지금도 유난히 피부가 약해 개미한테만 물려도 금방 빨갛게 부풀어 오른다. 그때는 아기라서 모기의 독을 견디지 못해 후유증이 더 컸을 것이니 애꿎은 할머니와 언니를 크게 걱정시켰던 모양이다.

어느 생일날이었던가 나는 문득 철든 생각을 했다. 내가 축하를 받기보다는 어머니의 산고를 위로해 드려야겠다는 신통한 생각 말이다. 어머니는 생일날 미역국을 끓여 상을 차려 놓으시고 내가 어서 먹기를 기다리셨다. 특유의 환한 웃음을 지으시며 내가 먹는 것을 보고서야 흐뭇해하셨다. 나는 나를 낳느라 너무 힘드셨으니 어머니가 상을 받아야 하는 날이라고 제법 효녀인 양 말을 건넸다. 그러자 어머니는 세상에서 가장 행복한 듯한 표정을 감추지 못하셨다.

"어머니, 무더운 여름에 큰 애기 낳느라고 애 많이 쓰셨소 잉."

내 생일은 음력 7월이니 양력으로 바꾸면 대체로 8월 하순 경
이다. 새 달력을 받으면 맨 먼저 음력 생일을 양력 날짜로 찾아 표
시한다. 우리 시절엔 음력을 사용하는 것이 관습이었다. 아마도
절기에 맞춰 농사를 짓던 농경 생활의 유산이었을 것이다. 모두가
양력 생일을 사용하는 요즘엔 실감이 오지 않는 이야기이다.

내 생일 즈음엔 포도가 많이 나온다. 어머니는 생일날 늘 포도
를 사 오셨다. 흔히 보는 검은 빛깔의 평범한 포도가 아니다. 80년
대엔 구경조차 힘들었던 귀한 청포도를 어디선가 구해 오셨다. 갸
름한 타원형의 은빛으로 반짝이는 쟁반 위엔 그 쟁반을 덮고도
남을 만큼 크고 싱싱한 청포도 송이가 담겨 있었다. 이처럼 귀한
포도가 영글려면 얼마만큼의 강렬한 햇빛과 비옥한 토양이 필요
했을까. 어머니는 어떻게 이처럼 크고 싱싱한 청포도 송이를 구해
오시는 것일까. 물은 적은 없지만 그 큰 정성에 늘 포만한 감동을
받지 않을 수 없었다. 온 가족이 서울에 자리잡은 이후 매년 반복
되던 생일 퍼포먼스로 인해 나의 여름은 청포도의 맛처럼 싱그럽
고 감미로웠다. 자연스럽게 이육사 시인의 시 〈청포도〉 한 구절이

입가에서 늘 맴돌았었다.

> 내 고장 칠월은 청포도가 익어가는 시절/… 내가 바라는 손님은
> 고달픈 몸으로/청포靑袍를 입고 찾아온다고 했으니/내 그를 맞아
> 이 포도를 따 먹으면/두 손은 함뿍 적셔도 좋으련/아이야, 우리
> 식탁엔 은쟁반에/하이얀 모시 수건을 마련해 두렴

요즘엔 과일이 나오는 계절이 명확하게 구별되지 않는다. 한 철
에만 구경하던 과일들을 이젠 사계절 내내 볼 수도 있다. 옛날을
생각하면 격세지감이 들뿐이다. 여름날 커다란 은빛 쟁반에 싱싱
하고 소담스러운 청포도를 담아 내오시던 어머니, 눈 내리는 겨울
날이면 크고 잘 익은 홍시를 받쳐 들고 환한 웃음 머금어 방문을
여시던 그 어머니가 지금 나에겐 안 계신다.

나이가 들면서 생일에 별반 의미를 두지 않는다. 요즘은 외식이
일상화되었을 뿐 아니라 그것이 오히려 더 큰 즐거움을 주는 시대
이다. 그 시절엔 윤기 나는 쌀밥에 미역국을 끓이고, 안방 윗목에
는 팥시루떡을 들여놓았다. 시루 위에 촛불을 켜고 자녀의 앞날
을 축원하던 어머니의 모습은 이제 추억으로만 남아 있다. 어쩌다
오늘 언니의 기억 속에 남아 있는 내 태어난 날의 추억 한 자락을
회상하였다. 이제는 가고 없는 그 시간 속으로 아련한 그리움을

보낸다. 이제부턴 꼭 미역국을 끓여 먹으며 나를 낳느라 모진 산고에 시달리신 어머니를 추억해야겠다.

'어머니, 생일날엔 꼭 미역국 끓여 먹으며 어머니를 생각할라요.'

소소한 행복

　추사 김정희는 세상을 하직하기 일 년 전 〈대팽고회大烹高會〉란 예서隸書 작품을 남겼다. 글씨로 유명한 작품이지만 나에겐 서제의 내용이 더욱 마음에 와닿는다.

　　가장 좋은 반찬은 두부와 오이 생강 나물 요리요
　　가장 즐거운 만남은 부부와 아들딸과 손자와의 만남이네.

　추사는 71세에 이 시를 예서글씨로 썼다. 내용은 명나라 오종잠吳宗潛의 시 〈중추가연仲秋家宴〉[1]에서 추사 자신의 상황에 맞도록 몇 글자를 바꾼 것이다.

　추사는 두 번의 유배생활을 겪고 유배지에서 아내의 죽음 소식을 접하는 등 험난한 인생을 살았다. 그는 유배에서 풀려나 과천

---

1) 김정희의 詩 "大烹豆腐瓜薑菜 高會夫妻兒女孫"
　오종잠(吳宗潛)의 詩 "大烹豆腐瓜茄菜 高會荊妻兒女孫"

과 봉은사를 오가며 보내던 시절에 가족과 함께하는 소소한 일상이 진정한 행복임을 느낀 것 같다. 그러므로 행복은 부귀와 권세 같은 외적 조건이 아닌 평범한 일상과 무욕의 자족에서 오는 것임을 표현한 것이다.

한편 두보는 당나라의 명시인이다. 그는 부조리한 봉건사회의 모순과 그로 인해 겪어야 하는 백성들의 참상을 통곡의 심정으로 써 내려간 시인이다. 안녹산의 난이 일어나 가족과 떨어져 유리걸식하던 그가 마침내 성도로 이사를 왔다. 다음은 그 시절의 심정을 읊은 〈강촌〉이란 시이다.

> 맑은 강 한 구비 마을 안고 흐르니 / 긴 여름 강마을 일마다 한가롭네 〃 절로 오고 절로 가는 들보 위 제비 / 정겹게 짝지어 노는 강물 위의 갈매기 〃 늙은 아내는 종이에 바둑판 그리고 / 어린 아들은 바늘 두드려 낚시를 만드네 〃 벗이 자신의 봉미를 나누어 주니 / 미천한 이 몸 달리 무얼 더 구하리

이 시는 전란과 가난에 시달리던 두보가 49세 때 사천성 성도의 완화계 기슭에 정착하여 초당草堂을 짓고 가족과 함께 살던 시절의 단란한 일상을 읊은 시이다.

강촌江村은 완화계浣花溪란 곳이다. 시는 강마을의 한가로운 풍경을 그림처럼 아름답게 그려 냈다. 맑은 강물이 완만하게 흘러

마을을 휘감아 나가고, 물 위에 뜬 갈매기들은 한가로이 자맥질을 한다. 처마끝 들보 위에는 제비가 흙을 물어다 집을 짓는다. 아내는 종이 위에 장기판을 그리고, 어린 아들은 바늘을 두드려서 고기 잡을 낚시를 만든다. 시인은 여름날 강마을의 정겨운 풍경에 가족과 함께하는 기쁨을 잔잔하게 투영시켰다.

시는 '그림 속에 시가 있고, 시 속에 그림이 있는' 시중유화의 경계를 지향한다. 두보의 강촌 시는 정과 경이 어우러져 시중유화를 이룬 시이다. '맑은 강'이란 시각적 이미지에 여름날의 풍경을 담아내고 '다시 무엇을 구하리'라는 구절로 자족의 심상을 부각시켰다. 7구는 '병이 많아 필요한 건 오직 약물뿐'이라고 한 곳도 있다.

자신의 봉급을 나누어서 두보의 삶을 안정시켜 준 친구는 당시에 검남절도사로 있던 배면裴冕이란 사람이다. 안녹산의 난이 일어나 유리걸식하던 두보는 몸이 극도로 쇠약해졌다. 그는 벗의 도움으로 성도에 정착해 모처럼 가족과 함께 안정된 날을 보내게 되었으니 그 평온한 행복이 더욱 각별히 느껴졌을 것이다.

추사와 두보의 시는 모두 혹독한 인간사를 겪어낸 후의 안분지족의 감회를 표현한 시이다. 그 진솔한 감회가 시대를 넘어 우리에게도 감동을 준다. 그런데 이들이 자족의 심정에서 마지막 보루로 여겼던 그 소소한 행복조차 오늘날은 점점 이루기 어려운 꿈이 되었다.

발전이란 이름 아래 우리는 많은 것들을 잃고 살아간다. 문명의 진화 속도가 빨라진 만큼 삶의 양상도 급격히 변화했다. 물질의 풍요를 누리는 만큼 심화된 경쟁에서 살아남기 위해 사람들은 전전긍긍한다. 비할 데 없이 풍요로운 물질시대가 오히려 사람의 마음을 위축시켜 온갖 병증을 야기한다.

가족 관계라고 어찌 이 시대를 비껴가겠는가. 노년에 느끼는 주된 감정은 외로움이다. 자녀를 낳지 않으려는 시대에 손주 돌보는 조부모들은 그나마 행운이라 하겠지만 그들 역시 시대에 적응하는 게 벅차긴 마찬가지다. 외롭지는 않다 해도 과거와 같이 정겨운 조손 관계를 맺는 건 쉽지 않은 일이다. 육아 방법이 달라 고부 간 갈등이 생길 때면 자존감에 상처를 입기도 한다. 문명의 발전에 민감하지 못한 노년은 때때로 얼된 아이들의 이것도 모르냐는 핀잔을 받기도 한다. 스마트폰에서 수많은 정보를 접하는 이 시대 젊은이들은 더이상 나이 든 사람의 경륜을 존중하지 않는다. 발전의 그늘에서 일어나는 이런 현상들은 분명 물질과 정신 사이의 불균형에서 비롯된 것이다. 소외의 그늘에서 노년층은 살아온 날에 대한 허무감을 되새긴다.

유럽에 가면 외면 상에서 바로 과거와 현재가 공존함을 직감한다. 과거는 무용한 것이 아니라 존중받는 유산으로서 현재라는 시간에서도 여전히 당당한 힘을 발휘한다. 여고 때 친구 하나는 이십 대에 독일로 떠났다가 지금은 오스트리아 빈에 정착하였다. 푸른 도나우강이 흘러가는 곳에서 가족과 함께 소박하게 사는 그녀의 모습에서 더할 나위 없는 행복을 감지한다.

세상은 내일을 향해 마냥 치닫지만 노년은 과거와의 연결 속에서 힘을 얻고 가족 간의 유대에서 더 큰 행복감을 느낀다. 조손 간에 자주 만나 가족의 정을 나누는 그 평범한 일상조차 이젠 바랄 수 없는 꿈이 되었다.

느리게 가는 세상에서 각자인 듯 또한 함께하는, 소소하지만 평온한 행복을 누리고 싶다.

찰나를 사랑하라

중학교 2학년 때이다. 세계사 책에서 '지중해의 풍광이 명미하다' 는 구절을 보자마자 나는 그만 지중해의 푸른 물결과 그리스·로마에 대한 환상에 빠져 버리고 말았다. 또한 교과서에서 마르쿠스 아우렐리우스의 《명상록》을 읽었을 땐 내용을 이해하지는 못했지만 그 구절들이 마치 운율을 품은 한 편의 시인 양 조용한 읊조림으로 내 마음에 들어왔다. 시간이 흘러 초로의 길에 들어선 지금 그의 《명상록》을 다시 펼치니 찰나에 대한 그 신비주의적 성찰이 음악처럼 감미롭게 다가온다.

마르쿠스 아우렐리우스Marcus Aurelius는 로마 제국의 제16대 황제이다. 그는 선정을 베푼 현제賢帝로서 제국에 헌신하여 후세까지도 칭송을 받는다. 평생을 전장에서 살아야 했던 고달픈 상황에서도 틈틈이 자신의 사색과 철학을 신비주의적 에세이로 남겼다. 제목은 본래 그리스어로 '자기 자신에게 이르는 것들' 이었으나 후대에 《명상록》이란 라틴어 제목으로 바뀌었다. 그 13편의 글은 스토아학파의 사상에 우주, 신, 로고스, 인간 존재와 영혼, 인간관계 등에 대한 철학적 사색을 더한 일기들로서 금욕과 절제가 핵심을 이룬다. 생을 선물로 받아서 태어난 인간이 자신의 마음을 어떻게 다스리고 사람을 어떻게 대하며, 또한 현재를 사는 것과 생을 마감할 때의 자세는 어떠해야 하는지에 관한 사색들이다.

마르쿠스 아우렐리우스는 사람의 영혼 안에 고요하고 평화로운 은신처가 있기 때문에 만일 정신 자원이 풍부한 사람이라면 그 자원을 조금만 동원해도 즉시 마음의 평온을 확보할 수 있다고 한다. 그러므로 '네 안을 들여다보라. 네 안에는 선의 샘이 있고, 그 샘은 네가 늘 퍼내야 솟아오를 수 있다' 라고 한다. 따라서 굳이 전원이나 해변이나 산간에 은둔할 필요 없이 정신을 써서 평온을 얻으라 한다. 또한 우리가 빛을 발하며 살아가는 생의 한가운데서 자신을 방어하기 위한 몇 가지의 진지를 고수하라 권한다. 그 핵심이 곧 지금 이 순간, 곧 찰나의 소중함을 아는 일이다.

"인간이란 다만 현재 이 찰나 속에서만 존재한다는 것을 명심하라. 나머지 인생은 지나치고 사라졌거나 아직 모습을 드러내지 않은 상태이다."

그는 우리가 짧은 순간을 살고 있다는 점을 명심해야 한다고 한다. 시간이 소중한 가치임을 안다면 유익이 되는 것들을 배우는 일에 시간을 더 활용하고, 유익이 없는 일들에 끌려 다니는 것을 멈추어야 한단다. 그런 행동이 자신을 존귀하게 할 기회를 스스로 없애버리기 때문이란다. 그러므로 우리는 세상에 살면서 포기하지 못하는 것들, 예컨대 무엇을 남기고 싶은 욕구, 명예욕, 권력욕에 사로잡혀 사는 것이 참으로 허망한 일임을 깨닫고 그것을 이루기 위해 자신을 학대하지 말아야 한다.

타인과의 관계에 대한 그의 성찰은 더 간명하다. 설사 누군가 당신을 해롭게 했어도 "최고의 복수는 너의 대적과 똑같이 하지 않는 것이다"라고 설파한다. 인간은 서로를 위해 태어났으니 가르치거나 용납하거나 두 가지의 선택지가 있다고 한다.

인간의 유한성에 대하여 "잠시 후면 너는 모든 것을 잊게 될 것이고, 잠시 후면 모든 것이 너를 잊게 될 것이다"라고 각성시킨다. 그 유한성이 바로 현재를 살아가는 우리가 포용적 태도를 취해야 할 당위가 되는 것이다.

특히 그는 일갈한다. 다른 사람들이 너를 어떻게 평가하느냐에 마치 너의 행복이 달려있는 양, 다른 사람들의 정신 속에서 너의 행복을 찾는 일은 헛수고일 뿐이라고.

우리는 평생 동안 타인의 평가라는 굴레에서 벗어나지 못한다.

그러므로 그 굴레에서 벗어나 오로지 자신을 위해 시간을 쓰라는 현인의 말이 정곡을 찌른다. 이천 년 전에 살았던 로마의 황제가 이처럼 삶의 진리를 명징하게 설파한 사실에 마음이 숙연해진다. 그가 말하는 인격의 완성이란 매일이 나의 마지막 날인 것처럼 살아가는 가식 없는 모습 그것이다. 그리할 수만 있다면 우리에게 초조함과 자포자기와 무기력함이 끼어들 여지는 없을 것이다.

쉬운 인생이란 없다고 한다. 삶이란 누구에게나 고달픈 일이지만 그렇다고 그 끈을 놓고 스스로 사라지는 것 또한 어려운 법이다. 인간의 생사에 관한 사색의 끝에서 현인은 마치 그것을 찬미라도 하듯 자연에 따라 생을 보낸 후엔 즐겁게 떠나라 한다.

"인간사란 얼마나 덧없고 하찮은 것인가. 어제는 한 방울의 진액이었다가 내일은 미라나 재가 된다. 그러니 이 짧은 시간을 자연에 따라 보내고 나서 즐거운 마음으로 떠나라. 올리브 열매가 다 익고 나면 낳아 준 대지를 찬미하고 자신을 길러 준 나무에 감사하며 떨어지듯이."

"너는 5막이 아니라 3막만을 마쳤을 뿐이라고 항변할지도 모른다. 맞는 말이다. 하지만 연극과는 달리 3막만으로 끝날 수 있는 것이 바로 인생이다. 처음에 여러 가지 것들을 결합해서 너를 만들어 낸 바로 그 존재만이 너의 인생을 언제 끝낼지 결정할 수 있고, 그 결정을 따라 너를 구성하고 있던 것들을 해체하는 것이기 때문이다. 네가 태어난 것이나 죽는 것은 네가 할 수 있는 일이 아니다. 그러므로 자연의 결정을 선의로 받아들여서 순순히 떠나라. 너를 떠나보내는 자연도 선의를 가지고서 너를 떠나보내는 것이기 때문이다."

현인의 사색의 결론은 삶과 죽음을 선의로서 감당하라는 것이다. 삶과 죽음을 맞는 원리는 어느 시대나 누구에게나 아무런 간극이 없다. 인간은 자연의 구성원으로서 생의 수레바퀴에 올라탄 이상 죽음을 통해 자연으로 돌아가야 하는 존재일 뿐이다. 평화로운 삶을 보내고 미련 없이 떠나라고 속삭이는 현인의 명상이 마음에 파고든 까닭은 아마도 내 안에도 같은 색깔의 사색의 편린들이 존재했기 때문일 것이다.

나는 존재의 유한성에 대한 자각과 그에 따른 허무감으로 오히려 시간을 더욱 값있게 써야 한다는 강박관념에 시달려 왔다. 이제 삶은 고단하고 죽음은 스산하다는 부질없는 고뇌를 내려놓고 순도 높은 평온을 마음에 들여놓아야 할 듯싶다.

그래, 이 찰나의 순간을 사랑하리라.

Ⅲ. 기찻길 소묘

장터 밥상

어느 기업가가 말했다.

'세상은 넓고 할 일은 많다.'

일찍이 그는 세상의 넓음을 보았기에 이처럼 의욕이 넘쳐서 일
갈-喝했을 것이다. 불과 몇십 년이 지나지 않았는데 이 말은 벌
써 고전이 되었다. 이제 해외여행 천만 명 시대다. 많은 한국인들
이 넓은 세상에 나가 직접 경험하고 느낀다. 할 일이 많다던 그의
말도 벌써 퇴색한 느낌이다. 세상이 급변하여 일하고 싶어도 할
일이 없어 노는 젊은이가 넘쳐나는 시대다.

모든 것이 불확실한 현재를 살고 있지만 그래도 우리가 괄목할
만한 경제 성장의 수혜자라는 사실을 부인하지는 못한다. 특별히
음식의 홍수 속을 통과하면서 이제 '세상은 넓고 음식은 많다'
라는 명제가 더욱 피부에 와닿는다. 일상의 키워드는 '무엇을 먹
을까'와 '어떻게 다이어트할까'로 압축된다 해도 과언이 아니다.
아프리카의 굶주린 아이들 영상이 겹쳐지면서 죄인이 된 느낌을

지울 수 없지만, 한반도 남쪽 나라에는 지금 수많은 종류의 음식이 넘쳐나는 중이다. 너튜브에선 한 사람이 먹기엔 터무니없이 많은 음식을 앞에 둔 남자가, 마치 누에가 뽕잎을 갉아먹듯 서걱서걱 접시 위의 음식을 먹어 치우는 영상이 인기다. 인기일 뿐 아니라 그것으로 돈을 많이 번단다. 우후죽순 생겨난 요리 방송들에 맛집 탐방이 식상할 정도로 흔한 일상이 되었다. 전통 한식, 퓨전 한식, 중식, 일식, 태국식, 프랑스식, 이탈리아식 따위 수많은 종류의 음식들이 저마다의 특징을 내세워 인기를 끈다. 그러니 우리 시대 사람들은 음식에 관한 한 단연코 행운아임이 분명하다. 누가 옛 시대의 왕을 부러워하랴. 귀한 진상품으로 만든 음식을 수라상으로 받던 옛 왕들, 그들도 이 시대 보통사람이 누리는 수많은 음식을 본다면 부러움을 금치 못하리라.

사람은 시간과 공간이 만나는 어느 한 점을 좌표로 태어난다. 세상에 태어나는 일이 만약 줄을 서야 하는 것이라면 우리는 인류 역사상 가장 줄을 잘 선 사람들일 것이다. 이 풍요의 시대에 산다는 것은 분명 축복이 아닐 수 없다. 그러니 어쩌랴! 맘껏 누려야 하지 않겠는가?

그러나 모든 일에는 빛이 있으면 그림자가 따르는 법! 풍요를 누리는 것만으로 끝난다면 오죽 좋으련만, 그로 인해 생기는 수많은 병도 우리가 감수해야 할 몫이다. 먹고 싶다고 무한정 먹을 자유는 누구에게도 주어지지 않는다. 차면 기울고 낮이 가면 밤이 온다는 진리는 어느 때 누구에게나 유효한 듯하다.

무어라 해도 최고의 맛은 시간이 관건 아닐까 싶다. 진수성찬이야 더할 나위 없는 정답이겠지만 그러나 진정한 맛은 어느 때 어디에서 먹은 음식인지에 따라 달라진다.

사람마다 감동 코드라는 게 있다. 내겐 빛과 바람이 그것이다. 가을이 오는 시점은 언제나 그 빛의 색깔로 결정된다. 팔월에 들어선 어느 날 햇빛이 노랗게 느껴지면 그때부터 나의 가을이 시작된다. 소슬한 바람결이 건조한 느낌으로 피부를 스쳐갈 때면 어김없이 도지는 길 떠남에의 그리움, 그 그리움의 날개를 타고 어느 날 동쪽으로 날아갔다. 험준한 태백의 준령을 한눈에 조망하려면 하늘 끝에 매달린 그 고갯마루에 서 보라. 기계조차 숨을 할딱거리며 하늘고개에 막 올라서니, 모든 산줄기가 굽이굽이 휘돌아 나가고 골골마다 부드럽게 부풀어 오른 하얀 안개에 깊이 잠겨 있다. 높새바람도 날개를 접어 쉬어 가는 고갯마루에서 찬찬히 부서지는 가을빛 아래 서 있다가 절로 깊은 한숨을 내쉰다. 발아래 넘실대는 청산이 이리도 융숭 깊고 무궁하여….

숲은 늘 그렇듯 정중동靜中動의 세계다. 시간에 기대어 오랜 침묵에 익숙해진 키 큰 나무들과 허공 위로 소란스럽게 흩어지는 새소리와 바람 소리로…. 다람쥐는 나뭇가지를 오르락내리락하며 곁눈으로 사람을 반기고, 비밀스러운 길들이 깊은 숲 속으로 보일 듯 말 듯 이어진다. 서서히 고도를 낮춰 가며 구불구불한 산허리를 돌아든다. 그렇게 오랜 시간이 흐른 것 같다. 가을 새벽 강원도를 향해 달려온 우리는 자연의 정취에 취한 채 정오의 해시계가 한참이나 기운 것을 알아차리지 못했다. 문득 마음이 바빠지고 갈증과 피곤이 몰려온다. 달려가고 있어도 마치 제자리에 서 있는 것만 같다.

마침내 작은 읍 소재지로 들어선다. 좁은 시장통 천막 안에선 어찌 돈을 주고 사랴 싶은 옷가지 몇 장이 줄에 걸려 흔들거린다. 투박한 농기구 무더기가 벽에 비스듬히 기대어 서 있고, 올망졸망한 과일들과 시든 채소들이 좌판에 놓여 있다. 그래도 제법 많은 사람들이 오가는 것을 보니 오일장 분위기는 그런대로 살아 있다.

시장기가 심한지라 눈은 오직 빠르게 밥집 간판을 좇는다. 마침내 간판도 없는 허름한 밥집 하나를 찾아낸다. 때늦은 점심을 주문하고 따뜻한 방바닥에 앉아 기다리려니 노곤함이 밀려온다.

밥상이 들어왔다. 칠이 희끗희끗 벗겨진 알루미늄 밥상엔 채소 몇 가지가 고작이었지만 고춧가루 붉은 물이 알맞게 오른 무생채가 식욕을 돋운다. 서둘러 밥에 무생채를 듬뿍 넣고 참기름과 고추장을 넣어 비벼선 거칠게 한 입 가득 문다. 이렇게 맛있어도 되는가. 평생 이처럼 꿀맛인 밥을 먹어본 일이 있던가.

음식의 맛이란 모름지기 타임 아닐까. 코를 벌름거리며 공기 속의 음식 냄새조차 반가운 타임, 음식들이 입 안에서 섞여 들며 농밀한 맛으로 혀끝을 파고들 때 서로 마주 보며 크게 웃는 타임, 거친 밥상도 임금님 수라상이 되는 바로 그 타임 말이다.

최고의 맛은 시간으로 발효되고 추억으로 저장되는가 보다. 나는 요즘도 가끔씩 강원도 어느 장터에서 먹었던 그 밥맛을 떠올린다. 다시 한번 그 무생채에 밥을 비벼 크게 한 입 물고 맘껏 웃어보고 싶다.

운학천 억새꽃

　우리는 사계절이 있어 좋은 나라라고 어릴 적부터 배워 왔다. 자라면서 사계절 기후가 반드시 좋은지에 대해서는 확신이 없어졌지만, 사계절을 살다 보면 특별히 감성이 풍부해지는 계절이 있다는 점만은 부인하기 어렵다. 그리고 그것이 가을이라는 데에 대부분의 사람들이 공감할 것이다. 어찌 사람의 감성뿐이랴. 그 계절엔 바람도 햇빛도 더욱 민감해지고 온갖 색깔로 물들어 가는 나뭇잎과 풀잎에도 충만한 떨림이 배어 있다.

　어느 초가을 날 바람에 실려 온 계절의 설렘을 안고 문득 집을 나선다. 산세가 험준한 강원도로 갈 예정이다. 산 넘고 물 건너 가을빛이 화사한 들녘을 가로지르는데 어디에선가 가을의 정령들이 환호성을 지르고 있는 것만 같다. 그 풍요를 눈에 담으며 허위허위 높다란 고갯마루에 올라서니 아직 잠이 덜 깬 듯 고요한 준령과 속 깊은 골짜기 사이를 희고 풍성한 안개가 가득히 에워싼다.

몇 시간을 달려 원주의 사자산 자락에 깃든 법흥사에 닿는다. 멀리 절집 기와지붕 위로 가을 햇빛이 눈부시게 쏟아진다. 절 마당에 들어서니 어쩌다 신축공사 중이라 어수선한 분위기에 부연 먼지가 공기 중을 떠돈다. 늘 그렇듯 절 뜨락에서 사색과 관조로 잘 갈무리된 정갈한 고요를 기대했던 터라 아쉬움이 남는다. 발길을 돌리는데 때마침 추녀끝에서 울리는 풍경소리가 서늘하게 뒤따라 온다. 오솔길로 들어서서 느린 걸음으로 산행을 시작한다.

길옆 고추밭엔 서리 맞고 시든 가지에 생기 잃은 고춧잎들이 매달려 있다. 흙 속에 묻혀 상체를 조금 드러낸 하얀 무를 보니 어린 시절 하굣길에 서리하던 생각이 난다. 한 개쯤 어떨까 싶은 유혹을 지그시 누른다. 어린 배추는 겉절이를 해 먹으면 딱 좋을 듯싶은 아삭한 식감을 일깨운다. 주려는 사람이 없건만 보이는 채소마다 어린 날의 입맛을 떠올리며 걸음을 옮긴다.

계곡은 크고 작은 하얀 돌들을 가슴에 품은 채 산길과 나란히 보조를 맞춰 올라간다. 제멋대로 놓인 바윗돌 아래 수량이 줄어든 물길에서도 돌돌돌 물소리가 청량하다. 머루와 다래 넝쿨이 나무줄기를 감싸 안고 무성히 오른다. 숲 사이로 빠끔히 보이는 가을 하늘이며 인적이 드문 가을 산이 유난히 호젓한 감성을 불러온다.

시 한 구절이 입에서 맴돈다.

"호오이 호오이 소리 높여/나는 누구도 없이 불러보나/울림은 헛되이/빈 골 골을 되돌아올 뿐…"(박두진, '도봉')

아직 때 이른 단풍철임에도 벌써 눈이 번쩍 띄게 고운 단풍잎들이 허공에서 오묘한 빛을 분사한다. 이즈음이기에 더욱 풍부한 물기를 품고서 매혹적인 빛깔의 향연을 펼친다. 발걸음 따라 자꾸만 뒤로 멀어지는 풍경들이 아쉽다. 숲을 가득 채운 형형색색의 나뭇잎들이 잔바람에 흔들리는, 이 형언할 길 없이 숭고한 순간을 눈 속에 영원히 아로새길 수 있다면…, 그리하여 추억을 소환하는 순간 '짠' 하고 그 선명한 영상이 눈앞에 고스란히 펼쳐진다면 삶은 한결 덜 고달플 것이다. 타오르는 절정의 빛이 아니어도 황엽과 녹엽, 갈엽으로 은은히 조화로운 초가을 산의 풍경이 참으로 벅차다.

운학천 무릉계곡으로 들어서니 갑자기 정신을 카타르시스 하기에 딱 좋은 널찍한 길이 펼쳐진다. 갓 피어 비단결처럼 윤기 있고 참빗처럼 가지런한 억새꽃이 도톰한 꽃술을 흔들어 수줍게 맞는다. 보랏빛 구절초가 지천으로 피어선 걸음을 멈추게 하고, 그 소박함으로 인해 누구의 눈길도 사로잡기 어려운 잘디잔 쑥 꽃송이들조차 초가을 햇살 아래 조랑조랑 정겨운 대화를 나눈다. 만일 지금 이 순간 어느 먼 숲에서 사슴과 토끼마저 달려나와 눈을 반짝이고 귀를 쫑긋 세워 향기로운 싸릿순을 뜯는다면 이곳은 이제 하나의 전설이 되리라.

햇살을 등에 지고 짧은 그림자를 품에 안은 채 억새꽃을 꺾는 사이 솟구친 지열로 인해 한낮의 공기가 후끈하다. 올 가을 새로 핀 앙증맞은 코스모스가 줄지어 한들거리고, 넓은 들판엔 얼추 익은 벼이삭이 싱싱한 황금빛 물기를 머금었다. 이 풍요로운 가을 들녘을 위해 봄부터 때맞춰 내린 비와 너그러운 바람과 정다운 햇살과 농부의 고된 땀이 있었을 것이다.

가을이 가져다주는 벅찬 감회가 어찌 이 들녘에서일뿐이랴. 저 멀리 지구 어느 곳의 가을날 들판에 선 시인, 아, 라이너 마리아 릴케! 그는 "… 열매들이 탐스럽게 무르익도록 하시고/ 이틀만 더 남국의 햇살을 베푸소서…"('가을날')라고 기도하였다. 꿀벌이 붕붕 대는 포도원에서 햇살은 포도에 단맛을 더욱 깊숙이 채워 주었을 것이고, 시인은 그 마지막 완성의 시간에 감미로운 포도주가 빚어질 날을 기다렸을 것이다.

추수를 앞둔 가을 들녘은 정령들의 춤과 생명 있는 존재들의 지고한 날갯짓으로 아우성친다. 시공을 무대로 펼쳐지는 그것은 인간과 자연이 앙상블을 이루어 낸 오케스트라의 연주회요, 선물처럼 다가온 결실의 황홀한 공간이다.

자연에서 나와 살다가 자연으로 돌아가는 생명들! 생명이 있는 모든 존재가 그렇듯이 사람은 자연의 품에서 깊은 위로를 받으며 그 끝 모를 근원에의 그리움을 키운다.

강원도!

가을이 내려앉은 그곳에서 나는 오래도록 사색에 잠겨 있었다.

그림자가 쉬는 정자

　남도의 옛 문화는 선비와 정자를 중심으로 이루어졌다. 소쇄원, 식영정, 환벽당, 서하당이 대표적인 정자들이다. 당堂과 정亭은 선비들이 학문연찬과 풍류를 즐기던 문화공간이다. 특히 식영정息影亭이란 멋진 이름에는 당시 선비들의 정신세계가 고스란히 투영되어 있다.

　16세기 중반 서하당 김성원은 스승이자 장인인 석천 임억령을 위해 식영정 정자를 지었다. 임억령은 호남의 걸출한 문인들인 송순, 정철, 고경명, 김성원, 기대승 등에게 시와 학문을 강학하여 호남시단의 지평을 열었던 인물이다.

　김성원은 임진왜란 때 현감으로 군량을 모으고 의병들을 규합하여 주민을 보호하는데 큰 공을 세운 인물이다. 그는 조카인 의병장 김덕령이 무고를 당해 옥사하는 것을 본 후 세상과 연을 끊고 은둔하였으며 정유재란 때 노모를 보호하려다가 왜병에게 살해되고 말았다.

식영이란 '그림자가 쉰다'는 뜻으로《장자》·〈어부〉의 우화에 등장하는 용어이다. 우화의 주인공은 자신의 그림자가 두렵고 자기 발자국이 싫어서 이로부터 달아나려고 애를 쓴다. 그리하여 발을 더 자주 더 빨리 뛰어 그림자로부터 벗어나려다 그만 힘이 빠져 마침내 죽고 만다. 현자는 그를 '그늘에 들어가면 그림자가 없어지고, 가만히 멈추어 있으면 발자국이 생기지 않는다는 것을 모른 어리석은 사람'이라 평가하였다. 장자는 이 우화로 인간이 자신을 지키는 방법이 무엇인지를 설명하려 하였다. 곧 자신의 몸을 수양하고 신중하게 참된 본성을 지키되 외물은 사람들에게 되돌려 준다면 아무런 해를 입지 않게 된다는 것이 핵심이다. 장자가 가설로 내세운 어부는 사실은 도인으로서 자연의 본성을 존중하고法天, 참됨으로 돌아가는歸眞 인물이다. 장자는 어부를 높이 산 반면에 유학을 제창하고 나선 공자와 유가들의 허위와 가식을 질책하였다.

'그림자가 쉰다'는 뜻의 '식영'의 우화는 유가와 도가의 궁극적 지향이 크게 다름을 비유로 알린 내용이다.

김성원이 스승인 임억령에게 말했다. "이 우화는 사람과 그림자의 관계에 대해서라면 순리에 맞는 것이지만, 선생님이 자신의 빛을 숨기고 자취를 감추고 있는 것은 자연의 순리와는 관계없는 일 아닙니까?" 이에 임억령은 자신이 이 산골에 들어온 것이 단지 그림자를 없애려는 것이 아니며 시원한 바람을 타고 자연의 조화를 따라 끝없이 거친 들에서 노닐기 위함이라고 대답한다. 이어서 정자의 이름은 그림자가 쉰다는 뜻에서 '식영'이라 짓는 것이 좋겠다 하여 '식영정'으로 결정하였다. 임억령은 세상의 혼란을 피하려는 소극적 자세를 넘어 자연의 조화에 따라 본성에 맞게 살려는 것이었고 그것은 결국 '소요유'의 정신과 맞닿아 있는 것으로 보인다.

'소요유逍遙遊'란 장자 철학의 핵심이다. 그 어떤 것에도 속박됨이 없이 자연에 순응하여 유유자적 자유롭게 노닒을 뜻한다. 노닒은 인간 사회의 일체의 제도나 작용을 거부한 채 정신의 무한 상상력을 동원하여 우주와 혼연일체가 되는 경지이다. 조선의 사대부들은 치국평천하라는 유가이념에 따라 벼슬길에 나서는 것을 목표로 삼았지만 정치적 혼란이 있을 때마다 전원으로 돌아와 심신을 온전히 지키려 하였다. 정도 차이는 있겠지만 유가 역시 도가의 사유로서 심신의 평안을 찾았다고도 볼 수 있다.

식영정의 건축은 16세기 중엽 권력 쟁취의 한판 승부가 벌어지던 상황과 맞물려 있다. 사화士禍가 일어나 하루아침에 생사가 갈리는 혼돈의 시대에 선비들은 은거하여 몸과 마음을 보존하려 하였다. 그들은 식영정 주변의 풍광과 풍류를 즐기며 문학활동을 전개하였고 그것이 성산문학권을 이루면서 남도문화의 한 특성으로 자리잡았다.

식영정의 풍광은 먼저 멀리 무등산 서석대가 이곳을 감싸 안는다. 푸른 숲엔 새가 깃들고 바람은 둥지를 울리며 지나간다. 앞 개울에 흘러가는 물결 언덕 위로 배롱나무가 줄지어 만발하니 이름하여 자미탄이다. 노자암은 물새인 노자새들이 놀다 간 바위라 해서 붙여진 이름이다.

식영정을 오르는 가파른 계단 위에는 적송이 자리잡아 용트림하듯 우람한 위용으로 세월의 깊이를 반추한다. 짝을 이룬 배롱나무 한 그루가 한낮의 열기를 온몸으로 받아 붉은 꽃잎으로 타오른다.

식영정 입구엔 얼기설기 자리한 대나무들이 사그락사그락 바람을 들인다. 오백 년 세월 동안 이곳을 지켜 온 느티나무는 아직도 수려한 면목을 자랑한다. 몇 아름 되는 우람한 몸통에 무수한 가지와 잎을 매단 채 형형한 영기를 뿜는다. 그 넓은 그늘이야말로 나그네가 깃들어 그림자를 멈추고 본성을 되찾기에 안성맞춤인 듯하다. 고개를 돌리면 먼발치에서 서하당과 부용당이 수줍게 인사를 건넨다.

김성원은 36세에 식영정과 서하당을 지었다. 서하당은 '붉은 노을이 깃든 집'이란 뜻으로 자신의 호를 따서 붙인 이름이다. 서하당의 지척에 부용당이 정답게 서 있다. '그림자가 쉬고' '붉은 저녁노을이 깃들고' '연꽃이 피는 정자' 란 이름들은 모두 자연과 일체로 살아가려던 선비들의 소쇄한 정신과 풍류를 담고 있다.

이곳에서 대문호인 정철을 빼놓을 수 없다. 김성원은 정철보다 11년 연상이었으나 정철이 이곳 성산에 머물 때 김윤제의 환벽당에서 같이 동문수학한 사이다. 사람들은 임억령, 김성원, 고경명, 정철 네 사람을 '식영정 사선四仙' 이라 불렀다. 이들이 성산의 빼어난 풍경 20곳을 정하여 각자 20수씩 지은 시가 《식영정 이십영》이다. 이 노래들이 남도 문학의 향기를 전할 뿐 아니라 정철의 가사 《성산별곡》의 밑바탕이 되었다 하니 그 의미가 특별하다 하겠다. 식영정 옆에 건립된 장서각은 《송강집》의 목판을 보존하기 위한 곳이다. 《성산별곡》 시비詩碑가 그 역사를 증언한다.

그 옛날 선비들이 노닐던 자미탄(紫薇灘-배롱나무 꽃이 비친 여울), 노자암(鸕鷀巖-노자새(가마우지)가 놀던 바위), 견로암, 방초주(芳草洲-향기로운 풀 돋아난 모래톱 또는 섬), 조대(釣臺-낚시터) 등은 광주호 건설로 이젠 이름만 남아 있다.

고려의 시인 길재는 '산천은 의구하나 인걸은 간데없네' 라고 노래했지만, 지금 이곳은 인걸이 가고 자연도 변한 채 다만 구전 일화만이 나그네 귓가를 맴돈다.

남도에 깃든 멋

여름 더위가 한창일 때 담양을 찾았다. 먼저 죽녹원이 우리를 반갑게 맞는다. 죽녹원이란 푸른 대나무 동산이란 뜻이며, 친근하게 풀면 초록빛 대나무 숲이다.

2003년 5월에 개원한 이곳은 약 16만㎡의 공간에 울창한 대나무 숲으로 조성되어 담양의 정자문화를 관람할 수 있는 문화촌 역할을 담당하고 있다.

죽녹원에서 33도의 여름 한낮 더위를 식힌다. 지역 특성을 살린 대나무맛 아이스크림이 혀끝에서 상큼하다. 대숲 사이로 난 길을 따라 거닐다 정자에 앉아 도시에서 쌓인 티끌을 날려본다. 숲의 정적을 뒤에 남겨 두고 밖으로 나오자 아열대성 기후에서나 볼 수 있는 스콜이 갑자기 후드득 스쳐간다.

무어라 해도 담양의 얼굴 하면 소쇄원이 떠오른다. 소쇄원은 소쇄옹이란 호를 가진 양산보(1503~1557)가 지은 원림이다. 원림은 동산과 숲의 자연 상태를 그대로 보존한 채 적당한 위치에 집과 정자를 배치하여 조성한 옛날 정원이다.

'소쇄'란 말은 본래 공치규孔稚奎의 〈북산이문北山移文〉에 나오는 용어로써 '맑고 깨끗하다', '인품이 맑아 속기가 없다'는 뜻이다. 양산보는 스승인 조광조가 기묘사화 정변으로 사약을 받고 세상을 떠나자 벼슬길을 버리고 낙향하여 소쇄원을 지었다. 그가 조성한 소쇄원은 자연에 최소한의 인공만을 가미한 정원으로 조선 중기 원림의 대표적인 모습을 보여 준다.

소쇄원은 남으로 무등산을 바라보고 북으로 장원봉 산줄기가 병풍처럼 둘러친 곳에 자리잡았다. 주변에 위치한 식영정, 면앙정, 송강정, 환벽당, 취가정, 독수정 등의 정자는 이곳을 중심으로 이루어진 선비들의 삶의 풍경을 일화로 전해 준다. 정자 문화는 그 당시 선비들의 정신세계를 축약한 것이자 남도문화의 한 특성이다.

소쇄원은 광풍각과 제월당이란 두 정자로 대표된다. 계곡 가까이에 광풍각이 있고, 방과 대청마루를 들인 집이 제월당이다. 이 두 명칭은 송나라 황정견이 존경하는 유학자 주돈이의 인품을 묘사한 구절에서 왔다. 곧 '흉회쇄락여광풍제월胸懷灑落如光風霽月'에서 따온 용어다. 풀이하면 '가슴에 품은 뜻이 맑고 깨끗하여 마치 비가 갠 뒤의 시원한 바람이나 밝은 달과 같다'는 뜻이다. 두 현판의 명칭은 맑고 깨끗한 삶을 살고자 했던 양산보의 인생관을 고스란히 드러낸다.

광풍각과 제월당 앞으로 흐르는 폭 좁은 계곡물은 멈춘 듯 고요하여 한가하게 떠 있는 뭉게구름을 띄워 놓았다. 발을 담그고서 시간을 거슬러 양산보의 소쇄한 정신과 교감해 본다.

인간의 욕망은 끓는 용암과 같아 그것이 분출될 때마다 파괴적 상황을 동반한다. 양산보가 겪었을 그 시대 생사의 환란이나 21세기 우리가 겪는 험난한 사건들 모두 욕망을 촉매 삼아 일어난 일들이다. 소쇄원은 나그네에게 티끌 세상의 먼지를 털어 내고 마음 비우기를 재촉하는 것만 같다.

여행의 백미는 맛있는 음식이다. 남도의 음식이라면 더 말해 무엇하랴! 어둠이 내린 여름날 저녁 갖가지 음식을 탐닉하며 무릉도원을 경험한다. 자극적이고 강렬한 맛일 거라는 선입견을 깨고 그것은 온화하고 은근하며 붙임성까지 곁들인 맛을 선보인다. 토박이 여인들의 정겨운 음식 설명이 여행자의 입맛을 더욱 다채롭게 만든다.

숙소는 코로나19 2단계에 맞춰 4인까지만 허용된다. 한곳에 모이는 것이 허락되지 않으니 일행은 뿔뿔이 흩어질 수밖에 없다. 맥없이 숙소로 향하는 사람이 있는가 하면, 2년 만의 만남인지라 몇몇은 아쉬움을 떨치지 못해 낯선 거리를 배회한다. 앞산을 가린 검은 구름조차 때마침 떠오른 달을 보여줄 듯 말 듯 무겁게 망설인다. 팬데믹의 시절에 벌어진 풍경들이다. 여행자만이 누릴 수 있는 특별한 이완의 기회를 놓치기 싫어서 급기야 길바닥에 퍼질러 앉아 토속 술로 회포를 달랜다. 평생 일필휘지로 살아온 일행은 새벽으로의 시간을 휘호의 묵향에 담근다. 낮에 본 소쇄원의 '광풍제월' 현판이 서제로 등장한다. 굽이굽이 시간을 타고 나그네의 흥도 묵향도 잦아들 즈음 여름 새벽이 어느새 창백한 얼굴을 내밀어 새날의 시작을 알린다.

가사문학관은 이 고장 문화의 요람 격이다. 흥에 겨운 해설사는 시를 읊고 노래를 부르며 관중의 공감을 유도한다. 예술적 흥취라면 누구 못지않은 우리 일행이 그에 화답하여 함께 남도의 향기에 스며든다.

박행보 화백의 그림 20여 점과 하서 김인후의 시 40수를 비롯하여 조선의 가사문학 문인들의 필사본과 영인본들이 전시되었다. 가사문학에서 명제를 뽑아 쓴 현대작가들의 서예와 그림이 전시관의 벽면을 가득 메웠다. 성산문학권과 면앙정문학권에서 산출된 문학적 유산이 그들의 풍류를 이어받은 전남북 서화가들의 솜씨로 되살아난 것이다. 그중 내 눈을 붙잡은 글은 가사문학의 전설이라 할 송순의 〈면앙정삼언가〉이다. 글씨는 조용민 서예가가 썼다.

고개를 숙이면 땅이요 우러르면 하늘이네. / 그 가운데 정자를 세우니 흥이 자못 호연하다. / 바람과 달빛을 부르고 산천의 풍광을 맞이하여 / 명아주 지팡이에 의지해 백 년을 보내리라.

俛有地, 仰有天 亭其中 興浩然 招風月 揖山川 扶藜杖 送百年.

宋純詩〈면앙정 삼언가〉

송순은 면앙정을 중심으로 가사문학의 한 획을 그은 문인이다. 송순은 천지에 가득한 호연한 기운을 얻고 산천의 풍광에 바람과 달빛을 불러내어 살고 싶다 하였다.《맹자》의 '하늘을 우러러서도, 사람을 향해서도 부끄러움이 없는 것이 즐거움이다' 는 글을 바탕으로 그의 인생관을 함축한 시이다.

이번 여정은 송순뿐만 아니라 호남시단을 이룬 수많은 선비들의 문학을 통해 그들이 살았던 시간과 공간의 의미를 반추해 본 시간이었다.

허공에조차 감돌던 남도의 멋과 운치는 마음 한 곳에 오래도록 남을 듯하다.

마릴린 먼로가 웃고 있네

   몇 주 째 비 한 방울 내리지 않아 온 나라가 타고 있다. 하늘, 땅, 사람 모두가 더운 공기에 숨을 헐떡인다. 가마솥에서 들볶이는 메뚜기인 양 밤낮으로 뒤척이는 사람들. 1994년 이래 최악의 폭염이 강타한 한반도의 실상이다. 극지방을 제외한 지구 전체가 시뻘건 열파에 휩싸였다. 지구가 이처럼 더워지는 이유를 규명하기 어려우니 더위가 언제까지 갈지도 예측 불가란다. 뜬눈으로 지새우는 밤이 지나면 다시 더위에 지친 아침이 찾아온다. 폭군처럼 군림하는 태양빛에 이젠 인내심이 바닥났다. 가쁜 숨을 몰아쉬며 '살아야 돼'를 다짐한다. 착한 태풍이 찾아와 주기만을 막연히 고대한다.

   전화벨이 울린다. 여행을 권유하는 지인의 전화다. 폭염 따위는 능멸할 것 같은 건강하고 활기찬 목소리다. 시련의 시간에도 누군가는 이처럼 활기차게 삶을 영위하는구나. 몇 주일째 몸살을 앓으며 생의 주기가 노년에 이르렀음을 체감하는 중이다. 링거를 맞고 약을 먹어도 차도가 없다. 문득 이리 앓느니 바람이라도 쐬는 게 나을 거란 판단이 선다. 내 사주엔 역마살이 있다 하니 안성맞춤 아닌가.

여행은 마음에 바람을 들이는 일이다. 낯선 곳의 바람으로 흉금을 청정하게 씻어내는 일이다. 작열하는 태양이 거기에 있다 해도 낯선 바람과 함께라면 견뎌 볼 만하리라. 여장을 꾸리며 몸살 약을 보물처럼 챙긴다. 일행과 함께 한반도의 허리쯤을 향해 여정을 시작한다.

설렘이 깔려 있는 여행은 늘 들뜬 목소리와 실없는 농담과 아무 때나 터져 나오는 웃음으로 채워진다. 남녘으로 방향을 잡자 얼마 안 가서 도시와 인접한 들녘이 눈에 들어온다. 다섯 살 아이쯤의 키 높이로 자란 싱싱한 벼들이 동공을 확장시킨다. 길 양편으로 스쳐가는 산들이 아른아른 푸른 이내를 품은 채 나른한 여름 속에 누워 있다. 부동의 상태로 하늘 향해 가지를 뻗은 나무들이 쉼 없이 산소를 뿜어 지구를 정화시킨다. 생명이 있는 존재 그 어느 것도 무용한 것은 없다.

이번 여행은 충주를 기점으로 주변의 관광명소를 찾는 길이다. 일행이 합류하기로 한 문경새재에 도착하자 옛 추억이 절로 떠오른다. 젊은 시절 문경새재를 걷다 주막집에 들러 감자전과 파전에 막걸리 한 잔을 걸쳤던 기억이 새롭다. 돌아갈 수 없는 그 시절이 새삼 목놓아 그립다.

문경새재를 넘어 시원한 계곡으로 들어서니 오늘밤 묵어 갈 통나무집이 나온다. 계곡을 품은 통나무집 옆으로 돌돌돌 소리 내어 물이 흐른다. 익숙한 벗들과의 대화는 밤의 정취를 얹어서 갈수록 촉촉해진다. 날이 밝자 속리산 법주사를 마주한다. 이끼 긴 기와에서 세월 속에 침전된 부처의 언어를 듣는다. 절간 뜨락엔 예나 지금이나 맑은 바람이 노닐어 천 년의 시간을 반추한다.

한낮의 열기를 차가운 콩국수로 식힌 후 운보 김기창 미술관을 찾아 나선다. 초정리에 들어서니 양지바른 야산 아래에 운보 미술관이 자리잡고 있다. 정갈한 두 채의 기와집에 언어를 잃어 고독했던 화가의 삶과 예술이 전시되었다. 한옥의 방 한 칸에는 아내의 모습만으로 채운 병풍 그림이 있다. 사랑으로 삭혀 낸 그들의 한 생이 화폭에서 화폭으로 이어진다. 전시실에 걸린 소품들 중 〈태양을 먹은 새〉가 돌올하게 다가온다. 불의 정령을 머금은 듯 새는 강렬한 날갯짓을 준비한다. 그 새가 길게 홰를 치면 땅도 불현듯 달아오른 심장을 드러낼 것만 같다. 지하 전시실에는 그가 생전에 심취했던 신앙이 여러 가지 형상으로 경건함을 전한다. 화가의 붓길을 따라 예수님이 온화한 얼굴로 사랑을 전한다.

기념비를 세운 언덕으로 향하자 문득 잊었던 더위가 새삼스레 등을 강타한다. 그나마 연못에서 갓 피어난 고운 연꽃의 환대에 위로를 받는다.

화가는 이곳 언덕에서 영면 중이다. 비문에 쓰인 기념글들이 말을 걸고, 조각품 몇 점이 공간에 활력을 불어넣는다. 그 가운데 세 점의 마릴린 먼로 조각상이 관람객을 맞는 풍경은 다소 이색적이다. 왜 그녀가 이곳에서 웃고 있는 것일까. 서양 미녀의 고혹적인 아름다움이 언어를 잃은 동양의 한 화가에겐 큰 위안이었던 것일까.

우리는 도시의 환풍구에서 나온 바람에 휘날리는 치맛자락을 잡고 터져 나왔던, 마릴린 먼로의 뇌쇄적인 웃음에 익숙하다. 그 모습을 동방의 해 뜨는 나라, 그것도 청주의 한 야산자락에서 본다면 어찌 자연스럽기야 하겠는가. 흰 원피스 자락을 부여잡고 웃는 그녀의 조각상은 분명 나그네의 모습이지만, 더위에 지친 일행을 향해 환하게 웃어 주니 그럼 되었지 싶다. 길게 누운 푸른 능선이 뭉게구름 한 점을 띄워 올렸다. 한낮의 정적 속에 온갖 풀벌레 소리가 일시에 쏴아 계곡으로 흩어진다.

칭기즈칸처럼 압도적인 외모를 지녔던 화가는 듣지도 잘 말하지도 못하는 장애를 안고 살았다. 오감을 당연하게 누려 온 우리는 그가 겪은 세상을 짐작할 수 없다. 화가는 부족한 감각만큼 오히려 더욱 형형한 정신과 강한 힘을 발휘하였다. 둔탁한 듯 묵직하고 힘찬 터치와 역동적인 기세를 품은 그의 그림은 세상에 깊은 울림을 주었다. 장애는 일말의 불편함에 불과하였다. 화가이자 한 여자의 남자로서 큰 사랑을 받았으니 그만하면 한 생으로 충분하지 아니한가. 그럼에도 왜 이리 고적한가. 선입견일까. 살아서도 죽어서도 그의 외로움은 진행형인 듯싶다.

미술관 밖은 한낮의 정적에 모래알에서 반사된 빛으로 눈이 부시다. 여름은 지칠 줄 모르고 호기로운 기세로 이글거린다. 들녘을 건너온 칠월의 더운 바람이 푸른 볏잎들을 간질이고 간다. 색동 지붕들이 옹기종기 모인 마을을 벗어나 초정리 들녘에 잠시 멈춰 선다. 방금 머물렀던 미술관 언덕을 돌아보니 마릴린 먼로가 여전히 환한 웃음으로 배웅한다.

들녘을 가로지른 시선이 싱그런 푸름에 물든다. 폭염에서의 탈출이 목표인 여행이었지만 이완의 시간에서 활력을 채워 간다. 여름의 경쾌한 일탈은 가을날의 고적함을 이겨 낼 충분한 열정으로 환원된다. 그리하여 떨치든, 채우든 여행은 늘 옳은 시간이다.

순백의 설악

1

1977년 겨울 설악산 등반은 영원히 잊을 수 없는 추억이다. 젊음의 특권인 양 무지와 만용으로 출발하여 죽음의 위험을 자초했던 여행이기 때문이다.

우리는 '새해 1월 1일 아침 설악산 대청봉 앞에서 축배를 들자'는 목표를 세웠다. 겨울 산의 변화무쌍한 상황에 대처할 어떤 지식도 계획도 없었다. 감기로 고열에 들뜬 환자를 포함한 7명이 무작정 12월 31일 밤기차를 타고 서울을 출발하여 새해 첫날 새벽 인제에 도착하였다. 민박을 빌려 떡국을 끓여 먹은 후 호기롭게 설악산 정상을 향한 대장정을 시작하였다.

그곳은 사방이 온통 설원이었다. 전날 갑자기 많은 눈이 내렸단다. 미끄러운 눈길이라 아무리 걸음을 재촉해도 해질 무렵이 되어서야 겨우 수렴동 계곡에 도착하였다. 산에 들어서니 사방이 캄

캄하다. 온통 눈뿐인 이곳에서 야영을 해야 한다. 서둘러 나뭇가지를 모아 불을 피우고 무와 어묵으로 국을 끓인다. 언 몸을 녹일 뜨거운 국물이 필요할 뿐 아니라 무거운 식재료를 먼저 치우기 위함이기도 하다. 당시에는 식재료를 배낭에 지고 다니던 때라 머리 위까지 높이 솟은 배낭이 몹시 무거웠다. 그때 갑자기 "쨍"하는 날카로운 소리가 들린다. 아쉽게도 축배용 샴페인이 깨져 버렸다. 새해 첫날 대청봉 정상에서 축배를 들자던 꿈이 순식간에 날아갔다. 누군가 배낭을 옮기다 바위에 살짝 스쳤을 뿐인데 얼어 있던 병이라 쉽게 금이 가고 만 것이다.

저녁을 먹고 나니 한밤중이다. 이제 잠자리가 걱정이다. 70년대의 등반 준비는 허술하기 짝이 없었다. 7명 중 슬리핑백을 가져온 사람이 고작 한 명이다. 그리고 우리 앞엔 혹한의 긴 밤이 놓여 있다. 슬리핑 백 속에 교대로 들어가 한 시간씩 잠을 자기로 하였다. 밖에 있는 사람들은 생존을 위한 캠프파이어를 계속해야 한다. 눈 속이라 마른나무를 구하기는 어려웠다. 생나무를 가져다 석유를 뿌려 가며 불을 지폈다. 매캐한 연기가 코를 찌르고 검은 기름이 코와 얼굴에 달라붙어 번들거린다.

그렇게 준비 없는 혹한의 밤에 겨우 한 시간씩 눈을 붙이고서 아침을 맞이했다. 오늘 목표는 봉정암을 지나 대청봉을 넘어서 희운각까지 가는 것이다. 그러려면 일찍 출발해야 하지만 언 몸에 잠을 설친 탓에 일행의 동작이 굼뜨기만 하였다.

2

한낮이 다 되어서야 봉정암을 향해 출발하였다. 눈과 얼음에 뒤덮인 미끄러운 길이 발목을 붙잡았다. 눈 덮인 설악산을 오르는데 아이젠이 있는 사람이 고작 둘 뿐이란 사실이 가관이었다. 한 짝씩 나누어 신어도 세 명이 부족하다. 등산화도 아닌 운동화를 신은 사람도 있었다. 걱정은 곧 현실이 되어 위태롭게 걸음을 옮기던 그가 급기야 계곡으로 미끄러져 갔다. 순식간에 벌어진 일이라 일행은 그저 멍하니 바라볼 뿐이었다. 다행히 그가 젊은 순발력으로 비탈에 솟은 작은 나무돌기를 붙잡고 가까스로 멈추어서자 그제서야 모두 안도의 숨을 내쉬었다. 장비도 없는 아찔한 행군에 속도가 날 리 만무하였다. 그럼에도 눈부시게 빛나는 햇빛과 바람이 계곡으로 몰려가는 장관이 저절로 시선을 붙잡았다. 우뚝 솟은 기암절벽이 허공을 압도하고, 눈 덮인 설산아래로 흐르던 계곡물이 샹들리에처럼 얼어붙어 투명하게 빛났다.

지칠 대로 지친 우리는 그저 앞사람의 발자국만 따라 말없이 발을 옮겼다. 머리 위까지 솟은 무거운 배낭에 걸음마다 숨을 헐떡였다. 아무것도 먹지 못한 채 길고 위태로운 행군 끝에 해넘이 무렵에야 봉정암에 도착했다. 잠시 목을 축이고 온기를 느끼자 이 산장에서 하룻밤 묵어 가고 싶은 마음이 굴뚝같았다. 그러나 갈 길이 먼지라 다시 전열을 가다듬어 출발할 수밖에 없었다. 빈틈 없이 준비해도 도처에 위험이 도사리고 있는 것이 겨울 산행이다. 하물며 장비도 경험도 없는 우리의 처지임에랴.

봉정암을 출발할 때 이미 해는 넘어가고 기온이 급강하하였다. 지친 몸을 달래며 걷고 또 걸어서 대청봉(1708m) 앞에 도착했을 땐 사방은 온통 어둠이었다. 우리는 참으로 위태로운 지경에 놓여 있었지만 그 절박한 위험조차 깨닫지 못할 정도로 무지하였다. 희 운각까지 내려가 묵으려던 계획이 불가능해졌다. 그 길은 경사가 급하고 험한 데다 눈이 쌓여 미끄러운 길을 밤중에 내려간다는 것은 죽음을 자초하는 일이었다. 한 치 앞의 위험도 예상하지 못 했던 우리는 어찌할 바를 몰랐다. 되돌아가는 것도 앞으로 나가 는 것도 불가한 진퇴양난의 처지에 놓였다.

그때였다. 희운각 쪽에서 두 남자가 올라왔다. 그건 분명 청춘 들을 살리려는 신의 뜻이었을 것이다. 천사를 만난 듯 반가웠다. 그들은 전문 산악인인 듯 망설임 없이 대청봉 앞 공터에 익숙한 솜씨로 텐트를 치기 시작했다. 얼마나 멋지고 믿음직한 산사나이 들이었던가! 망연자실했던 우리도 용기백배하여 그들 옆에 텐트 를 치기 시작했다. 대청봉 바로 앞마당에 텐트를 칠 수 있다고 누가 상상이나 했으랴!

산 정상의 밤은 혹독하였다. 살을 에는 듯한 추위에 하루 내내 젖었던 옷이 얼어붙어 가죽처럼 무거웠다. 라디오에서는 오늘밤 설악산 기온이 급강하하여 영하 22도라 한다. 영하 12도의 서울 추위에도 꼼짝 못 하던 내가 지금 영하 22도의 대청봉 정상에 서 있다.

달이 떠오르자 천지는 대낮같이 환하고 차갑고 맑은 공기가 폐부 깊숙이 파고든다. 손을 뻗으면 주르륵 딸 수 있을 것만 같은 영롱한 별무리가 찬란한 광채를 품고서 거대한 은하수 되어 흘러간다. 인간계가 아닌 우주의 어느 별에 온 듯 낯설고도 몽환적인 느낌이다. 잔뜩 얼어붙은 손으로 겨우 텐트를 친 후 들어앉아 다리를 펴니 천국이 따로 없다. 얼마 만에 앉아 보는가. 흰 눈을 녹여 밥을 지어 한밤이 되어서야 저녁을 먹는다. 눈을 퍼서 커피를 끓이고 코펠에 팝콘도 튀겨 먹으며 천금 같은 휴식을 취한다. 피곤이 온몸을 짓누르지만 좁은 텐트 안에서 잔뜩 구부린 채론 제대로 잠이 들 수가 없다.

설악의 밤은 철없는 우리에게 험상궂은 얼굴을 내보였다. 밤이 깊어 갈수록 엄청나게 세찬 바람이 불어와 텐트를 흔들어 댔다. 우우, 우우우, 와아아. 온몸을 엄습하는 추위와 텐트를 날려 버릴 것 같은 세찬 바람 소리가 공포감을 불러왔다. 7개의 배낭으로 가장자리를 눌러 놓았어도 거친 바람은 마치 텐트를 뽑아서 날려 버리고야 말겠다는 듯 집요하게 불어 댔다. 밤새도록 깡통, 나무, 돌 같은 것들이 계곡 아래로 떨어지는 소리가 들려왔다. 구름 한 점 없이 청랑한 허공에서 달빛은 더욱 차갑고 눈부시게 빛났다. 웅장한 대청봉은 싸늘하게 얼어붙은 허공에 우뚝 서서 무거운 침묵으로 일관하였다. 밤은 시간의 추를 따라 길게 흘러가고 우리는 물러설 곳 없는 인내의 밤을 건너가고 있었다.

3

마침내 희뿌연한 새벽빛이 텐트에 어린다. 반가움에 텐트 구멍으로 밖을 보니 눈을 뜰 수 없을 정도로 허공 가득히 풍설이 난무한다. 강풍에 단련된 작달막한 나무들엔 환상적인 설화가 피어났다. 완전한 아름다움은 그저 오지 않는가 보다. 영하 22도를 넘는 추위와 산정을 침노한 강풍을 견디고서야 이토록 아름다운 눈꽃의 향연을 펼칠 수 있었던 것이다.

눈을 녹여 아침밥을 지어먹었다. 풍설에 맞서 잔뜩 고개를 숙인 채 대청봉을 출발한다. 희운각을 향해 가려는데 길이 없고 눈앞에 급경사가 나타난다. 한 발을 내딛기도 어려워서 하는 수 없이 미끄러지기 전법을 쓴다. 나무 하나를 목표점으로 정한 후 미끄러져 내려가 아슬아슬하게 나무를 붙잡고 멈춰 선다. 일행 하나가 균형을 잃고 앞으로 구르자 배낭이 뒤집히며 식재료들이 눈밭에 내동댕이쳐진다. 이 와중에 눈이 잔뜩 달라붙은 어묵을 주워 입에 물고 경사진 눈길에 환한 웃음을 뿌릴 수 있는 건 바로 젊음이기에 가능한 여유다.

천신만고 끝에 희운각에 도착하니 그곳은 더 가관이었다. 인적이 없는 데다 한 길이나 쌓인 눈의 무게로 텐트가 주저앉아 버렸다. 어젯밤 이곳에 왔어도 안전을 보장받을 수 없었던 것이다. 한 모금의 물과 휴식도 없이 일행은 다음 목적지인 양폭산장을 향해 걸음을 재촉한다. 그 길엔 천불동 계곡이 버티고 있었다.

천불동 계곡은 마치 설악 본래의 이름값을 하려는 듯 웅장함을 자랑했다. 좌우로 솟구쳐 올라온 기암절벽이 헌헌장부의 위용을 마음껏 뽐낸다. 위태로운 암벽들과 흘러가는 계곡의 물소리와 탁 트인 허공의 무한함으로 완벽한 자연의 스펙트럼을 펼쳐 보였다. 하늘이 인간 세상에 던져 놓은 자연의 정수라 하면 이런 곳이 아닐까 싶었다. 그럼에도 이곳은 인간의 숨결을 허용하지 않으려는 듯 보였다. 바람이 쉭쉭 거친 숨결로 으르렁거리며 계곡 밑바닥으로부터 둥글게 회오리쳐 올라간다. 우 우 우, 모든 것을 휩쓸어 버릴 듯 높이 솟구친 바람이 왁살스런 파열음을 토해 내자 텅 빈 골골이 그 굉음을 받아서 메아리친다. 산은 두렵고도 장엄한 위용으로 젊은 우리를 압도하였다.

양폭산장에 도착하니 사위가 고요하다. 인적이 끊긴 그곳에선 우리의 호흡만이 생명의 흔적이었다. 설악동까지 가려면 아직 먼 도정이 남아 있다. 그래도 등고登高가 한결 낮아진 걸 깨닫는 순간 찾아온 안도감에 물먹은 솜처럼 무거운 몸을 다시 추스른다.

시간이 밤으로 건너오자 어두운 하늘엔 새해 셋째 날의 달이 떠오른다. 암벽들 사이로 떠오른 달은 태고의 순수를 머금고 그가 지나온 억겁의 시간의 의미를 낯선 여행자들에게 전하려 한다. 달 빛을 길잡이 삼아 끝없이 이어지는 돌길을 걷는다. 발가락은 이미 감각을 잃은 지 오래다. 말을 잊은 일행은 무의식적으로 걸음을 내딛는다. 길이란 언젠가는 끝이 오고야 마는 것이므로.

마침내 설악동에 다다랐다. 사람의 소리가 이리도 반가울 줄이야! 온몸이 얼어붙어 초췌해진 몰골로 우리는 서로를 바라보며 웃는다. 토굴같이 허름한 식당엔 호롱불이 매달려 있다. 흐릿한 불빛이 일행을 비추자 커다란 그림자가 벽을 타고 오르내린다. 막걸리 한 모금에 감자전을 곁들이니 차갑게 얼었던 몸이 녹아든다. 죽음에서 살아 돌아온 우리는 건배의 술잔에 눈물방울을 얹는다.

넷째 날 설악의 그림자가 길게 드리운 속초 바다로 향한다. 동해의 검푸른 물결이 백사장을 향해 수천의 말발굽처럼 떼 지어

달려온다. 겨울 백사장을 거닐며 천지에 가득 찬 호연한 기운을 청춘의 심장에 가득 채운다.

우리나라 큰 산은 이십 대에 다 정복(?)하겠다는 꿈을 꾸었다. 그리고 새해 둘째 날 우리는 천신만고 끝에 설악산 대청봉 정상에 섰다. 악천후를 뚫고 설악을 오르고 나니 가슴이 벅차오른다. 순백의 설악은 그 웅장한 품에서 서툰 젊음들을 시험하여 혹독하게 담금질한 후 산 밖으로 고스란히 던져 주었다. 시외버스에 몸을 실어 돌아온 후 나는 며칠 동안을 깊은 잠에 빠져들었다.

기찻길 소묘

오래된 수첩을 넘기다 잠자고 있던 메모를 발견했다. 외국생활 동안 본업을 잊고 살다가 귀국 후 고향에 있는 대학에 강의를 갔던 가을날 아침의 단상이었다.

오랜만의 강의인지라 약간의 긴장감을 안고 수원역으로 향한다. 기차역에 오면 언제나 알 수 없는 설렘이 인다. 익산으로 가는 기차표를 산 후 기다리는 동안 역사 안의 커피숍에서 카푸치노가 주는 가을빛 향과 맛을 즐긴다.

평일 아침이어선지 여행객이 적은 기차 안이 매우 정갈하다. 자리에 앉자 가슴 한구석에서 뜻 모를 기쁨이 스멀스멀 차오른다. 얼마 만의 기차 여행인가.

기차가 출발하자 철길 가에 줄지어 하늘거리는 코스모스의 해맑은 얼굴이 눈에 들어온다. 가을바람이 한가로이 들판의 풀들을 흔들고 간다. 문득 게오르규의 소설 〈25시〉로 제작된 동명 영화의 한 장면이 떠오른다. 카메라는 기차가 멈춰 선 들판에서 수없이 많은 야생화들이 바람결에 흔들리는 모습을 클로즈업했다. 거기에 자신에게 무슨 일이 일어났는지 모른 채 멍한 표정으로 서 있던 앤서니 퀸의 모습이 겹쳐진다. 그는 주어진 생을 성실히 살았을 뿐인데 어쩌다 인생이 그처럼 왜곡되어 버린 것일까. 냉전시대의 희생자인 그의 일생을 통해 작가는 25시란 영원한 암흑과 불안, 절망과 허무를 뜻하는 말임을 암시한다. 어린 내 눈에 주인공의 막막한 표정, 반쯤 벌린 입, 벌름거리는 코, 바람 부는 들판에 망연히 서 있던 모습이 안쓰럽게 들어왔다. 세상의 모순을 이해할 수 없는 주인공 요한 모리츠의 순진무구한 얼굴과 고개를 갸우뚱거리며 흔들리던 야생화들의 모습이 오랫동안 뇌리에 남아 있었다.

기차는 소리 없이 나아가고 가을 햇빛이 레일 위로 눈부시게 부서진다. 차창 너머 들판에는 잉글잉글 빛나는 햇빛이 벼이삭들을 감싸 안고 있다. 초가을인데 벌써 강둑의 버드나무 잎들이 어수선한 머리카락을 늘어뜨렸다. 기차는 보이는 철길 위를 달리고, 나의 상념은 보이지 않은 시간의 레일 위를 지나간다. 스쳐가는 물상에 따라 순간순간 일어난 생각들이 무질서하게 오간다. 의식의 흐름이 과거와 현재를 넘나든다. 여고시절 마르셀 프루스트의

〈잃어버린 시간을 찾아서〉라는 소설을 접했다. 그 책은 의식의 흐름 수법을 소설에 적용하여 인간의 내면을 면밀히 담아냈다는 평을 듣는다. 어린 내가 새로운 기법의 소설을 이해할 수는 없었지만 창조적 시도였다는 인상만큼은 아직까지 남아 있다. 의식하는 순간 벌써 과거로 밀려나는 시간의 주로를 따라 나 또한 무심히 의식의 흐름을 이어간다.

멀리 나지막한 언덕 위로 창고만큼 작은 교회와 바늘처럼 가늘게 솟은 십자가 첨탑이 빠르게 시야에서 멀어진다. 문득 이태리의 한 풍경이 다가온다. 로마와 베니스, 쏘렌토, 나폴리, 카프리 섬을 구경하고 북쪽 밀라노로 향하는 길이었다. 버스로 9시간에 걸쳐 넓은 들판을 달리던 중 심심찮게 고성古城들이 나타났다. 마치 시간이 과거에 멈춘 듯 언덕 위에 위풍당당하게 서 있는 모습들이 신기하기만 하였다. 방금 지나친 장난감 같은 교회는 건물이라 하기엔 아쉬움이 있지만 삶에 지친 누군가는 그 교회당 안에서 남모를 위로와 평화를 얻으리라.

기차는 남쪽을 향해 달린다. 평야의 한 복판을 구불구불 흐르는 강줄기를 따라 멀리서 무리지은 갈대꽃들이 손짓을 한다. 하늘거리는 그들이 얼마 후엔 튼실한 꽃술로 만추의 허공을 지킬 것이다. 기찻길 옆 올망졸망한 집들엔 고단한 삶이 고여 있다. 그들은 매일처럼 기차의 덜컹거림을 마치 금속악기의 연주인 양 들으며 살았을 터이다. 녹슨 철길 너머로 반달 모양의 밭뙈기들, 시멘트 공장, 멀리 언덕 위에 마징가 Z 로봇처럼 우뚝 솟은 고압선 철탑들, 굵은 전선을 받쳐 주는 전봇대들이 휙휙 멀어져 간다.

기차는 함열을 지나 익산에 가까워진다. 옹기종기 모인 양옥집들이 잠자리 안테나 하나씩을 매달고 순도 높은 청색, 벽돌색, 회색의 기왓장을 알록달록 얹었다. 평야 지대답게 이곳은 네모 반듯하게 구획된 너른 들녘이 펼쳐져 있다. 낮은 구릉 위로 한가로이 떠 있는 새털구름, 고개 숙인 키 큰 수숫대, 몬드리안의 그림처럼 크고 작은 네모로 분할된 전답들, 아직 초록이거나 벌써 익어 누런 벼이삭들이 자연스레 명암을 만든다. 여름에 흘린 땀이 푸른 볏잎 사이에서 벼이삭으로 얼굴을 내민다. 논밭 사잇길에 심어 둔 콩잎들이 갈색으로 변하여 푸석하다. 오가는 밭둑길까지 알뜰히 이용했던 건 가난한 나라의 오래된 습관이다.

그런데 녹색 들판에 돌올突兀하게 솟은 성냥갑 모양의 건물들이 왜 이리 멋쩍은가. 이 부조화는 문명화된 우리 시대의 자화상이다. 외국인이 본 우리나라의 풍경은 온통 성냥갑 같은 아파트로 기억된단다. 들판 한가운데 위태롭도록 도드라지게 솟은 현대식 아파트가 낭만과 향수로 기억되기는 쉽지 않을 터이다.

지방대학교 강의는 처음이다. 이 도시에서 소녀 시절을 보냈지만 대학 진학 차 서울로 올라간 이후 다시 올 일이 없었다. 몇십 년이 지난 지금 그 시절의 꿈이 서린 이곳으로 강의를 하러 왔다. 강의동을 몰라 한 무리의 남학생들에게 물으니 학생 하나가 안내도를 찾아 뛰어갔다 온다. 그의 젊고 활기찬 모습에서 빛나는 미래를 본다. 흐뭇한 마음에 "학생은 무엇을 해도 성공할 거야!"라고 말을 건네니, 그는 돌아서서 흰 이를 드러내 씩 웃고는 멀어진다.

세월이 녹아 있는 가로수길을 걸어 서예관으로 들어선다. 고풍스럽게 준수한 소나무들이 정원을 에워싸고 있다. 전국에서 최초로 어렵게 세워진 서예대학이다. 한때 대학원생만도 백여 명이 다닐 정도로 활기가 넘치던 공간이다. 건물로 들어서자 알 수 없는 스산함이 감지된다. 빛바랜 집기들과 부연 먼지가 공간을 부유한다. 입학생 감소로 폐과가 결정된 대학의 현장을 지금 확인하는 중이다. 오늘 아침 기차에 올라 벅차오르던 희열이 썰물처럼 빠져나간다.

학과실 조교의 얼굴에 강사를 반갑게 맞이하는 기색이 보이지 않는다. 이것이 폐과를 목전에 둔 학과의 현실인가. 21세기 디지털 경쟁의 시대에 전통 예술의 길, 아니 넓게는 예술 전반에 닥쳐온 위기감을 비로소 실감한다.

처연한 심정으로 강의실 문을 밀고 들어선다.

찬란한 문화 천 년의 꿈

문화와 예술은 본래 풍요를 먹고 자라는 생물이다. 그런데 우리는 역사적으로 국부國富가 넉넉하지 못한 나라로서 민초의 삶이 늘 곤궁하였다. 빈한한 삶의 토양에서 문화예술이 크게 꽃을 피우기는 사실상 어려운 일이다. 우리에게 세계에 드러내어 자랑할 만한 문화재가 적은 이유이다. 그나마도 빼어난 문화재들은 나라를 뺏긴 암울한 시기에 일본에게 강탈당하고 말았다. 그런 역사를 감안한다 해도 우리의 문화유산은 종류와 규모, 완성도 면에서 뛰어난 문화재로 자랑할 만한 것이 그리 많지 않은 게 사실이다. 장르를 불문하고 인류 보편의 미적 감성에 흡족할 만큼의 예술품이 적은 탓에 유럽은 물론 아시아 국가들에 견주어서 두각을 나타내기가 쉽지 않다.

그 이유가 무엇일까?

1920년대부터 미학가들에 의해 한국 전통미의 특질이 무엇인가에 대한 연구가 진행되어 왔다. 결과는 대부분 한국 전통미의 특질이 소박미素朴美와 자연미自然美라는 데로 모아진다. 우리 민족의 내면에 도가적道家的 측면, 즉 자연에 순응하고 조화를 이루고자 하는 사유가 근본을 이루고 있기 때문이란다. 자연미나 소박미가 동양 예술이 지향해 온 궁극의 미美라는 점에서 본다면, 우리 전통미는 동양예술의 정수를 잘 반영한 것이라는 해석이 가능해진다.

그러나 노자老子의 '크게 공교함은 마치 졸렬함과 같다 大巧若拙'는 명제는 무조건적인 졸렬함을 의미하는 것이 아니다. 예술에서 '졸렬함'이란 오히려 최고의 기교로 세밀한 묘사를 이룬 후에야 발현되는 '자연스러움'을 뜻한다. 서툴고 졸렬한 것처럼 보이지만 사실은 기교의 최고점을 이미 넘어선 경지의 '서툶'이다. 우리 전통미의 특질로 말해지는 '소박미'가 이처럼 고차원적인 경지의 '서툶'인지에 대해서는 확신이 없다. 나아가 한 나라의 전통미의 특질이 단지 소박미에 그친다는 것에도 아쉬움이 남기는 마찬가지다. 우리의 예술품에선 섬세한 기교와 웅장한 규모와 화려한 기풍을 찾기가 어렵다. 우리에겐 정녕 다양한 예술미를 표현할 만큼의 역량이 없었던 것일까. 인간 내면엔 공통적으로 다양한 미의식이 잠재해 있다고 생각한다. 그렇다면 어찌하여 그것이 우리에겐 소박미 일변도로만 발현된 것일까.

자연환경은 사람살이에 크게 영향을 미친다. 국토의 70%가 산

지인 한반도에서 우리 민족은 풍요와는 거리가 먼 삶을 영위해 왔다. 예술은 결국 삶의 반영일 것이므로, 자연친화적인 소박한 삶이 그처럼 소박미 일변도의 특질로 드러난 것인가.

여행을 하다 보면 여러 나라의 문화재를 만난다. 우리보다 빈약한 경제력을 지닌 나라라 해도 엄청난 문화재를 소유한 경우를 종종 본다. 나라가 가난하다고 해서 좋은 예술품이 나오지 말란 법이 없다는 사실을 반증한다. 비결은 바로 그들이 문화재를 완성하려는 의지로 오랜 시간 심혈을 기울였다는 데에 있다.

문화란 인간의 삶에서 형성된 미적 상상력의 소산이며, 문화재란 인간이 창조적 상상력으로 긴 시간 공들여 빚어낸 결과물이다. 그렇다면 우리 문화재의 소박미 일변도와 양적 빈곤 현상은 문화 예술에 대한 우리의 인식에서 비롯되었다고 볼 수 있다. 곧 예술이 존중받지 못했던 사회 환경과, 미완성이 통용되는 사회적 인식이 한몫을 한 것으로 보인다.

돌아보면 우리는 우수한 청자를 만들어 낸 예술적 DNA를 가진 민족이다. 그럼에도 불구하고 대부분의 도자기 뒷면엔 거친 흔적이 그대로 남아 있다. 그것이 혹 미숙함이나 미완성의 흔적이 아닐까. 분명 고차원적인 사유에서 나온 진정한 소박미의 실체는 아니다. 기교의 끝까지 다다른 후 마침내 무기교의 기교로 진입한 경지가 아니다. 미숙함 또는 미완성의 흔적은 우리의 예술품 전반에 드러나는 현상이다.

문화는 그 사회가 허용하는 인식의 범주 안에서 형성된다. 우리네 삶을 통찰하면 어떤 예술품이 출현할지를 예상할 수 있다. 뚝딱 허술하게 도로를 만들어 놓고 문제가 생길 때마다 새로 덧대는 우리의 풍토를 되돌아보자. 시간을 두고 치밀하게 계획하여 느리더라도 완성품을 만들어 내는 일은 상상하기가 어렵다.

미완성을 소박함이라 강변하지는 말자. 미완성은 말 그대로 미완성일 뿐이다. 미완성에 소박미 일변도의 우리의 예술품을 웅장, 화려, 섬세미를 고루 갖춘 여타 국가의 예술품과 견주려는 것은 애초부터 승산이 없는 일이다. 판단은 우리가 아닌 다른 나라 사람들이 하는 것이다. 인식의 변화 없이 이대로 간다면 우리는 문명대국은 될지언정 문화강국의 꿈은 요원하다 할 것이다.

우리가 세계 10위권의 국부를 창출해 온 이면에는 빠르고 근면한 습관이 한몫을 했다. '빨리빨리' 라는 국민적 습관이 급변하는 이 시대의 경쟁력이 되고 발전의 원동력이 되었다. 그러나 문화예술의 형성은 문명의 속도전과는 별개의 문제라는데 딜레마가 있다. 조급증과 위대한 문화재의 탄생은 조화불가의 두 화두인 셈이다. 장엄한 예술품이 어디 장난감을 만들 듯 단숨에 만들어지는 것이던가.

문화재를 창출하는 일은 당장의 국익과는 먼 듯해도 천 년 대계를 세우는데 이보다 더 중한 일이 없다. 그러므로 우리 역사상 국부가 가장 왕성한 지금이 바로 천 년의 문화 대계를 수립할 적기라 하겠다.

우리는 어떤 문화재를 창출하여 문화강국으로 발돋움할 것인가. 그러기 위한 그 첫걸음이 바로 관습적 조급함을 떨쳐 내는 일이다. 또한 빨리 해치우고 미완성에 만족하는 설익음 증후군을 치료해야 한다. 그리하여 끈기 있게 오랜 시간 인위人爲를 기울여 무위無爲의 진정한 소박미를 이루어 내야 한다. 거기에는 분명 섬세, 화려, 웅장함 같은 다양한 미적 요소가 풍부하게 담겨 있어야만 한다.

찬란한 문화 천 년의 꿈!

나는 지금 나라 곳곳이 찬란한 문화재로 가득 찰 그 언젠가를 꿈꾼다.

봄날의 향연

전시회 관람은 70년대 대학을 다니던 시절부터의 습관이다. 당시에 언니가 유명 서예가(문선자)였던 관계로 서예 관람이 많은 편이었지만 동양화, 서양화, 도자기, 사진 등 장르를 가리지 않고 두루 관람하였다. 주말의 갤러리 순회에서 오는 감성적 충만은 서울 생활의 즐거움이자 보람이었다.

당시엔 사설 전시회장이 따로 없던 터라 주로 백화점이나 신문사 등이 귀한 전시 공간을 제공하였다. 신세계, 미도파 등의 백화점이 정갈하고 품위 있는 전시장을 운영한 덕분에 작품을 감상하는 동안 그곳에 있는 것만으로도 뿌듯한 자부심을 느낄 수 있었다. 이후로 지금까지 가끔씩 갤러리의 향기에 젖는 습관을 유지하고 있다.

봄빛이 따사로운 삼월 말 국립 현대 미술관에서 기획한 '이건희 컬렉션'을 보러 나섰다. 이건희 회장 유족들이 기증한 작품 가운데 일부를 선보이는 전시회이다.

이건희 컬렉션은 국내 작품 1369점, 국외 작품 119점으로 구성되고, 회화, 판화, 한국화, 드로잉, 공예, 조각 등 미술 전 분야를 포함한다. 이번 전시회에는 20세기 초·중반 한국 근현대 작품 중 대표작 57점이 전시되었다.

본 전시회는 1. 수용과 변화, 2. 개성의 발현, 3. 정착과 모색을 테마로 기획되었다. 1은 1920-1940년대 일제 강점기의 그림들로 전통 서화의 변화 과정과 근대 유화의 도입 과정이 반영된 작품들이다. 대표 화가는 백남순, 이상범, 나혜석, 이인성, 변관식 등이다. 2는 1950-1970년대 해방과 한국전쟁이란 격동 시기의 작품이다. 한국 미술을 대표하는 작가들의 독창적인 작품 세계로 구성되었다. 대표 화가는 박수근, 이중섭, 장욱진, 김환기, 유영국 등이다. 3은 1950년대 전후 복구기의 그림들이다. 국내외 작가들의 개성적인 작품 세계에서 한국 미술의 다채로움을 맛볼 수 있다. 대표 화가는 이응노, 박생광, 천경자, 김종영 등이다.

전시회의 내용은 전통적 세계관과 전통 기법에 의한 산수화 작품, 서양화 기법이 반영된 구상과 추상 작품, 구상과 추상의 경계에 선 작품, 추상으로 전환된 작품, 동화나 염원과 환상이 접목된 작품, 글자 추상과 같은 디자인적 추상 작품, 강렬한 전통 색채가 발현된 작품 등으로 구분할 수 있다.

일찍이 故 이건희 회장은 삼성미술관 개관식에서 말했다.

"문화유산을 모으고 보존하는 일은 인류 문화의 미래를 위한 것으로 우리 모두의 시대적 의무라고 생각합니다" (2004, 삼성미술관 개관식에서)

"오늘 우리 문화의 색깔이 있을까. 세계에 내세울만한 우리의 문화정체성은 과연 무엇인가 하는 것이 더 중요하다.", "문화적 특성이 강한 나라의 기업은 든든한 부모를 가진 아이와 같다. 기업 활동이 세계화할수록 오히려 문화적 차이와 색깔은 점점 더 중요한 차별화 요소가 된다" (이건희, 〈생각 좀 하며 세상을 보자〉에서)

이건희 회장은 미술품의 가치에 대한 인식이 남달랐던 것 같다. 그는 예술품이 비단 현재의 우리 자신을 위한 것일 뿐 아니라 인류의 미래를 위한 자산으로서 귀중한 것이며, 특히 우리 문화가 지닌 고유한 특성이 세계 속에서 우리의 위상을 높이는 자산이라는 것을 일깨워 주었다. 그의 선구적 비전이 오늘의 이건희 컬렉션을 가능케 했을 것이다.

필자에게는 전시된 그림들 대부분이 7, 80년대 전시장에서 본 작품들이라 마치 오랜 벗을 만난 듯 정겨운 느낌이 든다. 다시 만난 행운을 기록으로 남기고 싶어 몇몇 화가에 대한 필자의 소감에 미술관에서 제공한 해설을 곁들여 보기로 한다.

1

애호가들의 그림 취향도 유행을 탄다. 요즘은 동양화에 대한 선호도가 낮아졌지만 7, 80년대에는 산수화의 인기가 매우 높았다. 이상범, 변관식, 노수현 등은 전통을 계승하는 한편으로 개성적인 변화를 이룬 만큼 그 명성 또한 높았다.

청전 이상범의 작품 〈무릉도원〉은 10폭 병풍(1922)의 산수화로서 청록산수의 전통을 보여 주는 작품이다. 그림의 소재는 선비들의 이상향이었던 도연명의 〈도화원기桃花源記〉이다. 배를 타고 복숭아꽃 핀 이상향을 찾아가는 어부의 모습을 화폭에 담았다.

이상범은 변관식과 함께 한국적 산수화를 개척한 화가로 평가된다. 내가 본 그의 그림은 대부분 원경으로 낮고 완만한 언덕, 그 위에 선 작고 까슬까슬한 나뭇가지들, 높고 낮은 논밭, 짧게 흩날리는 잡풀들이 주로 등장한다. 중간쯤엔 화면을 비스듬히 사선으로 가로지르는 냇물, 나지막이 피어오르는 희고 부드러운 안개가 낯익은 산야의 풍경을 만들어 낸다. 농가 옆의 한가로운 미루나무, 이엉이 삭아 들쑥날쑥 허름한 초가지붕, 청신한 담청색 물결 위로 거뭇거뭇 드러난 돌멩이 등이 향토색을 물씬 풍기는 사물들이다. 실경을 간략하게 표현한 그의 자연은 사람과 자연이 융화된 소박한 공간으로서 언제든 손만 뻗으면 가 닿을 수 있는 정겨운 고향의 느낌을 그만의 개성으로 표현한 모습이다.

소정 변관식은 한국 근현대 화단의 대표적인 산수화가이다. 그는 1937년 이후 전국을 다니며 향토색 짙은 실경 산수를 그리는 데 심혈을 기울였다. 전통 회화의 새로운 방향 모색에 힘을 쏟아, 굽어보거나 우러러보는 등의 시점視點에 변화를 줌으로써 사경寫景 산수화의 진수를 보여 주었다. 즉 구도, 시점, 먹색, 붓터치 등 중요한 요소들에서 전통과는 다른 시도로서 독창적인 개성을 형성하였다.

작품 〈산수춘경〉은 이른 봄의 산천 풍경을 선명한 색채에 짧은 필선과 점묘법으로 안정감 있게 그린 수묵화이다. 원경으로 높은 산들이 둘러치고 골골이 일어난 안개가 사람 세상과의 경계를 이룬다. 근경엔 엷은 초록의 산자락, 몇 채의 초가집 지붕, 마을을 감싼 분홍색 복사꽃에서 무릉도원 같은 봄의 정취가 무르녹는다. 길을 따라 줄지은 나뭇가지들 사이로 선비와 가야금 들고 뒤따르는 소년을 그려 넣어 신선 취향의 정취를 섬세하게 표현하였다.

작품 〈금강산 구룡폭〉은 전성기 작품 중 하나이다. 50년대 후반부터 시작된 소정 양식은 몇 가지 특징이 있다. 세로로 긴 화면에 자연경관을 수직 구도로 배치하고 아래에서 위로 올려다보는 앙시仰視로 대자연의 웅장함을 극대화시켰다. 바위의 표면은 농담의 먹을 층층이 쌓아 올려 사실성을 강조하였다. 그의 수직적 구도와 진한 먹색을 사용한 사실적인 표현은, 대자연의 형상을 웅장하고 위대하게 강조한 반면에 인간의 모습은 자연을 경외하는 모습으로 아주 작게 그려 넣은 것이 특징이다. 그의 내면에서 자연과 인간이 주체와 객체로 선명하게 대비됨을 유추할 수 있다.

운보 김기창은 천재 동양화가로 평가된다. 그의 그림은 뛰어난 묘사력, 꽉 찬 화면 구성. 힘찬 기세와 투박한 형태로서 중후한 무게감을 형성한 것이 특징이다.

작품 〈군마도〉는 말들이 질주하는 순간의 역동적인 움직임을 웅장한 필치로 그려낸 명작이다. 거친 숨을 내쉬는 콧구멍, 한 껏 벌어진 입, 번득이는 검은 눈동자, 곤두선 갈기와 제멋대로 휘날리는 말꼬리 등이 말의 생명력을 한껏 강화시킨 요소들이다. 고개를 숙인 채 발굽으로 땅을 박차는 검은 말의 역동성이 동양화의 으뜸 목표인 기운생동의 진면목을 보여준다. 질주하는 말들 사이로 넘어진 말을 그려 넣어 화면의 구도가 중첩되면서 중후함을 배가시킨다. 단지 누런 색, 검은색, 밤색만을 사용했지만 거기에 저절로 형성된 음영의 차이와 극적인 구도와 격렬한 역동성을 가미해 풍부하고 다채로운 화면을 형성하였다. 거대한 화면을 말의 생명성으로 가득 채운 이 그림은 실제 말들이 튀어나올 듯 생생한 역동성만으로도 거장으로서의 화가의 진면목을 유감없이 발휘한 작품이다.

2

　젊은 시절에 접했던 서양화가들, 장욱진, 남관, 김환기, 이응노, 이중섭, 박수근, 천경자, 이성자 등을 이번 컬렉션에서 다시 볼 수 있어 반갑다. 역시 화가 각자의 작품에 대한 필자의 소회에 미술관의 해설을 함께 곁들여 보기로 한다.

　장욱진의 작품 〈나룻배〉는 한 척의 나룻배 안에 소, 소녀, 아이들 모습을 간략한 선으로 표현한 그림이다. 작품 〈호도虎圖〉는 동화와 전설을 반영한 듯 해학적인 분위기를 드러낸다. 그의 그림 소재는 대부분 나무, 집, 사람, 새, 아이, 가족, 마을 등 소박한 일상의 사물들이다. 화가는 그것을 간결한 구도와 선으로 단순화했지만 그 안에 소박하고 정겨운 스토리가 담김으로써 그만의 개성을 형성하였다.

　김환기는 64년 뉴욕에 정착한 뒤 점화點畵를 시작하여 점, 선, 면으로만 구성된 추상화를 실험하였다.

　작품 〈산울림 19-2-73 #307〉은 화풍이 변화하던 시기의 완성미를 보여 준 작품으로 평가된다. 이 작품은 두 개의 화면을 흰 선으로 구분하여 점을 찍어 나가며 광대한 우주에 대한 상상을 시적 추상화의 세계로 표현한 것이라 한다. 화면을 두 개의 사각형으로 구분하고 사각형 안에는 흰색, 하늘색, 남색의 동심원들을 세 개의 방향으로 퍼져 나가게 하였다. 울림의 추상적 이미지를 시각적 이미지로 변환하여 우주를 형상화했다는 설명이다. 사각형 밖에서는 역시 희고 푸르고 짙은 남색의 무수한 점들이 대각선 방향으로 이어지면서 또 하나의 우주의 세계로 나아간다. 울림인지 파동인지 알 수 없는 작은 점들이 별 무리의 형상을 이루며 어딘가를 향해 진행한다. 화가가 남긴 "내가 그리는 선, 하늘 끝에 더 갔을까? 내가 찍는 점, 저 총총히 빛나는 별만큼이나 했을까"라는 말을 돌이켜 보면, 이 그림에 담긴 그의 상상은 분명 무한 우주에 대한 동경과 빛나는 별에 한 걸음 더 다가가려는 의도였을 것으로 짐작된다.

이중섭은 일본에 유학하여 그림공부를 했던 화가이다. 그의 그림의 특징은 사실성과 추상성을 겸한 것으로 평가된다. 해방과 전쟁 시기를 거치는 동안 그는 특히 적극적으로 소를 그리기 시작하였다. 작품 〈황소〉는 얼굴을 클로즈업하여 간결하면서도 굵고 힘찬 붓 터치와 선명한 색채로서 표정의 표현에 집중한 그림이다. 평생 노동에 시달려 생긴 굵은 주름, 고통을 감내하는 속 깊은 표정, 순응하듯 순진무구한 눈동자 등에서 일말의 애잔함이 흘러나온다. 그 모습에 그 시대 사람들의 삶이 겹쳐지는 까닭은, 어쩌면 화가가 생을 영위하는 존재 일반의 숙명적 인고忍苦의 모습을 소의 모습에 우의寓意하여 표현한 것이 아닐까 생각하게 만든다.

그런 생각은 작품 〈흰 소〉에서 보다 명료해진다.

〈흰 소〉는 사실과 관념을 섞어 소에 대한 작가의 의식을 직유법으로 표현한 듯하다. 노동에 시달린 지친 얼굴, 한껏 굽은 등, 앙상하게 튀어나온 가슴과 뼈가 휘어지도록 안간힘을 쓰는 모습, 두 다리로 힘겹게 버티는 형상이 소란 존재의 숙명적인 고통과 슬픔을 적나라하게 드러낸다. 뿐만 아니라 화가가 즐겨 그린 소의 형상은 어쩌면 화가의 자화상일 수도 있고 혹은 내우외환의 환란 속에서 이 땅을 지켜 온 우리 민족의 고난을 상징한 것일 수도 있다.

화가는 극심한 생활고를 겪으며 가족과 떨어져 살아야만 했던 만큼 가족애를 주제로 한 작품이 더욱 눈에 띈다. 작품 〈가족과 첫눈〉, 〈다섯 아이와 끈〉을 통해 애착과 염원의 심리를 간결하고 추상적인 선에 실어 형상화하였다.

박수근은 한국 전쟁 후 서울에 사는 서민들의 일상을 두꺼운 질감의 화면에 단순하고 간결한 선만으로 표현하였다. 명도와 채도 차이가 적은 색들, 마치 드러내길 꺼리는 듯한 회색과 갈색 톤의 차분한 색깔만으로 아기 업은 소녀, 쪼그리고 앉아 놀이하는 아이들, 길가에 앉아 쉬는 노인들, 노점 풍경 등 일상의 모습을 정겹게 그려 냈다.

작품 〈유동〉은 노는 아이들 뒤로 농가 풍경을 세밀히 묘사한 그림이다. 온화하고 차분한 색조에 네모·세모·원으로 단순화된 인물, 주고받는 천진한 시선 등에서 화가의 따뜻한 정서를 감지할 수 있다.

작품 〈절구질하는 여인〉의 여인은 아내가 모델이라 한다. 아기업고 절구질하던 그 당시 여인들의 고단한 일상을 엿볼 수 있다. 이 그림에서의 여인은 이목구비와 손동작이 비교적 섬세하게 표현되었다. 흰 저고리, 연분홍 아기 옷, 검은색과 쑥색과 누런색이 섞인 돌절구, 검정 고무신, 맨발 등 가난한 일상의 모습에서 익숙한 정겨움이 묻어난다. 화강암처럼 차분하고 소박한 색깔과 종이를 겹친 듯 두터운 질감의 화면이 삶의 고단함을 감내했던 화가의 인간미를 드러내는데 일조한다.

박생광은 16세에 일본에 가서 신일본화를 배웠지만 일본적 미의식을 보여 준 그의 그림은 해방 후 외면을 받았다. 일본화풍에서 벗어나기 위한 시도 끝에 그는 불교, 무속, 설화 등 한국적 소재를 민속적 색감으로 표현하기 시작하였다. 한국 미술의 정체성을 확립하려는 그의 목표는 강렬한 색채의 개성으로 발현되었다.

작품 〈무녀〉는 80년대 한국적 채색화 양식을 정립하던 시기의 작품이다. 이전의 그림이 색동옷에서 영감을 받아 원색적인 색감을 사용하여 평면성을 강조했다면, 이 작품은 그림의 대상을 묘사하는 정도와 크기에 차별을 둠으로써 화면에 깊이를 더하였다.

특히 〈무녀〉는 특유의 오방색 담채에 진채를 더해 화면의 깊이를 더한 기법으로 한국적 채색화의 화려함을 표현한 그림이다. 그는 '역사를 떠난 민족은 없다, 전통을 떠난 민족 예술은 없다' 라는 말을 남김으로써 예술에서의 역사와 전통의 중요성을 일깨웠다.

이응노는 유럽을 무대로 활동하면서도 서화동원書畵同源, 즉 글씨와 그림이 본래 같은 근원이라는 동양미학정신과 한국적 전통 미학을 견지하였으며 거기에 서양화의 화법을 도입하여 자신만의 개성을 만들어 갔다. 그의 그림의 바탕에는 훈장의 아들로 태어나 서예를 익히고, 혜강 김규진의 사군자 지도를 받아 그림에 입문했던 그 전통적 서화 경험이 축적되어 있었을 것이다. 일본에서 동서양화의 기법을 습득하고 55세에 유럽 화단에 진출한 후 평생을 유럽에서 활동한 그는 동양적 정서와 서양화 기법을 아우르는 문자 추상이란 새로운 영역을 개척하였다.

작품 〈구성〉은 70년대에 시도한 문자 추상 전성기의 대표작이다. 화면을 채운 여러 형태들은 한자漢字의 획을 연상시키지만 추상화된 그림에서 문자성을 찾기는 어렵다. 문자인 듯 문자 아닌 기호들이 서로 연결되고 겹친 형상이 묵직한 힘을 품고 있다. 평생 새로운 미술을 찾아 도전을 계속했던 그는 한국 현대미술의 거장으로 불린다.

천경자는 꽃과 여인을 주된 소재로 삼아 여인의 꿈과 한, 낭만을 그린 화가이다. 그녀의 작품 세계는 단아한 아름다움 속에 외로움과 슬픔의 분위기를 아우르는 특징이 있다. 은은하게 우러나오는 깊고 몽환적인 색채는 색을 다루는 그녀만의 독특한 방법에서 비롯되었다 한다.

그녀의 작품 〈노오란 산책길〉은 80년대 초부터 선보인 서정적인 여인상이다. 화면은 봄의 정취로 가득하다. 노란 붓꽃을 꺾어 가슴에 비껴든 여인은 자화상처럼 보이지만 작가의 큰며느리란다. 여인은 연못가에 싱싱하게 돋아난 버들잎 앞에 무리 지어 피어난 붓꽃 무리에서 두어 송이를 꺾어 들었다. 꽃무리 안에서 웃으며 여인을 돌아보는 강아지는 의인화된 사물로서 동화적 상상을 불러오는 소재다. 연못 너머 푸른 산은 새싹이 돋아나 초록으로 물들었다. 노란색이 주조인 화면에 먼 곳을 응시하는 여인의 눈동자가 몽환적인 분위기를 더한다. 그녀의 후기 여인상은 고혹적인 모습으로 그림의 개성을 담보하는 특징을 지닌다.

예술은 한 나라의 문화적 특수성을 대변하는 분야이다. 예술가의 고뇌와 영감으로 탄생한 작품들은 각자의 개성과 색깔을 드러내는 동시에 그 나라의 예술적 상상력과 성취 수준을 증명하는 실체이다. 전시회 작품을 일별하고 나니 어떤 혼란 속에서도 피어나는 예술혼에 뭉클한 감동이 온다. 일제강점기의 혹독한 시련과

6.25 전쟁의 참담한 상흔을 안고서도 화가들은 굴하지 않는 예술혼을 불태워 이와 같은 작품들을 남겨 놓았다. 세월이 가고 사람도 갔지만 예술작품만은 남아 영원한 향기를 전해 준다. 그들의 열정에 저절로 경의를 표하게 된다.

전시회장을 나오며 예술의 향연에 취한 이 봄날이 참으로 귀하게 느껴진다. 그리고 갤러리 산책을 즐겼던 내 싱그러운 젊은 날에도 아련한 그리움을 보낸다.

대작代作에 관하여

　작가의 구상과 그것을 일정한 예술 형식으로 표현하는 능력은 작품의 완성을 위한 필수적인 두 요소일 것이다. 그런데 최근에는 이러한 생각이 과연 옳은 것인가 하는 의문이 든다.

　무죄!

　모인某人의 그림 대작代作 사건이 무죄로 결론이 났다. 무려 5년이나 걸렸던 이 사건에 대한 최종 판결이다. 사건의 전말은 간단하다. 모인은 화가를 자처하는 연예인이다. 그런데 그의 그림이 아이디어와 제작이 분리된 채 이루어졌다. 그는 아이디어를 제공하고 그림은 다른 화가가 그렸다고 한다. 모인은 의심 없이 그 그림이 자신의 것이라 여겼고, 그의 유명세가 얹혀 그림이 고가에 판매되었다. 그런데 두 사람 사이에 갈등이 생기자 화가가 모인을 고발하면서 이 일이 세상에 알려졌다. 검사가 모인을 사기죄로 기소했지만 이후 5년 동안의 공방 끝에 마침내 대법원에서 무죄 판결이 났다. 이 일은 사안 자체가 일반인의 상식을 뒤엎는 일이었던지라 큰 주목을 받으면서 여론도 찬반양론으로 팽팽하게 갈렸다.

미학 전공자인 모 평론가는 말한다. 서양에서는 1917년 프랑스 화가 마르셀 뒤샹에 의해 아이디어와 제작이 분리되었고, 이후로는 그것이 이미 상식이 되었다는 것이다. 따라서 문제가 되지 않는 일을 우리나라 사람들이 현대 미술계의 동향에 무지해서 갑론을박한다는 식이다.

1917년 마르셀 뒤샹이 남성의 소변기를 전시회에 출품하려던 일화는 미술사에 하나의 획을 그은 유명한 사건이다. 그는 기존의 관습적인 미의 개념과 미술품 제작 방식에 의문을 제기하였다. 즉 진부하거나 대량 생산된 물건들도 예술가가 선택하고 제목을 붙이면 작품이 될 수 있다는 논리를 펼치고, 아름답지 않아도 미술이 될 수 있다는 개념을 만들어 냈다. 화가의 아이디어 자체가 작품이 될 수 있다고 보는 그의 주장이 미술계에 수용되고 예술 사조로 자리잡게 되면서 그는 현대 미술의 혁신의 아이콘으로 등장하였다. 이와 같은 현대 미술의 동향에서 본다면, 모인은 그림을 직접 그리지는 않았지만 아이디어를 제공한 그 자체로서 그림의 소유권을 주장하는 데는 문제가 없다.

그렇다면 전통적인 작가 개념을 가진 다수의 우리는 단지 현대 미술의 변화에 무지한 사람들로 남아야만 하는 것일까.

문제는 상식이다. 상식이란 한 사회에서 오랜 시간을 거쳐 형성되어 합당하다고 공인된 관념이다. 아무리 21세기를 지구촌 시대라 부르지만 여전히 각 나라와 지역과 인종 사이에는 각기 다른 상식이 존재한다. 서양 미술계에서 통용된 상식이 우리에게 똑같이 통용되어야 한다는 법은 없다. 예술 작품은 작가가 지닌 지적 사유와 천부적 재능과 부단한 연마의 결과물이라는 것이 상식이다. 지적 사유의 내용은 경험, 영감, 표현 욕구, 표현 방향, 표현 형식 등의 제반 사항을 포괄한다. 거기에 작가의 재능과 숙련이 결합될 때만이 자신만의 개성을 작품으로 온전히 완성할 수 있다. 예술가에게 있어 생각과 표현은 뗄 수 없는 관계에 있다는 말이다.

전통적으로 동양 회화의 표현 방식은 대상 사물의 형태를 같게 그리는 형사形似와, 대상 사물에 작가의 정신을 표현하려는 신사神似로 구별된다. 형사는 보이는 사물의 형상을 그리는 일이니 핍진한 묘사가 기본이나, 신사는 사물의 본질에 대한 작가의식의 표현인지라 대상이 변형되게 마련이다. 형形과 신神의 관계는 고대에는 형을 더 중시하였고, 동진 이후 전신론이 제기되면서 형과 신을 함께 존중하게 되었으며, 송대의 소동파 이후로 문인화론이 정착되면서 신을 더욱 중시하게 되었다. 그러나 그림이란 형만 있어도 신만 있어도 안 되는 것이니 진정한 신사는 형신이 겸비되어야 한다는 주장이 더욱 설득력을 얻게 된다.

어떤 고매한 예술 정신이라도 그것을 작품으로 형상화하는 능력이 뒤따르지 못한다면 작품은 출현할 수가 없다. 작가의 생각을 창작으로 연계할 수 있는 능력이야말로 작품의 성패를 좌우하는 관건이라 하겠다.

대작을 인정하고 안하고의 문제는 예술 창작에 대한 관점의 차이에서 비롯된다. 현대 미술의 개념과 범주 및 창작 행위에 대한 인식은 분명히 변화하고 있다. 아이디어 자체로 작품을 인정하는 것은 아이디어의 중요성을 일깨움과 동시에 작가의 범주를 폭넓게 확대한다는 점에서 긍정적이다. 그럼에도 불구하고 표현에 기여한 바 없이 남이 그린 작품을 자신의 그림으로 공인 받는 것은 분명 역량의 부족을 자인하는 셈이다. 일반인의 상식이 그것을 이해해 주지 않는다면 예술가는 설 자리가 없게 된다.

모인이 전하려는 메시지는 무엇인가. 그 역시 뒤샹처럼 진부하거나 대량생산된 물건들일지라도 작가가 선택하여 이름을 붙여 주면 미술 작품이 될 수 있다는 것을 보여 주려 한 것인가. 아이디어가 없이 그림이 될 수는 없지만, 아이디어만 있다고 작품이 눈앞에 형상을 드러내는 것도 아니다. 작품은 작가의 생각과 표현이란 절대적인 두 요소를 필요로 하고 그것도 일정 수준의 또는 탁월한 표현 능력을 장착해야만 뛰어난 작품이 나올 수 있는 것이니 예술작업이란 그만큼 엄중한 일이라 하겠다.

　지구촌이란 말이 있듯이 21세기의 세계는 물리적으로 매우 가까워졌다. 그만큼 관습이나 고정관념도 변화해 왔고 또한 변화해야 한다는데 동의한다. 정답이 없는 문제라면 폭넓은 해석이 최선이기는 하다. 그럼에도 모인의 대작이 불러온 데 대한 이질적 감정은 여전히 거기에 석연찮은 구석들이 있기 때문이다.

　나는 작품의 진정한 가치를 논하는 일은 작가의 정신과 창작 행위가 완전한 결합을 이룬 경우로 한정해야 한다고 생각한다. 작가의 생각은 창작 표현의 과정을 거치고 나서야 비로소 개성을 띤 작품으로 완성된다. 그리하여 아이디어만 제공한 작품은 반쪽짜리 작품이라는 의견에 나는 한 표를 던지고 싶다.

Ⅳ. 결핍,
그 변종 발생의 찬스

구도의 길에 선 소년

1

임윤찬은 '2022년 반 클라이번 국제 피아노 콩쿠르'에 참가하여 역대 최연소 나이인 18세로 우승을 차지한 천재 피아니스트이다. 부모님이 음악을 좋아하는 환경에서, 7살 때 어머니의 권유로 동네 상가 피아노 학원을 다니게 되었다니 시작은 평범하였다. 그런데 이후의 수학 과정을 보면 '될성부른 나무는 떡잎부터 알아본다'는 속담을 떠올리게 한다. 9살에 예술의전당 음악아카데미에 합격, 11살에 금호영재콘서트에 데뷔, 14세에 미국 클리블랜드 청소년 국제 콩쿠르에서 2위 수상, 15세에 예원학교 음악과 수석 졸업과 동시에 윤이상 국제 콩쿠르에서 우승, 17세에 한국예술종합학교 음악원(대학원 과정)으로 진학, 18세에 '2022년 반 클라이번 국제 피아노 콩쿠르'에서 베토벤 피아노 협주곡 3번과 라흐마니노프 피아노 협주곡 3번을 연주하여 최종 우승하였다. 또한 참가자들의 우열을 가리기 위해 예선 지정곡으로 제시된 현대 음악곡에서도 우수한 기교와 표현력으로 신작 최고 연주상을 수상하였다. 거기에 전 세계 3백만 청중이 생방송을 듣는 가운데 투표에 참가한 만 삼천 명에게 감동의 연주자로 뽑혀 청중상까지 수상하였다. 그가 우승한 이듬해 연주실황을 다큐로 제작한 영화 〈크레센도〉가 상영되어 나는 가뭄에 단비를 만난 기쁨으로 감상하였다.

윤찬은 이제 갓 스물이 되었다. 어린 그가 수많은 사람의 마음을 흔드는 이유는 무엇일까. 스승 손민수는 사람들이 오만과 편견이 없는 윤찬의 성품에 감동하는 것이라 본다. 우승 전 결선 진출자들을 대상으로 한 외신 인터뷰에서 그는, 자신은 커리어에 대한 야망이 없으며 산속에 들어가서 피아노를 연주하며 살고 싶다고 했단다. 그런 그가 연주가 시작되면 반전의 모습을 보인다. 수줍은 청년은 마치 혼자 있는 듯 무아지경에서 두려움이 없는 강렬한 터치로 열정을 쏟아낸다.

2

도道는 길이라 푼다. 세상에는 수많은 길이 있다. 모든 존재는 자신에게 주어진 길을 따라 생명의 역사를 써 내려간다. 그런데 인류의 역사에서 종교와 예술보다 더 인간 정신에 영향을 미친 분야가 있을까.

나는 윤찬의 모습에서 문득 생사의 근원을 찾아 구도의 길에 나선 수행자를 연상한다. 불교는 진리를 깨달은 경지를 돈오頓悟와 점수漸修라는 말로 설명한다. 돈오는 인간의 마음이 곧 부처의 마음임을 깨달은 해탈의 경지를 뜻한다. 점수는 돈오로 깨달음을 얻은 뒤에도 꾸준히 수행해야 해탈에 이를 수 있다는 뜻이다. 돈오돈수는 찰나에 깨달아 부처가 되면 더는 수행할 것이 없다는 뜻이고, 돈오점수는 찰나에 깨달음을 얻었을지라도 또한 부족한 부분을 닦아 나가야 한다는 뜻이다.

이러한 용어 해설은 다만 머리로 이해하기 위한 설명에 불과할 뿐 그것이 정작 어떤 경지인지를 짐작하기는 어렵다. 그럼에도 윤찬이 음악사의 위대한 텍스트들에서 얻은 영감 위에 자신의 상상과 색깔을 불어넣어 지고한 음악으로 연주하는 모습은 갈 데 없는 구도자의 모습이다. 음표 뒤에 있는 자신만의 음악을 찾아 경험과 상상을 총동원하는 그의 여정과, 생사의 근원을 찾기 위해 수행에 몰입하는 구도자의 모습이 오버랩되는 것이다.

윤찬은 마음에서 찾는 소리와 실제 피아노의 음이 맞을 때가 있다고 한다. 마음속에 완벽한 음의 느낌이 존재하고 그것이 현실의 음과 맞아떨어진 순간 심장을 강타하는 느낌을 받는단다. 그가 음악에서 돈오를 체험하는 순간일 것이다. 마음속의 음악을 두려움 없는 터치로 연주하고 희열을 느낄 때 그것이 바로 음악적 돈오의 순간이 아닐까. 그것은 인간 내면에 간직된 순수 영혼과 음악적 본질의 조우遭遇일 것이다.

한 평론가는 그의 결승 연주가 "곡 전체에 대한 감각을 이미 가진 채 놀이를 하는 것과 같다"라고 분석하였다. 어느 순간 그는 완벽한 음악적 기교에 영혼의 순수성을 실어 돈오의 순간을 체험했을 것이다.

윤찬은 클래식이 텍스트의 해석이라 설명하고 음악의 본질에 자신의 상상을 불어넣고자 한다. 예를 들어 그는 라흐마니노프 피아노 협주곡 3번의 카덴차를 연주할 때 가야금 뜯는 소리가 연상된다고 한다. 우륵의 '즐겁지만 흘러넘치지 않고, 애절하지만 슬프지 않다(樂而不流, 哀而不悲)'는 구절이 마음에 절실하게 들어와 애절하지만 슬프지는 않은 초월적 느낌을 체감했단다.

우륵의 말은 본래《시경·관저 편》에 대한 공자의 해석에서 나왔다. 즉 '즐거워도 지나치지 않고, 슬퍼도 상심에 이르지 않는다(樂而不淫, 哀而不傷)'는 말은 중용 정신을 뜻한다. 우륵이 이 구절을 바꾸어 가야금 연주에 적용한 것이다. 윤찬은 라흐마니노프의 음악에서 우륵의 사유와 감성을 체감하고 자신의 연주에도 그 애절하지만 슬프지는 않은 초월적 느낌을 반영했단다. 그의 사색이 이미 예술을 관통하는 본질에 다가가 있음을 짐작할 수 있다. 음악가, 스승, 친구, 책 등 어디에서나 영감을 찾으려는 자세인 그가 어디까지 자신의 폭을 넓힐 수 있을지 상상하기가 어렵다.

윤찬은 꼭 연주해야만 하는 곡이 있다고 한다. 음악사에 중요한 발자국을 남긴, 음악의 뿌리가 되는 곡들에 대해 일종의 사명감을 느낀다고 한다. 작곡가의 생각은 윤찬의 사색과 정련의 과정에서 영감의 발현으로 거듭난다. 그는 자신의 상상을 음표 각각에 투영시켜 보석처럼 영롱한 소리로 청정한 자연을 재현한다. 베토벤, 라흐마니노프, 쇼팽, 바흐, 모차르트를 연주할 때 그의 선율은 작곡가의 정신에 깊이 맞닿아 있을 뿐 아니라 자연과 같은 다채로운 무늬를 입혀 우리 영혼의 문을 두드린다. 그의 내면에 속한 고요와 격정, 희망과 절망, 열정과 환희와 같은 잠재된 영감이 맑은 선율로서 인간과 자연 사이를 자유롭게 넘나든다. 그 섬세하면서도 웅장한 선율은 듣는 이에게 피할 수 없는 감흥을 선사한다.

루바토!

자유로운 템포로 연주하라는 의미를 지닌 악상 기호이다. 근본을 해치지 않는 범위 안에서의 자유로운 연주를 뜻한다.

리스트는 루바토가 무엇이냐는 제자의 질문에 대답하였다. '나무를 보라! 뿌리와 가지는 움직이지 않지만 나뭇잎들은 자유롭게 살랑이지 않는가. 이와 같은 것이다.'

이 일화를 예로 들어 윤찬은 근본을 해치지 않는 자유로움이 바로 자연이므로 자신도 자연의 소리에 귀 기울여 음표 하나하나에 마음을 담는다고 한다. 원곡의 박자를 존중하되 윤찬의 리듬으로 변주하는 과정을 통해 자연을 동경하는 자신의 개성을 완성해 가는 것이다.

콩쿠르에서는 한 번의 실수가 치명적인 결과가 되므로 그가 준결승에서 연주한 리스트의 초절 기교 연습곡은 그 난해한 테크닉 때문에 선곡하지 않는다고 한다. 윤찬은 준결승에서 이 곡을 과감하게 선택하여 65분 동안 12곡 전부를 연주하였다. 심사위원을 비롯한 수많은 청중이 감격의 눈물을 흘린 까닭은 그와 함께 청중도 음악적 해탈의 경지를 공유했기 때문이 아닐까. 결승에서 윤찬의 라흐마니노프 피아노 협주곡 3번을 협연한 지휘자 마린 알숍은, 윤찬의 연주가 끝난 후 눈물을 흘리며 '윤찬과 연주한 것이 자기 인생의 하이라이트였다' 고 고백하였다. 정확하고 견고한 테크닉에 투명한 순수와 격렬한 열정이 깃든 윤찬의 음악에 대한 최대의 경의이다.

3

콩쿠르에서 우승한 윤찬은 기쁘지 않으며 오히려 심란하다고 했다.

"세계에서 모인 30명의 피아니스트와 한국인 참여자 3인도 있는 데서 내가 어떻게 됐지? 내가 그들보다 나은 게 하나도 없는데? 나는 아직 어리고 부족한데 말도 안 되는 상을 받아서 심란하다."

그는 음악을 할 때 순수한 행복을 느끼는 것일 뿐인데 박수를 받는 게 민망하다고 한다. 그러나 음악 앞에서는 모두가 학생일 뿐이라는, 만족하는 순간 위험하다고 말하는 그는 이미 음악에의 돈오점수를 향한 경건한 구도자이다.

그에게 말한다.

"음악을 사랑하는 그대여! 심란해하지 말아요. 청중의 감동과 눈물이 그저 나온 게 아니라오. 그대가 찾아낸 깊고 순수한 선율이 영혼에 울림을 주었기 때문이라오."

윤찬은 음악의 정수를 전하는 메신저로서 완벽한 기교와 영감을 찾아 혼신의 힘을 다하는 구도자로 살아갈 것이다. 청중은 삶의 관성을 내려놓고 그의 신선한 마법에 빠져들 것이다.

그는 환호를 선호하지 않는단다. 환호의 다른 얼굴이 구속일 수 있음을 안 것이다. 애호가라면 윤찬을 지켜주고 요란하지 않게 멀리서 지켜보아야 하는 이유이다.

인생에는 총량이 있다고 한다. 우리는 크든 작든, 소박하든 아름답든 저마다의 인생의 꽃을 피운다. 그 꽃은 자신만의 향기로서 세상의 아름다움에 일조한다.

윤찬은 아주 일찍 영롱한 음악의 꽃을 피워 냈다. 그리고 다만 가감 없이 마음속 음악을 두려움 없는 터치로 표현하려는 소박한 꿈을 꾼다. 자신만의 음악을 찾아가는 청년 음악가의 길이 음악사에 또 하나의 새로운 발자취가 되기를 기대한다.

변화, 낯섦에서 친근함으로

모네의 〈건초더미〉 작품이 소더비 경매에서 1316억 원에 낙찰되었다는 뉴스를 접한다. 예술의 소멸을 말하는 이 시대에 옛 그림 한 점이 예술의 가치를 일깨우니 새삼 반갑다.

사람은 변화를 싫어하고 안정을 추구하는 속성이 있다. 인류가 수렵 생활에서 농경 생활로 전환한 계기도 아마 예측 불허의 불안에서 벗어나려는 욕구 때문이었을 것이다. 그럼에도 변화는 우리 삶을 주도하고 견인하는 중심축이다. 변화는 때로 예기치 못한 성공을 불러오기도 한다. 만일 시선을 서양미술사로 돌려 본다면 우리는 파격적인 변화를 몰고 온 일군의 화가들을 만나게 된다.

클로드 모네(1840~1926)는 19세기 인상파 화가들 중에서도 특히 친근한 인물이다. 젊은 시절에 읽은 E.H. 곰브리치의 《서양미술사》에는 19세기를 '끊임없는 변혁'의 시대로 서술하였다. 그

중심에 있던 모네는 아카데믹한 화실을 박차고 나와 '소재素材'
앞에서가 아니면 붓을 휘둘러서는 안 된다고 선언하였다. 자연의
묘사는 실제 '현장에서' 완성되어야 한다는 것이다.

1874년 모네는 〈인상印象, 해돋이〉라는 제목의 작품을 전시회
에 냈다. 그림은 동틀 무렵 안갯속에서 하루를 시작하는 항구의
모습이다. 사물의 형상이 보일 듯 말 듯 희미하게 드러나서 '인
상'이란 제목에 합당한 그런 그림이었다. 비평가는 경멸과 조롱
을 섞어 전시회의 화가들을 '인상주의자들'이라 불렀지만 그 호
칭은 곧 하나의 유파를 상징하는 고유명사가 되었다.

인상주의 그림의 소재는 사람의 일상과 그를 둘러싼 자연이다.
자연은 구름이 해를 가리기도 하고 물 위에 반사된 그림자를 바
람이 지우고 가는 등 끊임없이 변화하는 대상이다. 그러한 양상
을 포착하려면 세부보다 전체에 신경을 쓰면서 빠른 붓질로 화폭
위에 색채를 입혀야 한다. 비평가들 입장에서 이러한 기법의 그림
은 단지 마무리가 안 된 미완성으로만 보였기에 그것을 '스케치
풍'이라 평가절하하였다. 그러나 인상주의 화가들은 무엇을 그리
고 어떻게 그리는 가에 있어 오직 자신의 감각에만 집중하였다.
급기야 비전통적인 대담한 수법과 자유로운 붓놀림으로 그린 그
그림들이 대중에게 인정을 받게 되자 미술 비평은 권위와 위신을
잃고 말았다.

인상주의자들의 진정한 목표는 화가가 겪었던 시각적 경험을 관객에게 전해 주는 것이었다. 이들의 실험은 이전에 중시되었던 '품위 있는 주제', '균형 있는 구성', '정확한 소묘' 등의 미술적 습관들을 무대 저편으로 사라지게 만들었다.

모네는 자연의 빛과 색채를 중시하여 시시각각 변화하는 사물의 색채와 형태를 포착한 그림으로 미술계에 뚜렷한 존재감을 드러냈다. 그의 〈건초더미 Grainstacks〉 연작은 1890년 가을에 시작하여 7개월 동안 사계절의 풍경을 담아냈다. 그것은 태양의 빛과 대기에 따라 순간순간 달라지는 대상의 오묘한 색채를 화폭에 담은 인상주의의 진수로서 사람들에게 특별한 미적 감성을 선사했다. 그는 아침, 일몰, 여름의 끝, 정오의 빛, 흐린 날, 햇볕에 곡물더미, 눈의 효과 등의 제목으로 날씨, 시간, 계절에 따라 달라지는 빛의 효과를 탐구하였다. 그 풍경은 색채가 서로 섞이지 않으면서 빛의 진동과 같은 시각적 효과를 만들어 내며 화면에 생동감을 불어넣었다. 이 연작의 성공으로 모네는 지베르니에 정착할 여력을 얻게 되었고, 그곳에서 강가에 줄지어 선 '포플러 나무'와 연못 속의 '수련'을 소재로 수많은 연작을 탄생시켰다.

"내 생각엔 하나의 풍경이란 그것을 둘러싼 대기와 빛의 힘으로 존재하는 것이다."(클로드 모네)

이처럼 모네가 풍경의 연작을 통해 대기와 빛의 효과에 집중하면서 그것은 이전에 중시되었던 형태의 묘사를 압도하게 되었다. 대상의 재현이었던 그림이 이제 주관적인 인상의 표현으로 전환된 것이다. 그러므로 '건초더미' 그림에서 우리는 농부의 모습을 상상할 수가 있고, '포플러 나무' 연작에서 나무의 모습과 색채를 너머 드레스를 입고 양산을 쓴 여인들의 아름다운 모습을 연상할 수 있다. 평생 빛의 효과와 물의 반영을 묘사하는데 몰두한 모네는 그만큼 생동하는 풍경을 그만의 화법으로 고스란히 화폭에 담아냈다.

우리는 왜 인상주의 그림에 매료되는가.

인상주의는 기법과 소재 면에서 과거와 결별하였다. 시각적인 인상에 주목한 그들은 빛이 사물에 닿는 순간의 색채에 집중하므로 눈부심 가운데 중심인물을 제외한 나머지 형태들은 햇빛과 공기 속에 용해되어 흐릿하고 모호한 점들로 처리된다.

이와 같은 이들의 작업이 우리에게 시사하는 바는 무엇일까. 우리의 삶은 명료한 듯 보이지만 실은 어느 순간도 예측 불가한 모호한 시간들로 채워져 있다. '지금, 여기'에서 명료하게 보인 것일지라도 바로 다음 순간 인생에 쏟아져 들어온 햇빛에 흩어지고 반사될 때 그것이 어디를 향하고 또 어떤 형상을 이룰 것인지 알 수가 없다. 더욱이 생의 시간 위에서 갑작스럽게 균열이 일어나고 빛이 파열할 때면 실체를 잃어버린 채 보일 듯 말 듯 희미하게 일그러진 인상만이 우리 삶의 전부인 듯 보이기도 한다.

여기에서 우리는 생의 지속성을 위하여 현실의 냉기를 희석시키고 그 자리에 낭만의 온기를 채울 필요가 있다. 인상주의 그림들은 얼핏 보면 이상한 색점들의 집합일 뿐이다. 하지만 몇 걸음 뒤로 물러나서 보면 갑자기 그것들이 제자리를 차지하고 존재의 생명력을 지닌 채로 다가와 말을 건넨다. 이와 같이 우리의 생 또한 불확실성 가운데 어둔 터널을 지나는 것 같지만 한 발 물러나서 보면 살아온 그 자리에서 굳건한 존재감으로 생명력을 지니고 있었던 사실을 깨닫게 된다.

나는 인상주의 화가들의 예술 탐험과 우리의 인생 사이에서 모호함이란 하나의 공통분모를 발견한다. 그리고 그것이 바로 새로운 변화가 주는 낯섦에서 친근한 애호로의 수평 이동을 가능케 한 요인이 아닐까 생각해 본다.

추분을 기점으로 태양은 점차 고도를 낮추고 한낮의 타는 정열도 식어 간다. 동지가 가까워지고 햇발이 길어질 무렵 빛은 더욱 창백한 얼굴로 퇴색해 간다. 마침내 동면의 겨울이 차가운 손을 내밀어 자연이 신산한 통증을 겪어야 할 때면 사람의 감성 또한 깊은 침잠으로의 여정을 시작한다.

　나는 이 계절 우리네 들녘에 서 있는 모네를 보고 싶다. 차가운
대기의 출렁임 속에서 그는 또 어떤 색채의 눈부심으로 우리 감
성의 문을 두드릴까.

화가 박수근을 기억하며

절기는 우수를 넘었는데 늦게 찾아온 한파가 기승을 부린다. 이월의 달력이 끝나감을 보자 불현듯 미루어 두었던 박수근 화가의 전시회를 떠올린다. 서둘러 준비를 마치고 전철역을 향해 탄천을 걷노라니 물가엔 벌써 다가온 봄을 알아챈 버들강아지들이 은빛의 갸름한 자태를 뽐낸다.

덕수궁 대한문을 들어서자 오래된 궁은 마치 한복을 차려입은 여인인 양 고즈넉한 정취로 손님을 맞는다. 아직은 메마른 모래땅과 앙상한 가지들이 막바지 겨울의 잔상을 머금고 있다. 미술관의 대리석 계단과 커다란 기둥을 보니 오랜만에 느끼는 문화 공간의 품격이 반갑기만 하다. 코로나19로 전시장 나들이는 꿈도 꾸지 못한 채 지낸 시간이 얼마이던가. 체온을 재고 입장하니 오전임에도 전시장 안은 관람객으로 북적인다. 박수근 화가가 우리에게 던진 울림의 파고를 가늠해 볼 만하다.

4개의 전시실에서 화가의 삶 전반이 모습을 드러낸다. 손바닥

만한 크기부터 10호 남짓한 그림들이 이 시대의 거작들에 익숙했던 눈에 오히려 편안함을 안겨 준다. 전시실 입구에서 화가의 양력을 일별한다. 19세기 프랑스의 바르비종파 화가 밀레의 그림에 감동을 받아 그림을 시작하게 되었다는 설명이다. 밀레는 낭만주의, 사실주의적 풍경화풍을 확립하고 소박한 농촌 풍경을 많이 그린 화가다. 박수근이 시골 풍경과 일상의 모습들을 즐겨 그린 데는 그의 영향이 컸던 모양이다.

박수근은 6.25 전쟁이란 엄혹한 시기에 가난에 시달리며 미군 PX에서 초상화를 그려 생계를 이어갔다. 그의 초상화와 일반 그림의 세계는 다른 특징을 보인다. 섬세하게 표정을 살린 초상화와 단순화, 평면화된 그만의 개성적인 그림들은 현실적 소재라는 공통점에도 불구하고 확연한 차이를 보인다. 생활의 방편으로 그린 초상화와 삶에 대한 메시지를 형상화한 화폭은 다른 세계일 수밖에 없다. 그의 초상화 솜씨는 아들의 초상화에서나 흔적을 발견한다. 거기에는 숨길 수 없는 사랑이 부드러운 곡선에 담겨 있다.

박수근 그림의 특징은 단순성과 평면성에 있다. 사실 원근법에 익숙한 눈에 입체감 없는 평면적 그림은 단조로울 수도 있지만, 그가 화면의 질감을 독특하게 구사한 덕에 그것이 오히려 무궁한 이야기를 함축한 듯 보인다. 창호지를 겹겹이 쌓아 올린 듯 두툼한 화면의 마티에르가 오히려 화강암의 거친 표면인 듯한 입체감을 만들면서 화가의 개성을 넘어 한민족 특유의 질박한 본성까지 담아내고 있다.

박수근 그림의 조형적 특징은 가는 윤곽선과 삼각형, 사각형으로 단순화된 인물, 평면적 구성, 비슷한 계열의 색채 조합으로 이루어졌다. 주된 사물의 평면화와 동계열의 색채로 채워진 화면은 바탕과 사물의 경계를 모호하게 만든다. 대표적으로 〈비둘기〉라는 그림은 바탕과 비둘기의 경계가 거의 보이지 않는다. 중심 사물이 배경 속에 완전히 스며든 것이다. 그와 같은 화가의 화법 안에는 어떤 의도가 숨어 있는 것일까.

경계의 모호함은 차라리 모든 것이 혼용된 새로운 세계를 희구하는 것일까. 아니면 그 스스로 '사람의 선함과 진실함을 표현하는 것이 목적'이라고 고백했듯이, 인간 내면의 순수 본성을 표현하는 그만의 방식인 것인가. 어쨌거나 화가의 창작 의도는 무언의 화면에서 수많은 언어를 생성해 낸다. 개성적 요소들이 어우러져 만들어 낸 대표적 미감이라면 그것은 바로 서민적 소박미이다.

예외적으로 결혼을 축하하려고 그린 〈오리〉라는 그림은 배경과 사물이 확연히 구별된다. 판화 기법으로 그린 검은 화면 안에 흰 오리 한 쌍이 마주 보고 있는 그림이다. 한 번의 붓 터치로 그려낸 듯한 단순한 선과 생동하는 형상에 기쁨이 배어 있다. 그가 젊은이의 앞날을 축복하려는 의도를 담은 듯하다.

박수근의 나무들은 대부분 잎을 떨군 나목들이다. 통째로 잘라다 놓은 듯 우람한 몸통이 무뚝뚝한 거인을 연상시킨다. 수많은 잔가지들 역시 잘리고 꺾인 앙상한 모습으로 팔을 벌려 매달려 있다. 그는 차가운 계절 시린 나목의 형상으로 전쟁의 참상과 질곡의 역사를 증언한다. 그러한 표현 방식이 봄이라고 크게 달라지지 않는다. 봄이 왔어도 별반 호들갑을 떨지 않는다. 단지 메마른 고목 위에 작고 흰 꽃송이를 드문드문 달아 주고 그 너머로 퍼져 가는 보일 듯 말 듯 연한 초록의 물결을 입히는 정도에 그친다.

그의 벌거벗은 고목들은 정녕 생명이 사라진 썩은 둥치일 뿐인가. 질곡의 시간에 일어났던 수많은 생명의 소멸을 그처럼 증거하려는 것인가. 그러나 그것은 죽은 듯 결코 죽은 것이 아니다. 그의 나목들은 거친 껍질 속에서 굵은 물관을 통해 끊임없이 생명의 물을 퍼 올리며 시간을 촘촘한 나이테로 만들어 간다. 그는 나목 안에서 일어나는 생의 의지를 조용한 시선으로 투시하여 화면으로 이끌어 낸 것이다.

박수근의 그림은 어릴 적 갖고 놀던 소중한 공깃돌의 추억을 소환한다. 쑥돌이라 불린 그 화강암 돌조각은 애지중지하는 사이에 달아서 동그래지곤 하였다. 산이 대부분인 우리나라에서 화강암은 흔한 돌이다. 우툴두툴한 표면에 점점이 박혀 있던 흰색, 회색, 검정 그리고 갈색과 쑥색이 박수근의 그림으로 환생하였다. 그에게선 흰 빛도 차분하여 흡사 광목 저고리나 백자 항아리를 연상시킨다. 거기에서 흰빛을 사랑한 우리네 오래된 삶의 모습이 수줍게 되살아난다.

박수근의 주인공들은 때로는 벽화나 박제된 사물과도 같다. 그럼에도 평면적 인물들이 너 나 할 것 없이 강인한 삶의 의지를 머금고 있다. 그의 그림은 흙, 초가집, 아이들, 여인들, 실직한 남자, 노인들의 모습에 형태와 색채를 넣어 생의 지속성으로 환원된다. 묵묵히 이어가는 생의 모습이 바로 희망의 끈임을 표현하려던 것일까.

5, 60년대의 결핍과 누추함의 시간대를 산 인물들에서 참담함이 아닌 정겨움을 느낄 수 있는 까닭은, 그가 겹겹이 누적된 창호지의 질감과 단순화된 형상들로 쓰러져도 다시 일어나는 강인한 삶의 전설을 엮어 냈기 때문이다. 고독하지만 따뜻함을 잃지 않은 화가의 인간미가 그러한 형상을 통해 역경의 시대를 정감의 예술로 승화시켰다.

박수근의 그림이 지닌 사물의 단순화와 편차가 적은 색채들은 인간의 순수성을 향한 동경이자 혼융의 하나됨에 대한 희원希願이다. 나는 거기에서 시원을 향한 영원한 노스텔지어를 꿈꾼다.

결핍, 그 변종 발생의 찬스

고전문학에서 회자膾炙되는 하나의 명제가 있다.

'시는 삶이 궁한 이후에 공교해진다(詩窮以後巧).'

가난이란 삶의 기쁨을 잠식하는 온갖 역경을 통칭한다. 가난할 때 좋은 시가 나온다는 명제를 흔쾌히 수긍할 수 있을까. 배부르고 행복하면 좋은 작품이 나오지 않는다는 건 얄궂은 역설이다. 가난은 무정함을 동반한 채 삶을 왜곡시킨다. 인생이 행복의 파랑새를 찾아가는 여정이라는 말을 믿을 정도로 순진하지는 않다. 녹녹지 않은 인생이니 고해라는 말이 나왔겠거니. 그렇다 해도 예술은 자신의 존재감을 높이기 위해 인간에게 혹독한 담금질을 요구하는 폭군이 아닌가 싶다. 극한의 결핍 속에서 절묘한 예술 작품이 탄생한 일화들이 많기 때문이다. 그것은 마치 질곡의 시간들을 통과해야만 인간의 창조력이 극대화되어 위대한 걸작을 탄생시킨다고 강요하는 것만 같다.

예술가에게 결핍이란 정녕 위대한 변종을 탄생시키는 마력인 것인가? 시대를 거슬러 들어가 한 여인을 만나 보기로 한다.

난설헌蘭雪軒 허초희許楚姬는 주자학으로 석회화된 조선이란 봉건사회에서 인습에 저항하다 간 불행한 여인이다. 또한 삶이 주는 번뇌와 우수를 주옥같은 시어로 승화시킨 시인이기도 하다.

난설헌은 학문과 문필로 명성을 떨친 명문가에서 출생하였다. 전형적인 청백리 집안에서 가난하게 자랐지만 8세에 이미 '광한전백옥루상량문' 이란 문장을 지을 정도로 천재성을 드러냈다. 제자백가를 읽어 통달하였으며 당대의 큰 시인인 손곡蓀谷 이달李達의 문하에서 시문을 익혔다. 학문과 문예를 닦으며 행복한 어린 시절을 보낸 그녀가 안동 김씨 가문으로 출가하였다. 그런데 안타깝게도 그녀의 지적 능력은 오히려 시어머니의 학대와 질시를 받는 요인이 되었다. 더욱이 남편 김성립은 재능은 평범한데 노류장화를 탐하는 인물이었다. 독수공방의 비애로 그녀는 점점 젊음의 생기와 빛을 잃어 갔다. 설상가상 삶을 지탱해 준 슬하의 남매를 모두 잃고 뱃속에 품은 아이의 미래마저 장담할 수 없는 상황이 되었다. 그녀를 세상에 붙잡아 둘 그 무엇도 남지 않았던 것이다. 잔인한 운명에 실성한 듯 통곡으로 날을 지새우던 천재 시인은 급기야 27세의 나이로 요절하고 만다. 생의 끝에서 그녀는 평생 지은 수많은 원고들을 불태워 자신의 흔적을 지우려 했다.

난설헌의 시는 2백여 편 가량이 남아 있다. 그것도 친정에 남아 있던 유고를 아우인 허균이 모아서 엮어낸 것이다. 명나라 사신 주지번朱之蕃이 그녀의 시를 보고 크게 감탄하여 본국으로 가져가 간행하였다. 그것이 낙양의 지가를 올릴 정도로 찬탄을 받았으며 드높은 명성을 타고 일본에까지 전해 졌다.

난설헌의 시는 대부분 여인의 한을 노래하거나 현실의 고통을 잊기 위한 신선계에 대한 동경을 상상으로 그려 낸 내용들이다.

그녀가 사랑을 꿈꾸던 시절의 시 〈연밥을 따는 노래采蓮曲〉에는 여인의 수줍은 정감이 호숫물처럼 투명하게 묘사되었다. 아름다운 호숫가에 나들이 나온 소녀가 젊은 도령을 향해 몰래 연밥을 던지고선 반나절이나 부끄러움에 잠긴다는 내용이다. 화창한 가을날 호숫가의 풍경과 여인의 청아한 정서가 정결하고 유려한 시어로 빚어진 시이다. 결혼 이후 그녀의 시상詩想은 번뇌와 한恨으로 점철된다.

〈가을밤 홀로 서러움에 겨워秋恨〉라는 시는 독수공방의 비애를 절절하게 풀어낸 시이다. 의역으로 풀이해 본다.

이 밤 낭군님을 기다리네. 비단장막과 휘황한 불빛 아래 고운 여인을 탐하실까. 희희낙락 그 여인들 부러워라. 외로움에 지쳐 나는 잠드네. 꿈결에 낭군님 돌아오셨나, 옆자리 이불이 여전히 싸늘해. 서리 내린 차가운 밤 앵무새는 다정히 속삭이누나. 앞뜰에 선 서풍에 밀려가는 오동잎의 서걱거림만 들려오네.

그녀는 평생 세 가지의 한이 있었다. 중국처럼 큰 나라가 아닌 조선에 태어난 것, 남자 아닌 여자로 태어난 것, 두목杜牧과 같은 뛰어난 시인을 남편으로 만나지 못한 것이 곧 그것이다. 세상은 여인의 공부와 바깥 활동을 금하고 종속만 강요했던 터라 여인의 재능이 오히려 결점이 되었다. 그녀의 시문詩文이 조선이 아닌 중국에서 간행되어 유명해진 것도 조선이란 사회의 폐쇄성을 단적으로 보여주는 예이다.

불행히도 그녀는 두 자녀를 잃었다. 〈자녀의 죽음을 슬퍼함(哭子)〉 시에는 참담한 고통에 몸부림치는 여인의 한이 통절히 흘러나온다.

지난해 사랑하는 딸을 여의고 / 올해는 사랑하는 아들을 잃었네. // 슬프고 슬픈 광릉 땅이여 / 두 무덤 마주보고 나란히 서 있구나. // 사시나무 가지에 쓸쓸히 바람 불고 / 도깨비 불빛은 숲속에서 반짝인다. // 종이돈을 태워서 너희들 혼을 부르고 / 술잔을 기울여 너희 무덤에 제사한다. // 아! 너희 남매 가엾은 외로운 혼은 / 생전처럼 밤마다 서로 놀고 있으리. // 비록 복중

에 아기 있다 해도 무사히 장성하길 바랄 수 있으랴. // 하염없이
황대의 노래 부르며 / 피울음과 통곡을 삼키네.

　자식을 잃은 어미의 피울음이 애절하다. 사랑의 상실과 자녀
를 잃은 슬픔을 어찌 견디랴. 깊은 허무를 넘나들던 그녀가 모처
럼 생의 끈을 붙잡고 자신만의 세계로 침잠하였다. 머리에 화관
을 쓰고 초월적 신선 세계를 동경하며 정신을 신선계에 풀어놓아
유영遊泳한 것이다. 내면의 자유를 호흡하며 천재성이 발휘되자
주옥같은 백여 편의 장편시가 출현하였다. 뛰어난 재능이 마침내
천의무봉의 유선시遊仙詩들로 탄생한 것이다. 제도와 인습에 갇혀
불행의 소용돌이에 휩쓸렸던 한 여인이 짧은 생애를 빛나는 예술
로 승화시켰다.
　위대한 걸작이란 극한의 결핍과 고통에서 피어난 한 송이 꽃이
런가. 이 위대한 시인이 겪은 질곡의 시간은 명작의 탄생을 위한
운명의 장난이었나. 예술가에게 결핍이란 정녕 변종발생의 찬스
를 제공하는 필요악인가.
　'시는 삶이 궁한 이후에 공교해진다'는 말이 참 고깝다.
　예술은 잔인한 웃음을 띤 채 어서 달려오라 손짓한다.

붓의 철학자, 이광사

음악이나 서예는 각기 다른 영역이지만 둘 다 선율과 리듬을 구성요소로 한다는 점에서 통한다. 또한 둘 다 시간의 흐름을 따라 펼쳐지는 예술이며, 찰나에 시청각적 감흥을 불러오는 점에서도 일치한다. 다만 음악적 선율이 순간에 사라지는 단점을 보완하기 위해 기계의 힘을 빌어야 할 때, 서예는 사람의 정신과 육체에서 나온 리듬을 획의 선율로 종이 위에 펼칠 수 있다는 점에서 다르다.

서예는 우리의 장구한 역사와 궤軌를 함께 한다. 그동안 수많은 명서가가 출현하였지만, 깊은 사유를 바탕으로 창조적인 성과를 올린 서예가를 든다면 손으로 꼽을 만큼 적은 수에 불과하다.

얼마 전 필자는 세 번째 서예미학서인《동국진체 서풍의 미학 세계》란 졸저를 세상에 내놓았다. 필자의 연구 대상인 위대한 서예가 한 분을 여기에서 소개한다.

18세기에 원교 이광사란 서예가가 있었다. 왕족의 일원인 그는 조상 대대로 고관을 역임하고 부친과 백부 역시 판서벼슬을 지낸 명문가에서 유복한 어린 시절을 보냈다. 부모의 형제와 사촌 형제들 모두 학문과 재능이 출중했던 까닭에 사람들은 그들을 선망하여 육진팔광六眞八匡이란 별칭으로 불렀다. 원교는 선비의 학문 내용인 유가와 제자백가에 통달했을 뿐만 아니라 특히 서예, 문학과 같은 예술 면에서 출중한 재능을 보였다. 스무 살 무렵 당시 최고의 서예가였던 백하 윤순의 제자가 되어 정법을 연마하고, 서른 즈음 스스로 옛법을 찾아 깊이 연구하여 날로 필명이 높아지자 사람들이 다투어 그 글씨를 얻으려 하였다. 그런데 인생엔 변수가 많다는 말을 증명이라도 하듯이 평화롭던 그의 삶이 한 정치적 사건에 휘말리면서부터 급전직하로 추락하고 만다.

원교가 51세 되던 해 나주괘서사건이 일어나 세상이 들썩였다. 이 일의 주동자와 오래전 서신 왕래가 있었다는 이유만으로 그는 체포되었다. 국문이 벌어지고 목숨이 경각에 달린 상황이었다. 매일 궁 안의 소식이 흘러나와 진위를 가릴 수 없는 흉흉한 소문들로 각색되어 퍼져 나갔다. 급기야 그가 참형에 처해질 것이란 소문이 돌았고, 노심초사하며 소식을 기다리던 부인은 거짓 소문에 충격을 받아 그만 자결을 감행하고 만다. 원교는 왕의 선처로 목숨만은 구했지만 아무 죄도 없이 종신 유배형에 처해졌다. 아내를 잃고 어린 자녀들만 남겨둔 채 참담한 마음으로 그는 두만강 근처 부령으로 유배를 떠난다. 그곳은 본래 여진족이 살던 척박한 곳이었다. 원교는 혹독한 추위와 싸우며 양식 몇 되에 글씨를 맞바꿔 목숨을 이어간다.

변방의 민생은 본래부터 궁핍하기 이를 데 없었지만 가뭄에 홍수까지 겹쳐 올 경우 온 고을의 피폐함은 형언할 길이 없었다. 교육은 꿈도 꾸지 못하는 아이들을 안타깝게 여긴 원교가 그들에게 글과 글씨를 가르쳐 주었다. 그런데 누군가 이 일을 빌미 삼아 그가 죄인의 몸으로 사람들을 모아 선동한다는 터무니없는 모함을 상주上奏하였다. 상소가 이어지자 왕은 그의 유배지를 남녘 땅 신지도로 옮겼다. 당시 신지도는 인적이 드물어 대낮에도 귀신이 어른거린다 할 정도로 외딴섬이었다. 그는 북녘과 남녘에서 모두 23년간의 유배생활 끝에 유배지에서 생을 마감하지만, 외로움과 통한의 삶에도 굴하지 않고 마침내 정신의 개가를 이루어낸다. 그가 저술한 〈서결書訣〉 전·후편은 방대한 양의 서예 이론으로 한국서예사의 정신적 근간을 확립한 위대한 업적이다.

전통적으로 서예란 의사소통의 도구를 넘어 심오한 의미와 가치를 지닌 예술로 인식되었다. 양반이라면 글공부를 시작하는 어린 시절부터 익혀야 할 필수 교양이었다. 그런데 원교는 일찍부터 단지 글씨를 잘 쓰는 차원을 넘어 심오한 사유를 담은 독창의 예술을 이루리라 꿈꾸었다.

동양적 우주관에서 사람과 자연의 관계는 천인합일이란 말로 표현된다. 원교는 인간과 자연이 일체일 뿐 아니라 인문인 서예도 역시 일체라고 생각했다. 서예를 단순한 기교가 아닌 천인합일적 우주관에 포괄되는 서도書道로 보았다. 원교의 사유 안에서 서예란, 자신의 생명 본질과 만물에 공통적으로 내재된 유기적 생명성을 글씨로 형상화하는 일이다. 그러므로 '서법이란 살아 움직임을 귀하게 여긴다'라는 명제를 세우고, 생명체의 살아 움직임을 붓으로 어떻게 표현할지에 대해 고심하였다. 붓이 움직여 생명의 율동이 형상을 드러낼 때 비로소 만물의 생명성에 동참하게 되는 것이다.

부안 내소사의 〈설선당說禪堂〉이란 편액은 원교의 글씨이다. 그것은 다채로운 조형에 용솟음치는 생명성을 발산하며 마치 자연물의 하나인 양 생생한 느낌으로 다가온다. 기울어진 듯 바른 듯, 성근 듯 울창한 듯, 강하고 탄력 있는 필획들이 서로 얽히어 마치 용트림하듯 웅장하고 호방한 기세를 뿜어낸다. '설'자는 꼬리를 치켜들고 포효하는 호랑이의 웅건한 기세를 드러낸다. '선'자는 땅을 박차고 내달릴 듯한 천리마의 기세를 품고 있다. '당'자는 나무를 쳐서 부러뜨릴 듯 세찬 힘을 응축한 곰처럼 묵직하다. 그 형상은 원교의 이상理想대로 '거칠고 험하고 무성하고 빼어난 생명의 기세와, 강철 같이 단단하고 굳센 근골의 힘'을 갖춘 글씨이다. 바로 천기조화의 묘리를 생생하게 구현한 모습이다. 이처럼 생명의 양태를 고스란히 구현하려 했던 원교의 글씨는 불규칙하거나 자유분방하였고, 그것이 단정하고 똑바른 글씨에 익숙한 대중에게 생소한 느낌을 주었다. 이에 원교는, '내 글씨는 내가 어긋나고 기울어지게 쓰려한 것이 아니라 자연의 오묘한 조화 원리가 내 붓을 따라 그렇게 만들어 낸 것일 뿐'이라고 설명한다.

원교는 18세기를 대표하는 명서가이다. 그는 무기력한 조선서예를 개혁하려는 열망에 따라 글씨에 사유를 담아 전통 서예의 차원을 격상시켰다. 자연과 인간과 서예가 하나의 기氣로 관통한다는 철학을 바탕으로, 자신의 생명 본질과 일체인 만물의 생명성을 글씨로 형상화함으로써 서예의 생명화를 이루었다. '원교체'는 철학과 서예, 자연과 인문이 일체라는 예술 사유에 의해 출현한 실체이다. 그리하여 누군가 서예의 원형질이 무엇인지를 탐색할 때마다 그는 반드시 소환되어 나와 말하리라.

"글씨란 말이지, 그건 그저 하나의 생명일 뿐이야…"

원교의 글씨는 오늘날까지 전국 곳곳에서 기운생동의 미학이 무엇인지를 웅변한다. 자연의 오묘한 이치를 함축한 그 생명의 율동으로…

졸拙의 미학을 추구한 추사

조선은 문文을 숭상한 나라이다. 문은 글이다. 글은 붓이라는 수단을 통해 표현된다. 간단히 말하면 서사書寫는 내용 전달에 중점이 있고, 서예書藝는 예술성에 중점을 둔다.

조선에서 서예는 가장 중요한 예술로 인정받았다. 그만큼 출중한 서예가가 많이 출현하였다. 그중에서 추사 김정희는 단연코 독보적인 명성을 지닌 서예가이다. 그에 걸맞게 추사체秋史體는 지금도 최고의 성가를 누리는 중이다.

추사체에 관한 연구는 많지만 공통적으로 거론되는 미적 특성을 들자면 한마디로 졸拙이란 용어로 대변될 수 있다. 졸은 동양적 서화 관점에서 논의되는 미학적 풍격 용어로써 '기교 없는 질박한 상태, 예스럽고 졸박한 상태'를 뜻한다. 추사체 전반에 배어 있는 졸이란 풍격은 그가 특히 예서를 선호하여 거기에 담긴 고졸미古拙美를 추구한 결과로 형성된 미감이다.

그러면 추사체秋史體는 어떤 연원에 의해 형성된 것인가. 연구자들은 대체로 그것이 구양순의 해서와 서한西漢 예서를 융합하고 왕희지·안진경 등 명가들을 접목시켜 형성되었다고 본다.

그런데 추사체의 형성 요인은 두 가지 측면으로 설명할 수 있다. 외적으로는 청나라 서예가들에게서 받은 영향이고, 내적으로는 추사 내면의 본질적 속성에 기인한 것이다.

청나라 건륭연간(1661-1722)에 양주팔괴揚州八怪로 불리는 일군의 서화가들이 출현하였다. 이들은 기존의 예술 경향에서 벗어나 자신들만의 개성을 표현하고자 하였지만 그러한 시도는 당시에 파격적인 것으로 평가되었다. 또한 그 당시 청에서 서예의 주류로 등장한 비학파碑學派 서가들은 전서篆書와 예서隷書를 해서楷書에 적용하고 글자를 추하고 구부러지게 만드는 등 고졸화古拙化하여 생명력을 한층 강화시키는 변화의 미를 추구하였다. 추사는 이처럼 파격적인 변화를 추구하던 청의 시대적 조류를 수용하였다. 그리고 양주팔괴 가운데 특히 금농金農과 정섭鄭燮을 흠모하고 그 글씨에 천기유동天機流動하고 기굴착락奇崛錯落 한 미감이 있다고 칭송하였다. 이처럼 청나라의 서예 조류를 수용한 측면은 추사체 형성의 외적 요인에 해당한다.

그러나 관건은 내적 요인이다. 곧 추사의 내면에 존재하는 사물에 대한 인식 감각이 추사체를 형성한 직접적인 요인이라는 것이다. 그는 이론적으로 기奇·괴怪 두 가지의 심미적 요소를 경계하였다. 그럼에도 그에게는 모든 사물에서 기괴함을 감수하는 심미적 본질이 존재하였다. 일찍이 김병학에게 '봉래蓬萊'라는 편액을 써 보내며 자신의 글씨가 세상의 눈에 크게 괴이하게 보인다고 토로하고, 이 글씨도 사람들이 괴이하다고 헐뜯지나 않을지 모른다고 우려하였다. 그럼에도 그는 자신도 모르게 붓이 팔목을 따라 변하여 괴怪와 기奇가 섞여 나온다고 호소하였다. 문제는 그가 세상 사람들이 아무리 비판한다 해도 괴이하지 않으면 글씨가 될 수 없다고 강변한 점에 있다. 그의 의식 속에는 괴이함을 배제하는 이성과 괴이하지 않으면 글씨가 될 수 없다는 감각이 혼재되어 있었다고 할 수 있다. 그는 자신의 글씨가 괴이하다는 평가에 대하여, "구양순 역시 괴이함을 면치 못했으니 구양순과 더불어 함께 괴이하다고 한다면 사람의 말을 두려워할 것이 있겠습니까"라고 항변하였다.

추사가 추구한 졸, 졸렬함이란 기교 없는 본래 그대로의 풍격이다. 그런데 그것을 지나치게 강조하다 보면 다른 기교가 개입되게 마련이다. 무엇을 해야 한다 또는 무엇을 하지 말아야 한다고 강조할 때 거기에는 생각 밖의 인위적인 기교가 덧붙여지게 된다. 그러한 생각조차 갖지 않을 때 본연의 졸렬함을 이룰 수 있는 것이다.

중용이란 의미는 치우침이나 과부족이 없이 떳떳하고 알맞은 상태나 정도를 의미한다. 중용은 인간사에 적용되지 않는 곳이 없지만 창의를 전제로 하는 예술 분야에서도 그것은 유용한 의미를 지닌다. 추사가 예서를 지극히 사랑하고 거기에 깃든 졸이란 풍격을 이루고자 심혈을 기울였지만 거기에도 절제와 균형이 요구된다는 것이다. 그는 서한 예서의 미감을 선호하여 지나치게 졸에 몰입하다 결국 괴의 길에 들어선 것으로 보인다. 그리고 그것은 전술한 바 그의 본질적 감각과 연관된 것이다. 즉 대상 사물에서 괴를 감지하는 천부적 심미 본질과 또한 괴가 있어야만 글씨가 된다는 확고한 신념이 바로 그것이다. 그러한 내면적 특질이 붓의 길을 타고 즉흥적으로 발현된 바 그것이 규범을 파괴하는 듯, 초월한 듯 변화무쌍한 획선과 파격적인 형상의 추사체로 발현되었다. 그러므로 지적 탐색과 예술적 고뇌를 거쳐 자신의 서예 미학을 완성해 가면서도 그는 자신의 길이 옳은지에 대해 반신반의하였다.

추사의 창작 특성은 바로 정형화할 수 없다는 점에 있다. 붓을 든 순간 일회적이고 우연한 획의 형상이 출현하기 때문이다. 글씨의 표준이 되려면 보편성과 일상성 그리고 재현 가능성이 전제되어야 한다. 그렇다면 정형화할 수 없는 추사체를 모사模寫하는 것은 가장 실효성이 없는 일이다. 더구나 휘호대회를 열어 누가 더 유사하게 쓰는지를 견주는 일은 서예의 길을 가는 초학자에게는 위험천만한 일이 될 수가 있다. 서예 입문기에는 전통적인 필법과 균정한 조형률을 익히는 것이 무엇보다 중요하기 때문이다.

《서보書譜》의 글을 통해 서예 원칙을 제시한 당唐 손과정은 평정平正, 험절險絶, 평정平正이란 보편적인 서학 도정을 제시하였다. 처음에 정상적인 법을 배우면 숙련을 거쳐 저절로 독창적 개성이 발현되지만, 기이함을 먼저 배우면 기준이 없어 어디로 가야 할지 헤매게 된다. 서예가 자신이 지금 무엇을 하는지, 그 끝에 무엇이 있을지를 예상할 수 없다면 그 길은 가서는 안 되는 것이다. 따라서 졸拙을 추구하다 기이함奇, 괴이함怪이 섞여 버린 추사체는 공통률을 배우는 교본으로 삼아서는 안 되는 글씨라는 말이다.

추사체는 추사의 예술적 재능과 상상력이 발현된 고졸미, 기괴미를 감상하기에 좋은 글씨이다. 거기에서 서예의 묘미를 찾고 다양하고 무궁한 맛을 느낄 수 있다면 그것으로 족한 것이다.

단층문화 유감

TV를 켜니 한 건축사의 특강이 진행 중이다. '집이 곧 사람이다' 라는 주제로 건축의 인격화를 강조하는 내용이다. 나이 들수록 집안의 가구를 버려야 하는 이유가 귀에 솔깃하다. 노년에 무거운 것을 들면 무릎에 하중이 걸리는 것과 같은 이유로 집도 단출하게 정리하여 바람이 잘 통하게 해야 한단다. 요즘 유행하는 미니멀리즘도 같은 맥락인 듯하다. 그는 집과 사람의 관계를 '섬그늘' 이란 동요에 비유하고 잠든 아기와 굴 따러 간 엄마의 모습으로 대비시킨다. 건축의 인격화란 곧 집과 나의 관계를 아기와 엄마처럼 끈끈한 관계로 설정하고 애정으로 돌봐야 한다는 것이다.

우리나라 건축문화의 우수성을 말할 때면 대부분 온돌문화를 예로 든다. 온돌은 열의 전도, 복사, 대류를 이용하여 높은 열효율을 발휘하는 난방 문화이다. 세계에서 유일하게 한국에만 존재하는 이 방식이 서양에 알려진 것은 일제 강점기이다.

미술품 수집가이자 자선사업가인 솔로몬 R. 구겐하임은 유태

계 미국인이다. 그의 이름을 딴 구겐하임 미술관은 직선적인 도시 풍경과 대조되는 원형의 건축물로써 많은 사람들에게 휴식처를 제공하였다. 그 독특한 디자인은 메마른 도시에 신선한 충격을 주면서 수많은 관광객을 불러 모았다.

구겐하임은 두말할 것도 없이 서양의 난로 문화에 익숙한 사람이다. 그런데 방안에 난로를 설치하면 실내에 매캐한 연기가 차고 굴뚝으로 찬 공기가 유입되는 단점을 감수해야 한다.

언젠가 구겐하임이 일본인 오쿠라의 집에 초대를 받았다. 거기에서 그는 한국의 전통 기와집과 온돌 방식을 경험한다. 방 안에 들어선 그는 난로가 없는 방 안에서 따뜻한 공기와 발바닥까지 따뜻해지는 특별한 체험을 하였다. 그 집은 조선시대 세자와 세자빈이 거처하던 동궁전東宮殿 건물의 일부였다.

동궁전은 본래 외전外殿과 내전內殿으로 되어 있다. 세자가 정무를 보거나 공부를 하던 비현각丕顯閣이 외전이고, 세자와 세자빈이 거처하던 자선당資善堂이 내전이다. 이 건물은 세종 9년(1427)년에 건립되어 임진왜란 때 소실되었다가 고종 1867년에 재건되었다. 그런데 일제 강점기인 1915년에 총독부가 조선물산공진회라는 박람회 개최를 핑계로 동궁전 일대를 철거하고 거기에 새 박물관을 지었다. 그 당시 자선당 건물 철거에 앞장섰던 일본인 오쿠라가 그 골조骨組를 일본으로 가져다 자기 집 정원에 옮겨 조립하고, '조선관'이란 이름을 붙여 사설 박물관으로 사용하였다. 구겐하임이 방문했던 집이 바로 조선의 세자와 세자빈이 거처했던 자선당 건물이었다.

구겐하임은 한옥 난방을 체험한 후 지구상에 이처럼 과학적인 난방 문화가 있다는 사실에 감탄하였다. 불행히도 이 건물은 1923년 일본의 관동대지진 때 불타 버리고 기단과 주춧돌만 남았다가, 1993년 김정동 교수의 노력으로 그 잔해만 고국에 돌아와 경복궁 한편에 남아 있다. 건축물을 인격체로 본다면 자선당은 나라의 운명과 함께 부침을 겪은 기구한 운명의 건물이 아닐 수 없다.

나는 여행을 좋아한다. 어디를 가든 웅장한 건축물과 찬란한 조각품을 볼 때면 그것을 만들어 낸 민족의 예술적 역량에 한없는 경외감이 든다. 그때마다 우리 건축 유산의 빈곤함을 떠올리며 일말의 아쉬움이 드는 것도 사실이다. 우리는 어찌하여 허공을 압도할 듯 우뚝 솟은 건축물 하나가 없는 것일까. 무한히 열려 있는 허공을 활용하지 못한 까닭이 대체 무엇이란 말인가.

우리의 자랑인 경복궁도 그렇다. 기와지붕의 아름다움은 인정하지만 지나치게 소박한 단청 장식에 원재료 그대로의 나무 기둥들로 이루어진 건축물이다. 나무라는 원재료를 아름답게 장식할

인공의 힘 또한 부족했던 것일까. 인공이란 다른 말로 인류의 창조적 역량이며 예술품을 탄생시키는 원동력이다.

오늘 건축가의 특강에서 우리가 자랑하는 사계절 기후란 장단점을 동시에 지닌 것임을 알게 되었다. 사계의 아름다운 풍광을 볼 수 있다는 장점과, 사계의 온도 차가 심하다는 단점이 공존하는 것이다. 온도 차는 건물을 빠르게 노화시켜 100년의 수명도 장담하기 어렵게 만든다. 우리의 기후는 건물의 수명을 백 년도 보장하지 못하도록 만든 이유인가. 우리가 자랑하는 온돌 문화도 그 뛰어난 과학성과는 별개로 건축 유산의 빈곤을 유발한 요인일 수 있다. 이삼 층 건물을 올리자면 난방과 취사의 이중 목적을 띤 온돌 설치가 불가능했을 테니 말이다.

사계절 기후가 건축물의 수명을 보장하지 못하는 요인이라서 높은 건축물을 짓지 못했다는 설명을 들어도 아쉬움은 여전히 남는다. 기후가 비슷한 이탈리아는 어찌 그리 섬세하고 정교하며 우뚝 솟은 건축물들을 축조했던 것일까. 그들은 심지어 물속에도 꿈같은 도시를 건설하지 않았던가. 그것이 후손의 자긍심을 높일 뿐 아니라 관광객의 발길을 붙잡아 국부 창출의 영원한 자산이 되고 있지 않은가. 수많은 사람들이 바티칸 박물관을 보려고 줄을 서서 기다리듯이 나 역시 그 대열에 동참한 경험이 있다.

기후나 온돌 문화와 같은 제한 요인이 있다 해도 우리의 단층

문화나 탁월한 건축물의 빈곤에 대한 아쉬움은 결국 국력의 한계에서 찾을 수밖에 없다. 흙으로 집을 짓고 볏짚으로 지붕을 얹고서 호구지책이 어려웠던 민생의 현실이 아마도 가장 큰 원인이었을 것이다.

교육이 백년대계라면 문화 창조는 천년 대계로 이루어져야 한다는 생각이다. 거창한 의미 부여를 할 필요도 없이 현실적으로 그것이 남는 장사이기 때문이다. 지을 땐 힘들어도 결국 국익 창출의 영원한 황금알이 바로 문화재이다. 엄청난 비용과 긴 시간이 필요한 만큼 위대한 건축은 소수의 힘으론 실현 불가능하다. 지도자의 문화예술에 대한 안목과 결단, 강력한 추진 의지가 있어야만 가능한 일이다. 거기엔 반드시 일심동체로 성원해 주는 국민들의 높은 문화의식이 뒷받침되어야만 한다.

이 땅에 세워지는 예술 건축물은 우리의 얼굴이자 후손들의 삶의 기반이 된다. 언젠가는 우리에게도 문화유산의 빈곤을 해소할 날이 올 것인가.

건축의 아이러니

터어키 이스탄불에 가면 오스만 제국의 위대한 문화유산인 돌마바흐체 궁전이 있다. 이 궁전은 보스포루스 해협의 유럽 쪽 해안을 따라 길게 뻗어 있다. 원래 목조 건물이었으나 1814년 큰 화재로 대부분 불에 탔다. 19세기 중엽인 1856년에 술탄 압둘메지드 1세(Abdulmejid I)에 의해 오스만 터어키 제국의 건재함을 과시하기 위한 목적으로 재건되었다. 이곳에서 오스만 제국 후기 술탄 6명이 거주하였고, 터키의 아버지로 불리는 초대 대통령 무스타파 케말 아타튀르크가 관저로 사용하였다. 그가 죽은 오전 9시 5분을 기념하여 지금도 궁전의 집무실과 침실의 시계는 9시 5분을 가리키고 있다.

돌마바흐체 궁전은 프랑스의 베르사유 궁전을 모델로 삼았지만 더 웅장한 규모로 건축되었다. 3층으로 된 이 건축물은 285개의 방과 43개의 홀이 있는 거대한 규모에 다양한 볼거리들을 갖추고 있다. 특히 접견실인 황제의 방은 56개의 기둥에다 750개의 전

등이 달린 4.5톤의 샹들리에 장식이 있어 호화롭기 그지없다. 세계에서 가장 큰 보헤미안 크리스털 샹들리에다. 금, 은, 크리스털로 장식된 궁전의 내부는 더할 수 없이 우아하고 화려할 뿐 아니라 유럽에서 보내온 수많은 축하 물품으로 꾸며진 사방의 벽들은 당시의 호화로운 생활상을 짐작할 수 있게 한다. 그러나 이처럼 휘황찬란하고 웅장한 궁전의 건설로 인해 오스만 터어키 제국이 빚더미에 올라앉게 되었고 그 여파가 결국 제국의 침몰로까지 이어졌다 한다.

이러한 예는 우리나라에서도 찾아볼 수 있다.

우리나라 대표적인 건축물인 경복궁은 1395년에 태조 이성계가 창건하였다. 이 궁전은 왕도인 한양의 중심에 위치한 조선 제일의 건축물이었다. 북으로 북악산을 두르고 정문인 광화문 앞으로 넓은 육조거리가 펼쳐져 있었다. 처음에는 390여 칸으로 창건되어 정궁으로 사용하였으나 1592년 임진왜란으로 전소되는 불운을 겪었다. 선조를 비롯한 여러 왕들이 중건하려 하였지만 실행에 옮기지 못하다가 1867년 고종 때 흥선대원군에 의해 지금의 위용으로 중건되기에 이르렀다.

대원군은 아들인 고종이 왕위에 오르자 여러 가지 개혁을 실시하여 조선조 체제를 굳건히 재건하려 하였다. 경복궁 중건은 그와 같은 의지를 드러낸 중요한 사업이다. 사람들의 염려에도 불구하고 이 일은 대원군의 독려에 힘입어 순조롭게 진행되었다. 그런데 1866년에 뜻하지 않은 화재로 말미암아 그동안 마련해 두었던 재목들이 모두 불타 버리는 재난이 발생하였다. 모두가 중단을 예상했지만 그럼에도 대원군은 이를 강행하였고, 그러자 재원 마련과 부역 동원의 문제로 원성이 빗발치듯 쏟아졌다. 원납전을 강제로 거두고 결두전이라는 토지 부가세도 거두었다. 재원의 충당을 위해 급기야 당백전이라는 악화惡貨를 발행하여 그로 인해 물가가 폭등하는 혼란을 야기하였다. 이처럼 험난한 과정을 거쳐 1867년 드디어 경복궁이 완공되었고 다음 해인 1868년에 고종이 이곳으로 옮겨와 정궁으로 사용하였다.

경복궁은 흥선대원군의 강력한 의지에 의해 여타 궁궐의 규모나 격식을 훨씬 능가하는 대규모로 세워졌다. 전체가 무려 7,225칸 반에 담장 길이만 1,765칸으로 거대한 규모를 자랑한다. 뿐만 아니라 북악산 아래 지어져 천연의 요새를 두른 듯 든든한 방비의 효과가 있다. 사람들은 백두산을 신령한 산이라 여기듯 그 신령한 기운이 산줄기를 타고 경복궁으로 이어진다고 생각하였다. 옛 지도에 백두산의 산줄기가 경복궁 교태전의 아미산으로 이어진 것이 바로 그것이다. 자연을 신성시했던 우리 민족의 자연 친화적 의식이 건축물에 고스란히 반영된 것이다.

건축물은 역사의 진행과 무관할 수 없다. 일제 강점기에 경복궁의 대부분 건물들이 철거되고 그곳에 총독부 건물이 들어섰다. 그 때문에 지금은 단지 근정전 등 극히 일부 건물만 남아 있다. 다행히 1990년부터 2010년까지 1차 복원 사업이 진행되었고, 2차 복원 사업도 2011년에 시작되어 2045년까지는 마칠 예정이라 하니 멀지 않은 미래에 들어설 예전의 그 웅장한 위용을 기대해 본다.

터어키의 돌마바흐체 궁전은 표현이 불가할 정도로 웅장한 위용과 화려한 장식성이 돋보이는 건축물이다. 녹색의 정원을 지나 궁전 남쪽에서 흰 목책을 밀고 나가면 눈앞에 짙푸른 보스포루스 해협이 펼쳐진다. 배를 타고 해협을 한 바퀴 돌면서 바라보면 마치 꿈을 꾸는 듯 황홀한 모습으로 궁전이 길게 누워 있다. 제국의 멸망을 앞당긴 이 건축물이 오늘날 터어키의 유명 관광지로서 국부를 안겨 주는 효자가 될 줄 누가 알았겠는가. 그 후손들이 궁전과 해협의 아름다운 풍광 속에서 유유자적 휴식을 즐기는 모습을 보고 나는 가슴이 뭉클했다. 역사의 흐름을 따라 이 궁전은 멸망의 원인이자 부의 창출이란 두 명제를 극명하게 보여 주는 사례이다.

경복궁은 또 어떠한가. 이 궁전은 백성들에게 피와 땀과 희생을 요구하여 삶을 극도로 피폐하게 만들었던 건축물이다. 그러나 지금 그것은 우리 건축 예술의 구심점이자 문화적 자긍심을 북돋우는 대표적인 유산이다. 한국을 방문하는 관광객들이 수도 서울에서 제일 먼저 찾는 곳으로써 우리의 얼굴 역할을 톡톡히 해내고 있지 않은가.

동서양을 막론하고 위대한 건축물이 건설될 때 늘 엄청난 희생이 따랐다는 사실은 역사가 증명한다. 인류의 손끝에서 탄생한 위대한 예술품이란 분명 사람들의 고통의 여정을 통과한 결과물이다. 그럼에도 우리는 당시 건축을 주관한 자에게 책임을 물을 수가 없다. 그것이 한 민족의 문화 예술의 총화이자 상징으로서 아름다움을 발산할 뿐 아니라 동시에 영원한 국부창출을 가능하게 만들어 주기 때문이다.

건축의 아이러니!

위대한 예술품은 운명적으로 인고의 고통을 먹고서야 모습을 드러내곤 한다. 우리는 다만 끝이 좋으면 다 좋은 것이라고 말할 수밖에 없다.

V. 행복하려면

성선설은 유효한가

　중국 춘추전국시대는 주나라의 봉건제와 그 질서가 붕괴되고 수많은 봉건 제후들이 패권을 차지하려고 쟁투를 벌이던 시기이다. 전쟁의 참상이 벌어지던 격동의 시대에 학자들은 이 위기를 구하고 새로운 사회를 만들고자 자신들의 사상을 앞다투어 제출하였다. 이 시대에 출현한 사상가들을 제자백가諸子百家라고 부른다. 여러 학자들이 모여 자신의 사상을 주장하고 상대방의 사상을 논평하는 등으로 자유로운 토론을 벌이던 일을 백가쟁명百家爭鳴이라 한다. 그중 유가儒家에 속한 맹자와 순자는 인간의 본성에 관한 서로 다른 관점인 성선설과 성악설을 제출하였다.

　맹자의 성선설은 인간의 본성이 본래 선하다고 보는 인성론이다. 사람이 본래 지닌 측은, 수오, 사양, 시비지심을 근거로 선한 본성을 배양하고 확충시켜 안정된 세상을 만들려는 것이 근본 취지다. 반면에 순자의 성악설은 인간의 타고난 성품이 본래 악으로 기우는 경향이 있다는 설이다. 그러므로 반드시 스승이 있어서예禮를 정해 교육해야 천하의 질서가 바로 선다고 주장한다.

사람의 본성에 관한 두 사람의 관점은 어느 한쪽만 옳다고 단정하기는 어렵다.

그런데 21세기 우리 사회의 현상으로만 보자면 아쉽게도 성악설이 더 정확한 통찰인 듯싶다. 개인의 표현의 자유를 인정하는 사회가 되자 인신공격과 음해성 가짜뉴스가 난무하는 우리 현실이 곧 그것을 말해 준다. 인터넷의 익명성에 기대어 남을 공격하고 짓밟으며 쾌감을 느끼는 사람들이 아무 제재도 받지 않고 버젓이 살아가는 반면, 아닌 밤중에 홍두깨 격으로 피해를 보는 사람들의 수는 점점 늘어만 간다. 누군가 끈기 있게 추적하여 거짓을 밝혀낸다 해도 가해자들은 오히려 적반하장으로 나온다. 더 강력한 늑대의 이빨로 공격하고 거짓에 거짓을 덧붙여 무자비하게 몰아가면 결국 피해자의 삶이 무기력하게 파괴되고 만다. 그뿐이 아니다. 지금 한국에서 일어나는 범죄들은 갈수록 지능적이고 그 해악이 극심하여 수습이 거의 불가능할 정도에 이르렀다. 이런 세태는 전쟁의 참상이 백성의 삶을 도탄에 빠뜨렸던 중국 전국시대의 그것과 다를 바가 없다. 사람의 정신과 삶을 파괴하는 공격 무기의 형태가 갈수록 더욱 교묘해질 뿐이다.

어쩌다 이리된 것일까, 한국사회를 관통하는 악마적 공격성은 어디에서 와서 어디로 가는 걸까. 거친 입과 붉은 눈동자로 거짓을 양산하는 자들은 누구이며, 그 거짓에 박수 치는 자들은 또 누구인가. 이들도 인간의 부류에 포함시켜야 하는 것일까. 거짓이 판치도록 허용하는 사회에는 희망이 없다.

중국 전국시대 제후들의 패권 경쟁은 그나마 국익을 위한 것이었으나, 지금 한국사회의 지배적 키워드는 '나의 이익과 욕심'일 뿐이다. 순자가 경계했던 그 인간 악성의 현주소를 보고 있는 것이다. 자신의 이익만을 추구하는 한국 사회는 약육강식의 원시시대로 회귀하는 중이다. 환경오염으로 지구가 멸망하기 이전에 우리는 자발적으로 공멸의 궤도에 들어선 것이다.

인간은 사회적 동물이다. 규범이란 한 사회에서 상호 공존을 위해 만들어 낸 최소한의 덕목이다. 누군가 규범을 파기하고 극단적 이기주의로 일관하면서도 성공하는 걸 본다면 우리 모두는 이기주의를 신봉하게 될 수밖에 없다. 그러므로 이기주의라는 악의 수레바퀴에 신속히 제동을 걸어야만 할 때이다. 독버섯처럼 번지는 사회악의 확산을 막으려면 분노해야 할 때 분노해야만 한다. 악인이 얼굴을 들고 살도록 판을 깔아 준 건 분명 우리 자신들이다. 양심 없는 자들의 거짓말에 우리는 왜 이처럼 관대한 것일까. 병든 사회일수록 거짓된 자가 정직한 자 앞에서 큰소리치는 일이 다반사로 일어난다. 우리는 OECD 국가에서는 물론 더 나아가 지구상 행복지수가 가장 낮은 나라로 전락할 수도 있다.

미학자美學者 조요한은 한국 전통미의 사상사적 뿌리로서 유·불·도를 거론한다. 삼국시대 중국에서 유불도 사상을 받아들여 그것을 한국인의 사고와 생활에 적용함으로써 현실을 헤쳐 나왔다 한다. 거기에서 자기 정체성을 발견하고 도덕적 자아를 세우며 예로써 남을 대하는 일을 삶의 축으로 삼았다고 한다. 이 땅에서 살아온 우리의 의식 속에는 나와 남의 조화로운 삶을 지향하는 DNA가 엄연히 존재한다는 것이다. 서양에서 들어온 기독교 역시 사랑을 내세워 나와 남의 조화로운 관계를 강조한다. 결국 철학과 종교가 우리 삶에 뿌리를 내리고 관습을 이루어 옳고 그름에 대한 기본적인 의식과 판단을 갖추게 한 것이다.

본래 성선설과 성악설은 인간의 도리를 알고 실천하게 하여 세상을 평화롭게 만드는데 목표가 있었다. 맹자의 성선설이 인간에게 자존감을 부여하고 선의 실천을 유도하는 긍정의 측면이 있지만, 우리 사회의 무차별적 공격성을 순화시키려면 결국 순자의 통찰이 더욱 유효하다는 생각이 든다. 인간의 자연한 본성이 악하기 때문에 법으로 교화하거나 예禮를 정하여 그것으로 교정하고 제재하자는 것이다. 순자는 인성이 형성되는 사회적 조건과 교육의 효과를 강조하였다. 본성의 발현은 환경의 영향을 받는 것이며 그 환경이란 것이 바로 교육임이 분명하다. 교육은 본성을 일깨우고 인간으로서의 예를 가르쳐 공동사회에 적응하도록 만드는 일이다. 그러나 불행히도 우리의 제도 교육은 그 기능을 다할 수가 없다. 진학률의 효용성만 따지다 보니 오랜 전부터 사교육의 위세가 공교육을 능가하는 기현상이 벌어졌다. 선한 본성을 일깨우고 예를 가르쳐야 할 제도교육은 망연히 뒷자리로 물러섰다. 교육을 담당하는 주체들은 자신만의 이익에 눈먼 객체들에 둘러싸여 온갖 위협에 노출되어 있다.

경쟁! 한국 사회의 과도한 경쟁심이 인간성 말살의 주범이다. 나무는 물과 햇빛과 신선한 공기를 필요로 한다. 새싹에게 빨리 자라라고 자꾸 뿌리를 흔들어 댄다면 그 싹이 잘 자라날 수 있을까. 부와 권력을 선점하여 내 자녀에게만 물려주려는 이기적 욕망이 자녀의 인성을 왜곡시킨다. 공동체의 존속을 위해 이기주의를 접도록 교육해야만 한다. 함께 사는 세상을 만들어야 내 자녀의 행복도 보장되지 않겠는가.

우리가 과연 그런 나라를 만들 수 있을까.

내 탓이오

'아이고, 미안하오.'
'매운 걸 못 먹어서 한참 미안하오.'

　지천명을 지나면서부터 나는 매운 음식을 삼가고 있다. 약해진 위를 보호하기 위함이다. 그러다 보니 마땅한 음식을 고르는 일이 어려울 뿐 아니라 그로 인해 의도치 않게 일행에게 불편을 주는 경우가 생긴다. 그러나 매운 걸 삼가는 사람이 나만은 아닐진대 유독 한국에서는 매운 걸 빼면 먹을 만한 음식을 고르기가 어려운 게 문제다.

　'여보시오, 벗님네들! 맵지 않은 음식 좀 맘 놓고 사 먹을 수는 없는 것이오? 나는 분명 한국인인데 한국에서 살자니 애로가 적지 않소이다. 사람이 어찌 집밥만 먹고 살겠소. 나이 드니 외식을 더 하게 되더이다. 그런데 메뉴를 고를 때마다 이리저리 걸리는 게 많아 종종 기분이 상하고 만다오.'

"당신은 왜 매운 걸 못 먹지? 한국인이 말이야!"

"…"

남편의 편잔이 속을 긁는다. 위가 좋지 않은 아내의 사정은 안
중에도 없는 듯하다. 한국인이면 반드시 매운 걸 먹으라는 법이
있던가. 매운 걸 먹고 속이 아파도 한국인이기 때문에 매운 걸 먹
으라는 말인가. 내겐 음식을 선택할 권리도 없는 것인가. 누가 누
구의 입맛을 규제할 권리가 있단 말인가? 언어도단이다. 무지하거
나 무정하거나 혹은 그 둘 다 일 것이다.

메뉴를 고르면서 나는 늘 "이거 맵지 않아요?"라고 묻는다.

그에 대한 대답은 늘 한결같다.

"안 매워요!"

거기에 한마디를 덧붙여 그들의 말에 확신을 주려한다.

"애기들도 먹어요."

내 경험상 아이들은 기준이 되지 않는다. 아기 때부터 엄마의
식성에 따라 매운 걸 먹어 버릇한 아이들은 어른과 똑같이 아주
잘 먹기 때문이다. 아이들보다 더 약한 위를 가진 내게 아이들은
비교 대상이 될 수 없다.

그동안 함정에 걸려들어 식욕을 도둑맞은 경험이 얼마이던가.
청양 고추 넣은 하얀 생선 국물은 복병임이 분명하였다. 한 수저

입에 물다 후환을 생각해 뱉어 낼 수밖에 없었다. 하얗기는 왜 하얗고 맵기는 또 어찌 그리 맵던지. 차라리 솔직하게 빨간색이면 구별이라도 쉽지 않던가. 어디 그뿐인가. 치킨을 배달시켰다가 한 조각도 못 먹고 버린 때가 있었다. 주인장은 어린애도 먹는 치킨이라고 당당하게 항변하니 속수무책이었다. 간장으로 만든 닭강정이라 안 맵다는 말에 사 봤다가 고스란히 버린 적도 있었다. 좋아하는 도토리묵도 고춧가루 범벅을 만들어 놓아 먹을 수 없고, 파전이 먹음직해 시켜 보면 청홍색의 매운 고추를 여기저기에 골고루 박아 놓았다. 심지어 간장 소스에도 고춧가루를 풀고 그것도 모자라 청양고추를 잘게 썰어 띄운다. 고춧가루 세례를 받은 우리네 반찬들은 울긋불긋한 색깔의 파노라마를 연출한다. 고급진 음식이 되기엔 뭔가 아쉬움이 있다. 재료 본연의 맛만을 살린 반찬은 눈 씻고 찾아보아도 구경하기 어렵다. 솔직히 말하면 이 나라엔 그야말로 고추에 환장한 사람들만 모여 사는 게 아닌가 싶다.

언젠가 기가 찬 경험을 한 일이 있다. 기차에서 내려 우선 가까운 역전 식당에 들어갔다. 비빔밥을 시키니 달걀프라이 아래 시뻘건 고추장 양념을 듬뿍 품은 비빔밥이 왔다. 어떤 사람에게는 식욕이 펄펄 나는 비주얼이겠으나 나는 붉은 고추장을 보자마자 먹을 엄두가 나지 않았다. 아쉬운 대로 고추장을 걷어 낸 나는 된장을 넣어 비비면 괜찮으려나 싶어 나이 지긋한 주인장에게 요청을 하였다.

"제가 매운 걸 먹지 못해 그러는데요. 된장 좀 주시겠어요?"

그랬더니 그 식당 주인 왈,

"그럴 수는 없습니다!"

나는 지금 들은 말이 사실인지 귀를 의심하였다. 주인 남자는 비빔밥을 먹는데 고추장이 아닌 다른 장을 넣어 먹는 것은 용서할 수 없다는 듯 단호한 눈빛으로 나를 보았다.

'여긴 어디, 나는 누구?'

식당 주인은 손님 사정이야 어떻든 주는 대로 고추장을 넣어 비벼 먹어야 한단다.

"아, 매운 걸 못 드십니까? 그러면 아쉬운 대로 된장이나 간장을 드릴까요?"라는 대답을 기대했던 나는 아연실색할 수밖에 없었다. 식당에서 비빔밥을 파는 일이 무슨 권력이라는 말은 들어보지 못한 것 같은데…. 그의 자존심은 오직 고추장에서 나오는 것만 같았다. 이 웃지 못할 일이 바로 내가 학창 시절을 보낸 남녘 도시의 역사에서 일어났으니 더욱 기가 찰 일이다. 나는 이 도시 대학교에 강의를 온 처지로서 막상 상도의를 들먹이며 '그러면 안 되는 것 아닌가요?'라고 따지기도 뭣하였다. 손도 대지 않은 식사 값으로 돈을 지불하고 식당 문을 나서며, 그저 나지막이 "별꼴이야, 정말"을 뇌까리며 혼자 화를 삭였다.

'맵게 더 맵게'라는 캠페인을 벌이고 있는 듯한 나라! 이 무슨 어리석은 관습인가. 제동이 걸리지 않는 건 물론 더욱 박차를 가하는 이 관습 때문에 한국인의 위장은 수고롭기 그지없어 위암 발생률 세계 1위라는 위업을 달성하였다.

돌아보면 고추는 임진왜란 때 일본인들이 조선인을 죽이려고 들여왔단다. 그런데 조선을 지나 대한민국이 된 현재까지 죽기는 커녕 점점 더 독하게 즐기고 있는 상황이다. 먹방 영상마다 고춧가루 범벅의 벌건 음식으로 시청자들의 식욕을 부추긴다. 식당에는 맵고 짜고 기름진 안주에 술 한 잔을 걸치고서 "캬, 캬, 쥑인다!"를 연발하는 사람들로 가득하다.

매운맛은 맛이 아닌 통증이라는 설이 있다. 사실상 매운맛의 통증에 익숙해진 한국인의 위장은 하루도 편할 날이 없다.

때로 인정 많은 사람과 식사를 하게 되면 나를 보는 눈에서 안타까움을 읽는다. 그 좋은 매운맛을 즐기지 못하는데 대한 안타까움이다. 허나 나는 오랫동안 매운맛을 충분히 또는 지나치게 누렸던 사람으로서 더는 하등의 미련도 남아 있지 않다. 절제하지 못하고 매운맛을 탐닉한 탓에 위장이 약해진 내가 아닌가. 그러므로 이리된 것이 모두 내 탓일 수밖에 없다.

내 탓이오!

아으 다롱디리, 내 탓이란 말이오.

댄스 하러 간다

누워서 천장을 바라본다. 심한 일을 한 기억이 없는데 몸살이다. 하루이틀이면 회복되어야 마땅할 것 같은데 며칠 동안 공주님 위하듯 온 정성을 기울여도 회복될 기미가 보이지 않는다. 소파 맞은편 벽 위의 작은 액자에서 '항상 기뻐하라'는 명구가 시선에 잡힌다. '미소도 나오지 않는데 하물며 기뻐하라니…'. 요즘 식으로 말하면 다소 격한 주문이다. 자고로 인생살이가 그만큼 힘들기에 성인이 위로차 한 말이려니.

어릴 때 비 내리는 하늘을 보며 빗줄기 사이로 뛰어가는 상상을 하였다. 빗줄기보다 더 가는 몸이어야 가능할지니 애초에 불가능한 일이다. 뛰어가면 같은 면적에 더 많은 비를 맞는 것이 뻔한 이치다. 아무튼 노화란 피할 수 없는 것임에도 노화 사이로 빠져나가고 싶은 헛된 상상을 해 본다.

몸살은 이순이 지난 얼마 후부터 반복적으로 일어난다. 매일

출퇴근하는 일들을 어찌 감당했던지 아득하기만 하다. 젊음과 늙음의 물리적 차이가 바로 이런 것인가. 아니면 이순 이후로는 도태당해 마땅한 생명체가 언감생심 살아남아서 자연의 질서를 어지럽히고 있는 것인가. 호모사피엔스가 지구상에 출현한 후 진화를 거듭하다 보니 수명이 점점 늘어간다. 우리는 백세라는 말이 더 이상 생소하지 않은 시대를 살고 있고 그걸 바란다고 무모한 욕심으로 들리지도 않는다. 요즘 상식으론 40년 가까이 더 살 권리가 있는데 내가 느끼는 이 무력함은 무엇인가.

갱년기 이후로 병원 문턱을 넘나드는 상황에 익숙해졌다. 젊어선 다이어트를 밥 먹듯이 하여 식사를 거르고 굶고 건너뛰었다. 거기에 꿈을 위해 직장이 끝나고도 밤까지 공부를 하러 다녔다. 음식을 멀리하는 내게 어른들은 그러면 나이 들어 고생한다고 충고하였지만 '소 귀에 경 읽기'였다. 젊음이 물러난 자리에서 나는 지금 한방, 양방 할 것 없이 골고루 병원을 방문하는 예의 바른 노년이 되었다.

청장년 시절 이웃으로부터의 고립된 생활을 자청하였다. 조용하고 여유로운 시간을 좋아했기 때문이다. 건강에 자신이 없는 시점에 도달해 보니 이전에 없던 습관이 생겼다. 이상이니 꿈이니 하는 구호가 별 것 아니라는 자각과 함께 평범하게 살아가는 이

웃들에 정겨운 시선이 머물게 된다. 오가며 인사를 나누다 보면 그들은 척 보아도 약해 보이는지 내게 운동을 권유한다. 주민센터에 가면 건강증진과 치매 예방의 비법이 있는 것처럼 말한다. 오랜 시간 몸을 혹사했던 나는 철든 심정으로 몸에 철 좀 주입할까 싶어 주민센터를 찾는다.

여러 가지 프로그램이 적힌 안내서를 훑어보니 댄스 과목에 '왕초보 라인댄스'란 단어가 눈에 띈다. 왕초보란 단어의 의미를 액면 그대로 믿었기에 안도감이 들었다. 라인댄스는 타인에게 불편을 줄 필요 없이 혼자 하는 데다 왕초보반이라니 용기를 내어 신청하였다. 댄스반에 신청한 자체로 이미 즐거움과 건강을 예약한 듯 기대감이 부풀었다.

3개월 코스 과정이 시작되었다. 낯선 공간에 들어서니 중년, 노년의 여인들이 강당에 가득하였다. 건강을 위해 애쓰는 사람들이 이리 많다니 놀라울 따름이다. 건강한 장수란 말이 과연 이 시대의 주제였구나! 때늦은 각성이 온다. 조금 있자 날렵한 몸매의 여인이—역시 중년 나이로 보이는 강사였다—들어와 음악을 틀어 놓고 기초 동작을 하자 여인들이 말없이 따라 한다. 이어서 메인 뮤직이 나오고 사람들은 강사의 동작을 따라 댄스를 한다. 그런데 무언가 이상하다. 웃음기를 찾을 수 없는 모습으로 그들은 마치 성스런 의식을 수행하듯 댄싱 동작을 이어간다.

나는 몸을 어찌해야 할지 몰랐다. 오늘 처음 들어온 왕초보에게 눈길을 주는 사람은 아무도 없었다. 4,5명가량의 여인들이 나처럼 개밥의 도토리 신세로 이리 밀리고 저리 치이며 거룩한 댄스 대열에 방해물이 되고 있었다. 모두 새로 들어온 사람들이다. 이게 왕초보반이야?

교사가 어린이를 가르치는 것 같은 스텝식 지도의 친절함을 예상했던 나로서는 이해 불가한 상황이었다. 학기 첫날에 세 개의 음악에 따른 동작, 즉 3세트의 동작이 진행되었다. 스텝도 모르는 나는 '아뿔싸' 늦은 각성이 온다. 빠르고 경쟁적인 한국 사회의 면면이 번개처럼 뇌리를 스쳐간다. 여유가 무엇인지 모른 채 무작정 달려가는 속도전이 바로 여기에서도 재현되고 있었다. 안타깝게도 댄스는 건강과 즐김을 위한 두 토끼가 아니라 달성해야 할 목표가 되어 버린 것이다.

화가 난 나는 속으로 외쳤다.

'나는 왕초보반에 들어온 왕초보란 말이에요. 당신들은 왕초보란 말의 뜻을 몰라요? 강사는 처음 온 사람에게 한 스텝씩 친절하게 가르쳐 줘야 되잖아요!'

나의 소리 없는 아우성은 무기력했고, 사람들은 각자의 인생의 무게가 얹힌 굳은 표정으로 춤을 추었다. 마치 원시인들이 숲의 어둠 속에서 엄숙한 샤먼의식을 치르는 것처럼! 행여 동작을 놓치면 큰일이라도 나는 것처럼! 어찌 거기에 음악과 춤이 하나로 어우러진 여유와 즐거움이 자리할 수 있을까?

하나의 음악과 동작을 익혀 즐기기도 전에 곧 새로운 음악과 동작이 가차 없이 주어졌다. 댄스 동작을 익히려 다른 쪽 뇌를 훈련시키자니 새로운 스트레스다. 나처럼 허공 바라보기를 좋아하는 느슨한 사람이 집단활동에서 여유와 기쁨을 찾으려는 건 한참 오산이었다. 이 나라에서….

'이건 아니잖아!'

한 주에 두 번씩 인내심을 시험하는 시간이 계속되자 나 역시 인간이 지닌 천부적 적응 본능을 발휘하기 시작하였다. 이를 악물었더니 어느덧 3개월이 지났다. 지금 나는 즐김이 아니라 한국인의 치열한 속도전에서 살아남으려 기를 쓰는 중이다. 그리고 나만의 즐거움을 찾을 궁리를 해 본다. 댄스실 벽면을 가득 채운 거울에서 내 미소를 찾고 '지금 나 즐기고 있어'라는 생각을 주입시키려 한다.

어디에서든 기쁨은 누리는 자만의 것이려니!

불가마 정담

목욕탕에 가서 때를 미는 습관은 우리나라만의 특수한 문화라고 한다. 대학시절에 한 교수님께선 때를 미는 습관의 원시성을 지적하며 목청을 높이셨다.

"노쇠한 세포는 벗기지 않아도 저절로 나가기 마련이야. 박박밀어 버리는 때들이 실은 소중한 피부 보호막이란 말이지. 그걸 벗기면 피부에 비상이 걸려 밤새도록 새 보호막을 만들어 낸단 말이야. 그걸 때라고 또 벗기는 무지한 사람들, 우!"

그 영향인지 모르지만 나 역시 때를 밀 필요성을 느끼지 못하고 샤워만으로 만족하며 지냈다. 그러니 외국생활 중에도 한국의 목욕탕을 그리워한 적이 없다. 여인들이 무리 지어 찜질방 원정을 다니면서 그것이 가장 큰 취미라고 말할 땐 신기할 따름이었다.

어느 겨울 이사를 오자마자 욕실 공사를 해야 하는 난감한 상황에 처했다. 비닐을 씌운 가재도구들 위로 뿌연 먼지가 내려앉은 집안 풍경이 을씨년스럽기 짝이 없었다. 집을 나와 갈 곳이 마땅찮던 차에 지인이 찜질방을 권유하였다. 여태껏 안면을 튼 적이 없는 찜질방이란 곳을 눈 내리는 날 그렇게 찾아들었다.

그런데 아니, 이런 별천지가 있었나!

그곳에선 많은 사람들이 휴식을 취하고 있었다. 그 공간은 가족, 연인, 노인, 때때로 갈 곳 없는 사람들을 품어서 밤을 넘겨주는 아늑한 둥지인 듯했다. 그들이 피곤을 풀고 대화와 음식으로 하루를 마감하는 풍경을 보며, 일상의 휴식처로 유용한 이런 공간을 거부해야 할 어떤 이유도 찾지 못했다. 우연한 경험을 계기로 나는 점차 찜질방 마니아로 변신했고 아이스방, 갯돌방, 참숯방, 소금방 따위 각기 특화된 자재와 온도 차이를 체험하곤 하였다. 늦게 배운 무엇이란 속담처럼 빠르게 불가마를 즐기게 된 나는 어깨가 뻐근할 때마다 이완의 시간을 오롯이 누리기 위해 집을 나섰다.

찜질방의 압권은 단연코 불가마이다. 모양은 어릴 때 고사리 손으로 만들던 두꺼비집을 연상시킨다. 손등에 흙을 올려 다지다 살그머니 손을 빼면 부서질 듯 둥그렇게 나타나던 그 두꺼비집 말이다. 열기가 샐세라 작고 묵직하게 만든 나무문을 밀면 갑자기 엄청난 열기가 밀려온다. 흙벽과 둥근 천장에서 내뿜는 열기와 알 수 없는 소리들이 섞이며 역동적인 공간을 만든다. 맨 처음 이런 곳을 고안한 사람이 누구일까. 인간이 참으로 창조적인 동물이란 생각이 든다. 한가운데 놓인 모래시계의 얇은 유리가 금방이라도 터질 듯 위태로워 보이고 그 안에서 분홍색 좁쌀이 보일 듯 말 듯 조용히 흘러내린다. 타는 열정과 인고의 침묵이 공존하는 그곳에선 시간의 감각이 매우 유동적이다. 좁쌀이 빠져나가는 시간이라야 고작 5분에 불과하건만 마치 한 시간인 듯 길게 느껴진다. 태양이 뜨는 모습과는 사뭇 대조적이다. 아침마다 산등성이 위로 떠오르는 해를 응시하며 찰나에 허공으로 치솟고 마는 그 속도에 조바심쳤다. 우주에서의 나의 시간이 이처럼 빠르게 사라지는구나 싶었다. 그런데 숨 막히는 열기 속 5분이 주는 길고 긴 느낌은 시간에 대한 감각이 단지 마음의 문제임을 깨닫게 한다.

일요일이라 목욕탕 안이 부산하다. 온탕에 몸을 담그니 평온이 밀려온다. 자연스럽게 냉탕 가장자리의 돌턱에 마주 앉아 대화하는 중년 여인들에 시선이 닿는다. 두 여인의 몸의 실루엣이 프랑스의 인상파 화가 르누아르가 보면 아주 반길 듯한 형상이다. 머리에 두른 흰 수건, 튼튼한 두 팔과 두툼한 다리, 몇 줄로 접힌 풍성한 뱃살에 고운 피부 말이다. 르누아르는 어린 시절 도자기 화공이었던 경험으로 여인의 피부를 도자기처럼 매끄러운 질감으로 표현했단다. 그가 한국 여인의 고운 피부를 보았다면 화폭에 담지 않고는 못 배겼을 것이란 싱거운 생각을 해 본다.

두 여인의 대화가 절로 들어온다. 무섭게 뛰는 물가에 대한 불만이다. 언론에선 설날 상차림이 얼마라지만 그것으론 반값도 안 된다는 것, 정치하는 사람이나 남편이 직접 상을 차려 봐야 한다는 것, 최저 임금을 올린다는 본래의 취지는 어디로 가고 물가가 올라 전과 달라진 게 없다는 것 따위 제법 절실한 주제들이다. 대화에 탄력이 붙자 이제 늘어가는 고학력 추세와 교육비 문제에 대한 토론으로 옮겨간다. 블루칼라의 월급이 화이트칼라보다 높아야만 이 나라가 산다는 열변이 이어진다. 그들의 말처럼 그리 간단히 해결될 문제인지는 잘 모르겠지만 문제 인식에는 공감한다. 어느 동네에선 중고생 아이들 과외비로 매월 천만 원씩 쓴다고 하니 미친 교육공화국이 아닌가. 더는 부모 등골이 휘지 않도록 획기적인 해법이 나와야 한다는 것만은 분명한 사실이다. 정치인들은 필히 불가마를 찾아 땀을 빼며 정책의 피드백을 정확하게 얻어야 할 것 같다.

2020년 새해 우리 삶은 어떠한가?

무어라 해도 우리나라는 선진국 대열에 합류한 복 받은 나라이다. 분단 현실과 정치, 경제, 교육, 주택, 환경, 노령화, 청년실업 등 복잡한 문제가 산적해 있지만 그래도 우리는 지구상 몇 백 개 국가 중에서 이미 10위권에 진입한 경제대국이다. 유사 이래 최강의 부유함으로 다양한 문화 혜택을 누리며 살고 있다. 그 저력이 바로 숨 가쁘게 달려온 한국인의 명석함과 근면함에 있음을 부인하지 못한다. 그러니 문제 해결의 열쇠도 분명 우리 스스로 찾을 수 있을 것이다.

부족함을 느끼며 살 것인가, 가진 것만으로 누리며 살 것인가. 선택은 전적으로 자신의 몫이다.

나는 지금 행복하다. 늦게나마 찾은 불가마에서 다만 소소한 기쁨을 누릴 수 있기에.

라떼는 말이야

　기쁜 맘으로 발길이 절로 닿는 커피숍이 있다는 건 행복한 일이다. 그 카페에 들어서면 작은 갤러리에 온 것처럼 예술 감성이 깨어난다. 공간은 아담한 편이지만 천장이 높고 계단이 이층으로 연결되어 있어 실제보다 넓은 시야를 확보한다. 여사장님이 도예가인지라 예쁘고 사랑스러운 도자기 소품들이 곳곳에 자리잡고 있다. 벽면에 오밀조밀 배열된 판화 작품들 또한 눈에 상큼한 즐거움을 선사한다. 문 앞 한 켠에선 청결하게 닦인 알루미늄 통과 커피 볶는 기계들이 매일 향기로운 커피콩을 볶아 준다.

　맑은 미소로 반갑게 맞아 주시는 사장님은 커피 전문가이다. 이름 있는 원두만을 엄선해서 알맞게 볶은 후 솜씨 있게 블렌딩하여 매우 향기로운 커피를 뽑아낸다. 따뜻한 미소와 품격 있는 커피가 있는 곳이라면 커피 마니아에겐 최고의 공간이 되기에 부족함이 없다. 손님은 누구의 방해도 받지 않고 편안한 대화를 나눌 수 있고, 혼자만의 사색을 즐기거나 눈을 들어 창밖 은행나무에서 계절의 추이를 가늠해 보기도 한다.

　나는 오랫동안 카푸치노의 맛과 향에 길들여진 사람이다. 그것은 투샷의 커피 액에 약간의 우유를 섞고 계핏가루를 살짝 얹은 비교적 진한 맛의 커피이다. 내겐 특히 맛과 멋과 향기를 다 갖춘 로맨틱한 음료이다. 그런데 요즘 들어 위장에 자극이 오는 걸 보면 위가 약한 사람이 선택할 커피는 아닌가 보다. 그동안은 '에라 모르겠다. 이 즐거움을 놓칠 수는 없어'라고 뇌까리며 카푸치노를 즐겨 마셨다. 품격 있는 도자기 찻잔에 하트 거품을 올리고 계핏가루 솔솔 뿌린 커피는 생각만 해도 행복감을 부른다.

　어느 날 우연히 내 사정을 아신 사장님이 '라떼'를 권유하신다. 라떼는 커피 농도가 낮아 카푸치노보다 자극이 덜하다는 이유에서다. 위 건강을 위해서라니 하는 수 없이 오랜 시간 누려 온 즐거움을 접어야만 될 것 같다. 마지못해 라떼로 바꾸어 마셔 보니 자극이 덜한 만큼 맛도 분위기도 그에 미치지 못한다. 매혹적인 주인공에게도 언젠가는 무대를 떠날 때가 오고야 만다. 계피 향 곁들인 짙은 농도의 커피는 결국 내 기호에서 물러나고 말았다.

　나는 본래 크림이나 우유가 들어가지 않은 커피에는 흥미를 느끼지 못한다. 고소함을 포기한 채 쓴 맛과 향기만으로 커피를 마시고 싶지는 않다. '아아, 뜨아'에 전혀 흥미가 없는 이유이다.

오늘은 봄빛이 살포시 내려앉은 기분 좋은 날이다. 라떼 한 잔을 마시며 봄의 홍취를 돋운다. 마음에 향기를 담는데 한 잔의 커피보다 더 가성비 높은 게 있을까.

언제부턴가 '라떼'라는 말이 조롱의 의미를 담아 회자된다. "Latte is a horse"라는 국적 불명의 영어가 등장하여 '나 때는 말이야'라고 읽고 '꼰대'라는 뜻으로 소비된다. 누군가 '나 때는 말이야'라고 서두를 꺼내면 곧장 '꼰대'로 찍히고 마는 세상이다.

꼰대란 무엇을 의미하는 것일까. 권위주의나 고리타분함이 몸에 밴 사람을 가리키는 것인가? 그건 분명 상하 계층과 장유유서의 질서가 엄격했던 시절의 산물일 것이다. 직책, 나이, 성별 등에서 권위를 누리는 자가 있으면 거기에 거부감을 느끼는 약자 또한 반드시 있었을 것이다. 약자에 속한 사람들의 거부감이 이런 형태의 언어유희로 표출된 것이 아닐까 싶어 이해가 된다. 그런데 농담에 그칠 수 있는 이 말이 어쩌다 나이 듦에 대한 조롱으로까지 변질된 것일까. 급기야 나이 든 것 자체가 죄인 양 치부되는 세상이 되고 말았다.

그렇다면 젊은이들의 생각과 행동은 늘 존중받아 마땅한가. 개인주의에 익숙한 일부 mz들이 자기중심적인 행동으로 눈살을 찌

푸리게 하는 경우는 비일비재하다. 이왕 꼰대라는 말이 나온 김에 그런 그들을 젊은 꼰대라 부르면 적절한 호칭이 될까. 프라이버시에 민감하고 자기 권리를 주장하기에 거침이 없는 일부 젊은이들이 세상의 주체가 될 경우를 가정해 본다. 어른이 없는 시대에 수시로 일어날 이해 충돌을 누가 조정할 것인가.

노년층은 공공의 이익을 앞세우고 자신의 이익과 권리를 유보할 줄 알았다. 반면에 오늘의 젊은이들이 사회적 공의를 바로 세울 수 있을 만큼의 분별력과 자제력을 갖추고 있는지는 의문이다. 아랫돌이 없이 윗돌을 올릴 수 없다는 건 분명한 사실이다. 꼰대 운운으로 노년을 폄하하는 말과 행동은 삼가야만 한다. 그 아랫돌이 윗돌을 떠받친 절대적인 존재였음을 상기해야 한다.

21세기 오늘날 우리 사회에서 노인에 대한 존중감은 급격히 감소하였다. 위상의 하락뿐 아니라 잉여인간 취급을 받는 노년들도 입을 다물고 말았다. 주름진 얼굴은 자연의 섭리일 뿐 비난받을 일이 아니다. 그런데 안타깝게도 노년층이 존중받지 못하는 사회적 이유 중 정치 성향도 한몫을 하는 것만 같다.

우리는 불행한 현대사를 거치면서 권력을 가진 자들의 사리사욕에 의한 편향된 의식을 주입받은 경험이 있다. 그 시절을 통과하면서 애국의 의미와 방향이 상당 부분 변질된 것 같다. 애국은

긴 역사를 통해 형성된 민족의 정통성을 세우려는 전제에서 출발
해야 한다. 역사의 정통성과 미래적 방향성을 제대로 파악하지 못
한 사람이 "나 때는 말이야"라고 말할 때 젊은 층의 호응을 얻기
는 어려울 것이다.

노년이 대접받으려면 그만한 역할을 해야 한다. 그 하나가 바로
지구상 마지막 분단 지역으로 남아 있는 한반도에 더 이상의 갈
등의 고조가 아닌, 진정한 평화가 정착되도록 버팀목이 되어 주
는 일이다. 남의 힘으로 내 집을 지키려 한다면 사상누각을 짓는
일일 뿐이다. 내 집을 전장으로 만드는 일만은 절대로 허용해선
안된다.

노년의 또 다른 임무는 먼저 타인을 배려하는 모습을 보여 주
는 일이다. 우리 삶의 중심이 굳건히 설 때만이 이익 집단의 파행
적 선동에도 흔들리지 않을 것이다. 거기에 쉼 없이 배우려는 마
음만 있다면 노년은 그 어느 때보다 더 빛나는 시간이 될 수가 있
다.

커피가 식어 간다. 라떼 한 잔을 앞에 놓고 두서없는 상념에 젖
었다. 봄날의 대기가 따뜻한 미소를 품었다. 어린 걸음으로 다가오
는 봄빛을 기쁘게 맞이하리라.

그 여름 한반도

광복절 아침이다. 여느 때 같으면 태극기를 달면서 잠시라도 해방의 의미를 되새겨 보았을 것이다. 그런데 아직도 물러가지 않은 폭우에 지친 마음으로 홈통을 타고 급히 떨어지는 빗물 소리를 듣는다. 지루한 장맛비에 이제는 아예 눈동자에도 빗줄기의 잔상이 선명하게 남아 있을 지경이다.

지구의 재앙은 예견된 것이다. 지구가 홍역을 겪는 것은 전적으로 인간의 잘못 때문이다. 지구의 기온은 1만 년 동안 4C° 올랐음에 비해 산업화 후엔 100년 만에 1C° 상승했다고 한다. 이와 같은 지구의 온난화는, 화석연료에서 이산화탄소가 배출되고 쓰레기가 증가하며, 무분별한 산림 벌목 등에 원인이 있다 한다. 기후변화의 여파로 북극의 빙하가 녹으면서 북극곰이 조만간 사라질 위기에 처했다. 육지의 사막화와 해수면의 팽창으로 지각 변동이 불가피하고, 2050년경 기온이 2C° 올라갈 경우엔 미래에 대한 예측조차 불가하단다. 유럽에선 22세기가 오지 않을 것이라는 암담한 전망까지 내놓은 상태다.

지구는 온갖 이례적인 사례들로 인간에게 경고를 보내고 있다. 실제로 올여름 시베리아 기온이 37C°나 올라갔다. 일본도 폭우로 물 폭탄을 맞았다는 뉴스가 나온다.

중국에서도 폭우로 장강을 막아 쌓은 산사댐, 삼협댐이 무너질 지경이란다. 산사댐이 최고의 대안이라고 안심하던 그들로서는 그것을 붕괴시켜야 남은 곳을 지킬 수 있다는 딜레마에 빠졌다. 댐을 붕괴시킬 경우 하류에 사는 수많은 사람들의 피해가 불 보듯 뻔한 상황이다.

한반도에 몰려온 먹구름도 많은 문제를 일으켰다. 무려 50여 일 동안 장맛비가 계속되자 이곳저곳에서 산사태가 일어나고 급기야 낙동강과 섬진강의 제방이 터져 나갔다. TV에서는 집이 물에 잠겨 갈 곳 없는 만여 명의 이재민들과 농작물을 물에 쓸려 보낸 농부들의 망연자실한 모습을 전한다. 정부가 발 빠르게 대처하고 군 장병과 자원봉사자들이 구슬땀을 흘리지만 복구까지는 머나먼 길이란다.

불과 이삼일 전의 일이다. 섬진강 둑이 무너져서 전남의 구례와 곡성이 물바다가 되었다. 마을이 물에 휩쓸리자 사람들이 급히 대피하였고, 대규모 축사에 남겨진 소들도 축사 지붕으로 목숨을 건 탈출을 감행하였다. 장대비가 쉼 없이 내리고 붉은 흙탕물이 넘실대는데 거뭇거뭇 보이는 것들이 있었다. 바로 지붕 위의 소들이 쓸려 가지 않으려 사투를 벌이는 모습이었다. 목숨이 경각에 달렸을 때 소들이 느꼈을 공포감을 어찌 짐작할 수 있을까.

비가 소강상태에 들어서자 구조에 나선 구급대원들이 축사 지붕에서 간신히 버티고 있는 소 몇 마리를 구출하였다. 뉴스에선 무게를 지탱하지 못한 소들이 지붕에서 아래로 떨어지는 둔탁한 소리까지도 생생하게 전한다. 마지막까지 안간힘으로 버티며 움직이지 않으려는 소가 있어 마취 총을 쏘아 겨우 구출한다. 그 어미 소는 뜬 눈으로 진통을 하다 아무도 모르는 새벽녘에 새끼 쌍둥이를 낳았다. 지쳤을 법도 하건만 어미소는 갓 낳은 새끼들을 핥아 주며 애틋함을 드러냈다. 낳으려는 어미나 나오려는 새끼 모두 그 밤에 얼마나 많은 고통을 감내해야 했을까. 지구가 몸살을 앓고 한반도가 이례적인 폭우에 갇힌 그 밤, 말 못 하는 짐승이 간난신고 끝에 두 생명을 탄생시켰다. 아직 눈도 뜨지 못하는 아기 송아지가 어미에게 의지하는 모습을 보며 모성의 강함과 생명의 소중함에 감동이 온다.

주인은 말했다.

"애가 살아 있는 한 계속 키우고 싶다."

소는 물속에서 호흡이 가능하다고 한다. 부력으로 떠서 코를 물 밖으로 내밀 수가 있다고 한다. 이번에 축사에서 키우던 소의 삼분의 일이 폐사체로 발견된 것은 물 흐름이 너무 빨라 숨을 쉬지 못했거나 저체온증이었을 것이란다. 구례 강정마을에서 흙탕물에 휩쓸려 떠내려간 소들은 6,70㎞ 떨어진 곳에서 발견되기도 하고 남해의 무인도에서 발견되기도 하였다. 소를 찾은 주인들은 가족과 상봉한 듯 반가움을 감추지 못했다. 인간의 희생물로만 여겼던 소에 대해 사람들은 천재지변 앞에서 비로소 생명의 소중함과 애틋함을 회복한 것이다.

폭우의 피해가 어디 소뿐이겠는가. 오리, 닭, 돼지, 개 등 가축의 수난을 들자면 필설로 부족할 지경이다.

사람들이 무너진 건물 돌무더기 위를 맴돌며 땅을 파고 있는 강아지를 목격하고 구조작업을 진행하던 때였다. 강아지가 낑낑거리는 곳의 돌과 흙더미를 파헤쳐 보니 강아지 두 마리가 나왔다. 무너진 창고의 흙더미에서 살아남은 생후 한두 달 된 강아지들이다. 그런데도 어미가 짖기를 멈추지 않자 어미가 바라보는 곳을 더 깊이 헤쳐 보았다. 거기엔 놀랍게도 죽은 듯 축 처진 강아지 두 마리가 더 있었다. 새끼 4마리를 끌어안고서야 강아지는 안도의 눈빛을 보냈다. 어린 새끼들은 무려 일주일 동안이나 흙더미 속에서 생명의 숨결을 놓지 않았던 것이다.

이 여름 한반도를 무자비하게 휩쓸고 간 폭우가 가슴 찡한 이야기들을 많이 남겼다. 우리는 길고 끈질긴 장마의 피해가 인간에게 닥친 불행이라 생각했다. 그러나 인간과 한 울타리에서 살아가는 가축들은 물론 산과 바다에서 살아가는 동식물들도 똑같은 운명에 놓여 있었음을 깨닫게 되었다.

더 늦기 전에 지구가 보내는 강력한 경고를 귀담아 들어야 한다. 지구환경을 개선하는 일은 지금, 즉시, 바로 실천해야 할 당위이다. 인간을 포함한 모든 생명들이 여전히 존속하기를 바란다면 말이다.

살아 있잖아

추석이 일주일 남았다. 이때쯤이면 병원이 한가할 것 같아 건강 검진을 받으러 왔다. 검사를 기다리는 사이에 문자 하나가 날아온다. 대학 동창의 부음이다. 그녀가 갔다고? 여름의 투병 소식에 가을의 이별 소식이라니! 생명의 소멸을 접할 때면 어김없이 마음에 파문이 인다. 눈을 가늘게 뜨고 한낮의 태양을 올려다본다. 정오의 햇빛이 만상 위로 부서진다. 허허로운 마음을 안은 채 발길이 어느새 공원을 향한다. 넓은 공원은 더위에 젖어 마치 늪에 빠진 듯 무겁게 가라앉았다.

몇 걸음을 떼기도 전에 갑자기 매미의 합창이 자지러진다.
쏴아아아.
마지막 유언 같은 다급한 울림이다.
늦더위가 이리도 한창이라니.
몇 걸음을 더 떼어 놓자 경쾌한 소리가 들려온다.

딱, 떼구루루,

도토리 한 알이 통통통 굴러간다.

그래, 버얼써 가을이고 말고.

올려다본 하늘에선 뭉게구름이 분방한 터치로 그림을 그리고
있다. 오래전 시인 도연명이 읊었지. 여름 구름은 기이한 봉우리
가 많다고. 매미 울음에 뭉게구름까지. 하, 여름이 판정승을 거두
니 가을이 설 자리를 잃은 게지. 지붕이 있는 벤치를 찾아든다.
어라, 더위에 지친 비둘기들이 들어앉아 나갈 기미를 보이지 않
네. 더운 물줄기를 내뿜는 분수를 보며 정자에 앉아 바람을 들인
다. 사위가 고요하다. 오래된 돌다리는 눈을 감고 고요히 세월을
반추한다.

천기가 이성을 잃었다. 이미 왔어야 할 가을의 발걸음을 뉘라
서 막아서는가?

《주역》은 하늘이 강건하고 성실하다고 찬탄한다. 그 때문에 천
지가 변함없이 운행하고 어김없이 계절이 순환한단다. 추앙을 받
는 천률天律이 반란을 일으켰다. 천인합일이라 했느니. 그렇다면
천률을 본받아 정해진 인률人律은 어떠한가.

불행히도 인률의 난맥상은 점입가경이다. 신뢰가 사라진 시대

의 불협화음이 굉음을 내는 중이다. 인간의 탐욕으로 공존의 상식이 무너지고 약육강식의 원시로 회귀해 간다. 직업이 없는 청년들, 열악한 처지의 노인들이 어둠 속에 갇혀 있다. 인공지능의 시대에 딥페이크 속임수와 온갖 보이스피싱이 난무하여 피해자들의 삶을 파멸로 이끈다. 빠른 변화의 궤도에서 낙오한 군상들이 무기력하게 부유하고 있다.

천륜과 인륜이 손을 맞잡고 불협화음을 연주하는 이 시대, 이 불안한 세상을 응시하고 있는 너는 누구냐.

어디선가 희미한 목소리가 올라온다.

그래도 넌 살아 있잖아?

그럼 된 거야.

기억해, 즐겁기 위해 태어났다는 것을.

탐닉해 봐! 네 앞에 놓인 생生의 마디마디를.

인권이 길더라

블랙리스트란 용어가 매스컴을 온통 장식한다. 이는 정권에 반하는 창작 표현이나 그러한 문화 예술인에 대해 각종 정부지원금과 창작 활동의 제한을 목적으로 비밀리에 작성한 문화 예술인 명단이다. 정부는 비우호적인 사람들의 표현의 자유를 억제한 반면, 정권에 우호적인 사람들의 이익을 도모하는 지원에는 돈을 아끼지 않았다. 독재 시대를 지나 민주화가 뿌리내린 21세기 한국에서 이런 일이 일어났기에 국민들이 아연실색했다.

문화 예술인의 창작 활동에 억압과 차별을 가하는 일은 민주사회의 본질에 역행하는 불법적인 일이다. 그런데 정권은 오히려 사회 구성원들의 다양한 시각과 반대 의견을 제한함으로써 정의 사회가 실현된다고 믿었다. 문제는 정권의 시각이 일반 국민의 상식과는 동떨어졌다는 데 있었다.

건전한 판단력을 지닌 국민들이 정권의 부조리를 바로잡기 시작하였다. 겨울 추위에도 아랑곳하지 않고 전국적으로 모여든 촛불집회는 특권과 반칙을 배격하고 국정의 정상화를 요구하는 민주혁명이었다. 각계각층은 물론 고등학생들까지 정의로운 나라를 만들기 위해 촛불을 들고 광장에 모였다. 이는 한국 민주주의 발전의 현주소를 보여 주었을 뿐만 아니라 세계 민주주의의 귀감이 되었던 까닭에, 2017년 독일의 에버트 재단은 〈대한민국 촛불시민〉의 이름으로 인권상을 수여하였다. 개인의 표현의 자유가 보장될 때 균형 잡힌 민주사회가 될 수 있다는 것은 이미 보편적 상식에 해당하는 일이다.

통치자의 권력 유지를 향한 욕망이 과도하게 분출될 때 그것은 사회 혼란, 문화 파괴, 인권 말살의 퇴행적 행태로 이어지기 마련이다. 그러한 예를 이웃 나라 역사에서 찾을 수 있다. 고대 중국의 분서갱유焚書坑儒와 20세기에 일어난 문화대혁명이 대표적인 예이다.

중국 춘추시대 말기에 주나라 왕실이 쇠퇴의 조짐을 보이자 제후국들이 각축전을 벌이기 시작했다. 제후국諸侯國인 한, 위, 조, 연, 제, 초, 진이 전국 7웅이라 불리며 패권을 확장해 가는 가운데, 진秦나라는 더욱 호전적 특성을 드러내며 한족의 문화에 흡수되지 않고 독자 노선을 걸었다. 진국공秦国公은 엄격한 법률 체계를 만들고 군현제를 실시하여 권력을 중앙에 집중시키는 한편 주변 국가들을 정복하여 최강자로 부상하였다.

B.C. 247년에 진秦의 영정嬴政이 13세로 왕위에 오른다. 그는 이사李斯라는 걸출한 인물을 재상으로 삼고 6국을 평정하여 최초로 통일 중국을 이루었다. B.C. 221년 진 제국을 출범시킨 후 자신을 시황제라 칭했다. 그가 중국 역사에 기여한 공은 매우 크다. 거대한 영토를 다스리는데 법치를 시행하여 범죄를 줄였고, 서체書體와 도량형度量衡을 통일하였으며 천하의 도로를 정비하여 중국을 단일문화권으로 묶는데 기여하였다. 그러나 그의 진제국이 불과 15년밖에 존속하지 못했다는 것은 통치상에서 매우 큰 과오가 있었음을 반증한다.

진시황은 아방궁을 짓고 만리장성을 쌓는 등 건설을 강행하면서 백성을 강제로 부역에 동원하고 과중한 세금을 부과하여 민생을 도탄에 빠뜨렸다. 가혹한 형벌에 사람들의 불만이 쌓이고 학자들의 비판이 이어지자 이를 막고자 분서갱유焚書坑儒라는 잔혹한 처벌을 자행하였다. 곧 진나라의 역사와 농사, 의학, 점복에 관한 서적을 제외한 모든 서적을 불태우고 유학자 460여 명을 붙잡아 생매장하였다.

시황제가 죽은 후 이세, 삼세 황제가 뒤를 이었지만 간신 조고의 농간에 속아 나라가 어지러워지자 곳곳에서 반란이 일어났으며 마침내 초패왕 항우가 이끄는 연합군에 패해 B.C. 206년에 멸망하고 말았다.

　모택동은 일본과의 전쟁과 국공내전에서 승리를 거두며 새로
운 중국을 건설한 인물이다. 그런 그가 1950년대 대약진운동이라
는 농업정책을 폈지만 3년 만에 중국경제가 파탄 나고 말았다. 권
력 기반이 흔들린 그는 이를 회복하고자 문화대혁명이란 대규모
군중운동을 일으키고 말았다.

　문화대혁명은 1966년 5월부터 1976년 12월까지 10여 년간 중
화인민공화국에서 벌어졌던 정치·사회·문화상의 폭력운동이다.
그들은 '회생하려는 전근대성 문화와 시장정책 문화를 비판하고,
더욱 새로운 공산주의 문화를 창출하자!' 라는 구호를 내걸었다.
대약진운동의 실패로 정권의 핵심에서 물러났던 모택동이 자신
의 재부상을 목표로 주도했던 일이었다. 그는 프롤레타리아 민중
과 모택동 이념의 숭배자들인 홍위병을 동원하여 자신의 정적과
구시대적, 부르주아적이라고 간주된 모든 것에 폭력을 행사하고
파괴하였다. 1976년에 그가 죽고 강청, 왕홍문, 장춘교, 요문원을
체포할 때까지 혼돈과 변혁은 지속되었다. 1981년 정권을 잡은 등
소평은 공식적으로 '모택동의 문화대혁명이 내란이었다' 는 입장
을 표명하고, 그 당시 '학살과 소요 사태의 책임이 모택동에게 있
다' 고 규정하였다.

문화대혁명의 후유증은 매우 컸다. 중국 사회의 정신과 경제, 문화유산의 손실과 외교 관계에 끼친 피해는 수치로 계산하기가 어렵다. 불교의 사찰, 도교의 사원, 유교의 공묘孔廟 등 무수한 문화재와 개인 소장품이 집단 광기의 폭력에 의해 파괴되었다. 이에 중국의 역사와 문화는 씻을 수 없는 상처를 입었다.

정치적 무리수는 권력 유지의 욕망에서 비롯된다. 욕망은 늘 비판 세력의 통제와 제거를 기도한다. 그러나 아무리 견고한 권력이라도 영원할 수 없다는 것은 역사가 증명해 왔다. 인간은 잘못된 역사에서 교훈을 얻는다. 후퇴했던 역사가 방향키를 바로 잡아 나가면 말살된 문화 위에 더 위대한 문화가 만들어지고, 짓밟힌 인권은 더욱 견고한 기틀을 다진다.

블랙리스트의 존재가 밝혀지고 정권이 국민의 표현의 자유를 통제해서는 안된다는 각성이 일면서 우리 사회는 민주주의를 향해 한층 더 성숙한 걸음을 내디뎠다.

폭우가 내려 노도와 같은 흙탕물이 강산을 휩쓸어 간다 해도 자연은 어느새 그 모든 것을 맑게 정화시키는 힘이 있다. 나라의 물길이 잘못 흘러갈 때면 사람들은 끝내 그 길을 바로잡고야 만다. 자유와 인권은 힘써 그것을 지켜온 사람들의 것이다. 그러므로 정권은 짧고 인권은 길다고 말한다.

병아리 물 한 모금

조금만 머리를 쓰면
몸이 진동을 시작한다.
핑, 핑

젊어선 머리가 멍
바삐 살았기에 그러려니
나이 들어선 몸이 멍
바쁜 일 하나 없이 당치도 않아.

더 나이 들면 어찌 될까
내 몸이 어디를 향하는가.

볼 붉은 청춘의
그 빛나는 날들아

너는 지금 어디메쯤 가고 있니
목 메어 불러도 광휘로운 그 빛
들떠 달리던 발자국 소리
귀 기울여 봐도 들을 길 없어라
마음에 한 줄 새기고선
아득히 저 멀리 경계를 넘어갔네.

아,
굽은 소나무 껍질처럼 거친 노년이
가만히 손을 내미네.
태어나 내디딘 첫걸음이 마냥 축복이었듯
나이 들어 내딛는 한 걸음도 존엄인 것을.

엄니는 타박타박 이 길로 걸어가셨지.
나 이렇게 엄니 따라 걷는가.

　학문과 예술을 선망하여 세월 가는 줄 모르고 그 길에서 노닐었다. 어느새 다가온 노년이 걸핏하면 알림음을 보낸다. 남보다 무엇을 더 열심히 한 적은 결단코 없다. 한 번에 한 가지 일밖에 못하는 걸 알기에 남들처럼 무언가를 무리하게 해 본 적도 없다. 노란 병아리가 가느다란 목구멍으로 물 한 모금을 넘기듯 욕심 없이 천천히 작은 일을 하는데 만족하였다. 이익이 없는 일들이니 내세울 것도, 남이 알아줄 일도 없었다. 그렇게 남들이 탐내지 않는 모래알 하나씩을 골라 옹기그릇에 주워 담았다. 쓸모없는 것 같은 그 모래알들도 모이고 나니 어느 날부터 제법 빛을 내기 시작한다. 헛된 삶은 아니란 뜻인가. 작은 보람 정도는 느껴도 된다는 것이겠지. 아무래도 태어난 게 행운이란 자족감이 슬며시 찾아온다.

몸은 정신의 지배를 받을 뿐이라는 무지와 오만으로 젊은 날을 보냈다. 살찐 돼지보다 마른 소크라테스가 되겠다고 호기를 부렸다. 정신의 강인함을 과시할 뿐 몸이 영양의 균형으로 유지된다는 과학에는 무지했다. 한껏 부린 호기도 젊은 신체가 받쳐 주는 동안만 가능했던 것임을 그때는 알지 못했다. 몸에 대한 예의를 갖추지 않았던 시간 동안 내 몸은 영양이 될 만한 걸 공급받은 적이 없다. 몸이 느슨해질 때면 그때마다 해로운 기호 식품으로 더욱 가멸차게 각성시키곤 하였다. 홀대한 과오를 돌이켜 보니 몸을 대할 면목이 없다.

노년의 일과란 단순하여 어린아이와 별반 다르지 않다. 대부분의 시간을 휴식과 유사한 형태로 보내기 마련이다. 신체를 유지하기 위한 물리적인 활동에 약간의 시간을 할애할 뿐이다. 그럼에도 불구하고 왜 활력이 없는 것인가. 멀지 않은 곳을 다녀오거나 대수롭지 않은 일만 해도 즉각 신호가 오는 건 무슨 이유인가. 거기에 따라오는 불안감의 정체는 무엇이며 왜 무기력까지 동반되는 것인가. 나이 듦이란 진정 이처럼 야속한 것인가.

장수를 연구한 학자가 있다. 그는 젊은 세포와 늙은 세포에 동일한 자극을 주어 실험을 진행하였다. 각기 강도를 달리하며 2년 이상 관찰한 결과 저강도 자극에서는 젊은 세포와 늙은 세포에 차이가 없었다. 그런데 고강도 자극에서 젊은 세포는 반응하다 죽었지만 늙은 세포는 죽지 않았다. 이 실험의 결론은 '노화는 증식을 포기한 대신 생존을 추구한다' 라는 것이다. 그는 노화의 비극성에 대한 인식을 바꿔 주기 위해 말한다.

"노화는 죽기 위한 과정이 아니라 살아남기 위한 최선의 과정입니다."

그 학자는 노화를 긍정하며 당당하게 늙음을 맞이해야 한다고 주장한다. 생명은 죽기 위해 태어난 것이 아니라 살기 위해 태어난 존재라는 것이다. 노화현상에 대해 단지 관점만 바꿨을 뿐인데 그럼에도 한가닥의 희망이 솟아나는 것만 같다.

시간이 날개를 달았다. 삶의 나이테가 켜켜이 몸집을 불리는 동안 그 표면엔 거친 껍질이 돋아났다. 노년에 느끼는 허무감과 아쉬움이 아무리 크다 한들 세월을 멈추게 하지는 못한다. 무뢰배처럼 험상궂은 시간의 질주에 인간이 대항하는 방법은 다만 한 가지, 생명의 소중함을 자각하는 일이다. 우린 지금 늙어 가는 것이 아니라 살아남으려 최선을 다하는 중이다. 잘 살아야 잘 떠날 수 있다고 한다.

잘 살아온 노년들이여, 행복하라! 오감으로 살아있음을 느끼는 이 순간이 어찌 아니 행복하랴!

'하기 싫어'

요즘은 많은 사람들이 백세 시대를 말한다. 마치 백 년이란 수명이 따 놓은 당상인 양 뿌듯한 기대감을 품고서···. 우화등선하여 하늘을 날며 오래 산다는 신선이 아닌 담에야 상상조차 불가했던 백세란 나이. 좋은 시절을 만나 요행히 백 년을 산다 해도 이순耳順을 한참 넘긴 내겐 남은 시간이 그리 많은 것도 아니다.

누군가 내게 "아직 인생을 되돌아볼 나이는 아니야"라고 위로를 건넨다 해도 흘러간 시간이 아련해짐은 어쩔 수가 없다. 이쯤해서 자신에게 상을 주고 싶은 생각이 드는 까닭은 그간 만만치 않은 투쟁을 겪어 온 나의 내면이 안쓰럽기 때문이다.

나는 본래 게으름을 자양분으로 빚어진 사람이다. 눈앞에 닥친 일이 그 무엇이든 일단 미루고 피한다. 어린 시절부터 노년인 지금까지 의무로 해야 하는 모든 일들이 걱정과 근심으로만 다가왔다. 그렇다고 인생 자체에 흥미가 없었던 건 아니었으니 아마도 요즘 유행하는 말로 선택적 게으름증이었다고나 할까.

좋아하는 것이 있기는 하다. 무심히 앉아 먼 산을 바라보는 것처럼 좋은 일이 있을까. 아침 녘에 바람 살랑거리는 정자에 앉아 나무 사이로 비쳐든 햇살을 올려다보거나 그 아래로 어둑한 땅바닥에 어른거리는 나뭇잎 그림자를 보노라면 생의 기쁨이 샘물처럼 솟아난다. 그 순간 그 어떤 것도 더는 필요하지 않다는 느낌을 받는다.

거창하게 동양철학을 꺼내 들면 나는 노장老莊 쪽에 마음이 기우는 사람이다. 풀잎 하나라도 도道가 발현된 모습이니 인위를 가하지 않은 자연 그대로가 완전한 아름다움이라고 주장하는 사상이 게으른 나에게는 그야말로 최상의 논리이다. 반면에 유가에서 만든 온갖 제도나 규범들, 인륜, 예법, 명분, 책임, 의무, 성실 등 이른바 세상을 유지해 온 그 틀이 거추장스럽게만 느껴진다. 아마도 태생적으로 공자 선생과는 맞지 않는 사람인 것 같다. 그리하여 결국 한 가지 결론에 이른다.

"내 좋은 대로 살리라."

당차게 말하고 나니 슬슬 불안해진다.

아무것도 하지 않고 이 세상을 어찌 살아가지?

걱정 붙들어 매시라. 하늘의 오묘한 뜻이 풀 한 포기에도 비바람 견뎌낼 힘을 주셨으니… 미물도 사랑하는 하늘이 인간의 형상으로 태어난 내게 어찌 은혜를 베풀지 않으랴. 그리하여 하늘이 내게 무언가를 내렸고 그것이 바로 그 이름도 험한 강박관념이다.

강박관념이라고?

맞아, 바로 그 강박관념!

현대인의 마음에 파고들어 죽음에까지 이르도록 하는 그 강박관념 말이야?

하, 그렇게 말하면 섭섭하지요. 독약과 명약은 병증에 따라 달라지는 법이니까.

시인 김춘수가 노래했지. "내가 그의 이름을 불러 주자 그는 나에게로 와서 꽃이 되었다"라고. 그처럼 강박이란 놈이 내게로 오자 명약이 되어 버렸어.

그놈이 내게 목청껏 외친다.

"해야 해!"

그것은 내 행동을 유도하는 주술이다. 나의 행동을 촉발하려면 강력한 주술을 걸어야 하지만 그것이 늘 신속한 효과로 이어지지는 않는다. 어쨌거나 그것이 이제껏 나를 세상에 발붙이게 해 준 원동력임을 어쩌랴!

누군가가 말한다.

"너는 참 힘들게 사는구나. 그렇게 자신을 강박하고 옥죄면 병에 걸릴 것이야."

나는 어느 개그맨처럼 "그때그때 달라요"라고 말한다. 그것이 내 인생을 버티게 해 준 힘의 원천임을 부정할 수 없기 때문이다.

일출과 일몰을 지켜보았는가! 붉은 해가 뜨고 지는 황홀한 광경은 다만 찰나에 사라진다. 아름답게 핀 꽃도 열흘 붉지 못하고 속절없이 떨어진다. 아름다움은 찰나에 속하기에 귀한 것이다. 냉혹한 시간의 흐름을 감지하는 순간 어느새 내 인생이 소멸되어 가는 듯한 절박한 감정이입에 빠져든다. 생명 있는 것들의 아름다운 순간이 사라지는 것을 목도하고서야 나의 게으름이 각성을 하는 것이다.

'시간이 가고 있군!',

'그래 뭔가를 해야 해!'

무언가를 좋아하고 열중하는 사람은 축복받은 사람이다.

공자는 아는 것이 좋아하는 것만 못하고, 좋아하는 것은 즐기는 것만 못하다고 하였다. 일을 즐긴다는 건 억지로 자신을 강박하며 살아온 내겐 참 먼 나라의 얘기다. 그리하여 느리게 가기로 하였다. 다만 길을 걷는 것이 중요할 뿐이므로…. 그 길에서 나도 한 가지는 건졌다. 느린 걸음으로 마지못해 걸었지만 결코 쉬지는 않았다는 안도감 한 움큼. 3막 5장이 끝나는 순간 작은 기쁨 한 조각 주워 들고 허공에 맑은 웃음 날리면 되지 않으랴.

지금도 늘 '하기 싫어'에 눌리기는 하지만 '해야 해'로 농도를 희석시키며 마음을 다독이는 여정을 지속한다. 내 게으른 본성도 언젠가 한 번쯤은 쓸모가 있을 것이다. 맞아, 이 시대 화두가 건강하게 오래 살기이니 내 주특기를 살려 한 번 크게 외쳐 볼까나.

"죽기 싫어!"

… 하늘이 웃으며 들어주실까?

나는 무엇으로 사는가

흑인 가수는 호소력 짙은 목소리로 절망에서 희망을 노래한다.
I believe I can fly.
'난 내가 날 수 있다고 믿어', '난 내가 하늘에 닿을 수 있다고 믿어', '내가 그냥 날개를 편다면 난 날 수 있어'
어느 날 이 노랫말이 내 맘에 들어와 인생의 모토가 되었다.
인간의 상상력은 무한 허공에 대한 동경과 비상의 꿈을 신화와 우화로 탄생시켰다.

＊그리스의 신화에서 이카로스는 미지의 세계를 향한 인간의 동경과 그 한계를 상징하는 인물이다. 그는 새의 깃털과 밀랍으로 만든 날개를 달고 하늘로 날아오른다. 아버지는 아들에게 당부하였다.
"너무 낮게도 너무 높게도 날지 말아라. 너무 낮게 날면 파도에 의해 날개가 젖을 것이고, 너무 높게 날면 태양에 의해 날개가 녹

아내릴 것이다"

기쁨에 겨워 하늘을 날던 아들은 눈부신 태양 가까이 가고 싶은 욕망에 고도를 더 높인다. 태양 가까이 다다르자 날개를 고정시킨 밀랍이 녹아내려 이카로스는 바다에 추락하고 만다.

＊장자莊子는 중국 전국시대의 인물이다. 전쟁이 끊이지 않던 혼란한 시대에 정신의 자유를 갈망하는 마음이《장자莊子》를 출현시켰다. 그 소요유逍遙遊편에는 다음의 내용이 나온다.

'북쪽 바다에 물고기가 있으니 이름이 곤鯤이다. 곤이 변하여 새가 되니 그 이름을 붕鵬이라 한다. 붕의 등은 길이가 몇 천 리인지 알 수 없고 날개를 펼치면 하늘을 가릴 정도로 거대하다. 붕새는 남쪽 바다로 날아가고자 한다. 그가 날고자 바닷물을 치면 파도의 높이가 3천 리나 치솟는다. 그는 파도가 일으킨 거대한 바람을 타고 9만 리 창공에 올라가서는 유월의 거센 바람을 안고 날아간다.'

이카로스의 신화는 욕망이 가져온 실패를 거울삼아 절제와 중용의 중요성을 시사한다. 그러나 나는 그가 꿈과 이상을 향해 열정적으로 날갯짓을 한 그 용기만은 긍정한다. 실패를 거듭하면서도 포기하지 않고 도전하여 마침내 성취하는 불굴의 의지는 청춘에 부여된 특권이다.

장자의 소요유란 노닒이다. 그 어떤 것에도 속박됨이 없이 자유

롭게 노니는 정신의 자유이며, 현실을 초탈하여 우주와 혼연일체
가 되는 지극한 경지이다. 나는 태양 가까이로 날아간 이카로스
의 젊은 열정과 욕망은 물론, 장자의 붕새가 상징하는 초월적 자
유에 대한 동경이 내 안에 공존함을 느낀다.

자, 그러면 나는 무엇으로 날아오를 것인가.

날기 위한 사유의 힘을 키우려면 인간의 문화인 인문학에 눈떠
야 한다고 생각한다. 인문학은 인간의 사상과 문화에 관해 탐구
하는 학문이다. 그것은 우리 삶과 직결된 것으로서 인간을 가장
인간답게 만드는데 가치가 있다. 예술과 같은 다양한 형태의 인간
표현을 연구하는 것은 인간의 고유성에 눈뜨게 하고 스스로의 삶
에 주체성을 부여하며 또한 비판적 사고와 풍부한 상상력을 키워
준다.

인간의 지혜와 미적 관심은 어디에서 시작하여 어디로 흘러가
는가.

파도가 쉼 없이 밀려와도 같은 모양의 파도란 없듯이 인간의 역
사와 문화도 각 세대마다 각기 다른 주인공들에 의해 독특한 색
깔로 전개되었다.

동양적 사유의 바탕은 천인합일사상이다. 인간은 천과 다름없
는 위대한 존재로 존중되고 그것이 인문의 정수인 사상과 예술의
주제가 되었다. 철학은 일종의 건조한 사유의 방식에 불과하지만

그것이 예술이란 토양에 뿌리를 내리면 예상밖의 아름다운 꽃으로 개화한다. 동양예술은 천인합일의 도를 이루기 위한 형식으로 존재했고 천도의 발현이라 여긴 자연을 그 모델로 삼았다. 이와 같은 관념이 그 당시 가장 대표적인 예술이었던 서예에 고스란히 반영되었다.

나는 서예만 있고 서예 미학이 없는 한국 서예사의 정신적인 공백을 안타까워하였다. 다행히도 17, 18, 19세기의 학자들은 자신의 우주관과 세계관을 서예에 쏟아부어 형이상학적인 이론과 독창적인 작품을 빚어냈다. 철학과 예술을 융합할 때 차원 높은 예술작품이 출현한다는 것을 보여 주었다. 그렇게 출현한 전통서예미학의 명칭이 '동국진체'이다. 동국진체는 명실공히 우리의 문학과 서예와 철학이 결합된 융합미의 세계이다. 나는 그것이 지닌 특수성과 독창성을 밝혀내고 서예이론사의 교량을 구축하여 한국서예의 위상을 높이기 위해 긴 시간을 할애하였다.

서예를 사랑한 아버지는 초등학교 오 학년인 내게 한글 서체를 가르치셨다. 일중 김충현 선생의 궁체를 익힌 지 얼마 안 되어 전주교육대학에서 주최하는 휘호대회에 참가하였고 뜻하지 않게 최우수상을 받았다. 그것이 내 인생의 길을 열어 젊은 시절엔 국전 작가로 활동하기도 하였으나 곧 학문연구의 길로 들어서서 오늘에 이르렀다.

지평선이 아득히 멀어 시선에 다 담을 수 없이 너른 평야에서 자랐다. 내 심상은 바람이 초록빛으로 물결치는 초원의 그 순수함으로 물들었다. 무심한 듯 개성을 존중하는 부모 밑에서 인간에 대한 신뢰와 배려를 습득하였다.

아궁이에 쏟아부은 왕겨는 풀무의 대롱을 타고 들어온 바람으로 붉은 불을 소담하게 피워 올렸다. 왕겨에 붙은 불길은 밥을 짓고 나서도 열이 오래 남아 군고구마를 익히고 구들을 데웠다. 그것은 꺼지지 않는 열정처럼 고요하고 엄숙한 침묵의 열기였다. 거기에서 열정은 불꽃만이 아닌 오랜 되새김과 뜸들임으로 완성됨을 보았다.

나는 긴장과 이완이 반복되는 연구의 시간에서 사유의 날줄과 씨줄을 뽑아내고 거기에 빛, 소리, 색채를 입혀 미의 가치를 직조하는 일에 전념하였다. 철학과 예술의 세계를 소요하는 동안 둘의 융합이 빚어낸 미학은 진지하고 순정하며 향기로웠다. 그러는 사이 종족보존의 DNA는 꽃피울 여지도 없이 지나갔고 잔잔한 인생의 기쁨을 맛볼 기회들이 멀어져 갔다. 돌아보면 득과 실이 반반인 삶이기는 하나 그럼에도 아직 사유의 사치를 누리는 일만은 진행 중이다.

인간은 변화를 꿈꾼다. 새것을 갈망하는 마음이 변화를 추동

한다. 내가 바라는 변화는 한 세계를 파괴해야 출현하는 소설 데미안 스타일이 아니다. 붕새와 같이 무한의 시간과 공간에서 누리는 초월적 자유로의 변화이다.

장자의 무한 상상력이 떠올린 붕새는 지금쯤 어디를 날고 있을까. 아직도 크고 거대한 날개로 하늘 가운데 유영하는 중일까. 혹 무료할 때면 우주의 구멍인 웜홀을 가로질러 블랙홀과 화이트홀 사이에서 출몰하며 우주의 놀이에 전념하고 있을까. 아니면 허공을 박차고 날아오를 새로운 붕새를 기다리고 있을까.

나는 이카로스의 열정과 장자의 상상력을 모아 날기를 꿈꾼다. 어느 날 허공을 박차고 날아오를 힘찬 추동력을 얻으려면 사유의 힘을 최대로 키워야 한다.

I believe I can fly.

난 내가 날 수 있다고 믿어.

만일 내 어깨에 크고 빛나는 날개가 솟아난다면….

행복하려면

관저에는 국빈을 위한 만찬을 열기 위해 요리사가 상주한다. 사람이 각자 다른 개성을 지니고 있다고는 하지만 그녀들의 개성 또한 매우 독특하다. 그 모든 걸 인내하고 감당해야 하는 나는 처음 겪는 이런 상황이 버겁기만 하다.

사람들은 저마다 자신에게 편한 옷을 입고 살아간다. 남이 입은 값비싼 옷보다 값이 싸도 자신에게 편한 옷이 더 소중한 법이다. 나는 지금 남의 옷으로 갈아입기를 강요당하는 형국에 처했다. 구성원의 화평을 위해 오십 평생 편한 옷처럼 굳어진 성격을 불가피하게 바꿔야 하는 상황이다. 웃고 싶지 않은데 웃어야 한다. 신경 쓰고 싶지 않아도 늘 남의 기분을 살펴야 한다. 심신이 피곤할 때도 남을 배려해야만 한다. 괴로움을 하소연할 곳이 없어서 홀로 새겨야 한다. 몸에 맞지 않은 옷을 입은 듯하여 벗어던지고 싶은 충동을 느낀다. 그런데 오늘 아침 받은 메일의 한 구절이 나 자신을 돌아보게 한다.

"중요한 것은 긍정적인 태도를 취하지 않고서는, 밝음을 선택하지 않고서는, 결코 행복해지거나 웃을 수 없다는 것이다."

말은 쉬워도 실천하기는 어려운 현학적인 구절이다. 그럼에도 그것은 변화를 강요받는 지금의 내게 경종을 울린다.

돌아보면 오십 남짓 살아오는 동안 태생적인 특성으로서 행복보다 불행 쪽에 시선이 더 머물렀던 것 같다. 결핍을 부각시켜 걱정을 가득 채워 살다 보니 행복감을 느껴본 지가 언제였던가 싶다. 행복은 신기루처럼 다가왔다 어느새 사라져 버리는데, 불행은 어찌 그리 자주 찾아와선 오래 머무는 것일까.

잘하지 못하는 것들에 대해 늘 자책하였다. 왜 이리 무능한 것일까, 왜 이리 잠이 많고 매사에 느슨한 것일까? 왜 이리 노는 데만 정신이 팔려 시간을 허비하는 것일까? 목표 도달은 왜 이리 어려운 것일까? 수많은 자책에도 불구하고 행동은 왜 개선되지 않는 것일까? 나의 모든 것이 마음에 들지 않아 실망하였고 불운이 숙명처럼 나를 붙잡고 있다고 단정하였다. 한때 유행했던 머피의 법칙이 나를 두고 생긴 말인 것만 같았다. 변화를 원하지만 전혀 변하지 않는 존재가 바로 사람이란 걸 나를 통해 깨달았다.

사람을 사귀는 일이 쉽지 않았다. 거기엔 인심처럼 무상한 것이 없다는 선입견이 자리잡고 있었다. 사람에게 준 정이 오래 유지되리란 보장이 없기 때문이다. 사교성이 없는 데다 상실감을 피하고자 사람에게 기대를 걸지 않는 습관이 생겼다. 반면 다가오는 사람에겐 진심을 다하고 약자를 돕는 것 또한 타고난 성품이다. 이처럼 소극적인 대인관계로는 원만한 인생을 살아가기에 부족함을 절감하였다.

자연만이 유일하게 평온을 느끼는 대상이다. 자연은 변함없이 그 자리에 있지 않은가. 먼 산 너머로 흘러가는 구름과 우뚝 선 나무들, 나뭇잎에 살랑대는 바람결에서 나는 실존의 충만한 기쁨을 만끽한다. 그런데 웬일인가. 나이가 들자 외로움이 스멀스멀 찾아온다. 인간이 사회적 동물이란 말에 귀가 솔깃해진다. 삶이란 사람과의 관계로 이뤄지며 누군가를 울타리로 삼든 울타리가 되어주든 서로 얽혀 사는 것이 그 본질임을 깨닫는다. 이보다 더한 인생 늦깎이가 또 있을까. 인생의 시계가 이미 중반을 넘어섰는데 말이다.

사람에겐 저마다의 재능이 있다. 나 역시 여러 재능을 받아 태어났지만 그건 그저 당연한 것으로만 여겼다. 주어진 것들에 무얼 감사하랴 싶어 그로 인해 누리는 것에 대해서도 별반 감사한 적이 없다. 반면에 부족한 면은 작은 것일지라도 찾아내어 애써 불행하려고 했다. 버벅대는 인생이 머피의 법칙의 연속이라 좌절하였다. 결국 삶에 대한 부정적 관점이 내 인생을 지배해 온 것이다.

그런 내 생각이 부질없는 망상이라는 걸 증명이라도 해 주려는 듯 뜻밖의 행운이 찾아왔다. 외교사절로 해외에 나가 국가를 대표하여 국위를 선양하라는 명예로운 역할이 주어졌다.

고전문학을 전공하여 동양의 문사철文史哲을 공부해 온 것이 큰 자산이 되었다. 전통문화를 깊이 존중하고 계승하는 이곳 부임지에서 나의 문학박사 학위는 환영과 신뢰의 밑바탕이 되었다. 거기에 집안 내력으로 서화예술을 연마했던 경력이 지식인의 교양으로 서화를 중시하는 이 나라에서 자연스러운 교감과 친밀감을 견인해 왔다. 나의 고전문학에 대한 소양과 예술적 자산은 외교활동의 간접적인 매개체가 되었을 뿐 아니라 그와 같은 신뢰를 바탕으로 마침내 직접적인 국익 창출의 외교 성과를 달성하는 데도 기여하였다. 국가를 대표하여 그 위상을 높이고 국익을 추구하는 외교 본연의 역할은 다행히도 감당할 만하였다. 그러므로 나는 내 지위에 따른 예우와 그에 걸맞은 행복을 누려도 되는 사람이다. 그런데도 이 불편한 마음을 해소할 길 없는 까닭이 무엇인가.

관저라는 특수한 공간에서 타인들의 눈거울에 나를 비추어야 하고 늘 그들의 감정적 자극 앞에 놓여 있기 때문이다. 좋은 일이 넘치게 많으니 행복해야 마땅하다. 그럼에도 완전하지 않으면 만족하지 못하는 내 성격이 나를 불행 쪽으로 밀어 놓는 것이다. 그런 나를 보는 게 딱했던지 누군가 나를 각성시킨다.

"당신은 가진 것을 누리지 못하는 바보입니다!"

순간 그리스의 철학자 디오게네스가 떠오른다. 알렉산더 대왕이 소원을 묻자 그는 다만 자신을 비추고 있는 '햇빛을 가리지 말아 달라'고 대답한다. 이 무욕의 철학자는 얼마나 순수 통쾌한 자아를 지녔는가? 완전한 행복은 완전한 조건에서 오는 것이 아니라 그것을 받아들이는 마음가짐에서 비롯되는 것임이 분명하다.

내 마음에 밝음을 들이려는 의지가 절실히 필요한 것 같다.

문 밖에서 들어오길 고대하는 행복이란 길손을 맞이하기 위하여…

실존적 파토스Patos의 형상화와 인문학적 성찰
- 문화란 수필집 《사유와 감성의 뜨락》의 수필세계

한상렬 문학평론가

1. 프롤로그-들어가며

수필은 작가의 일상적 체험을 바탕으로 하여 언어미학적으로 창조한 미적 관조의 산물이다. 실존주의 철학자 하이데거Heidegger에 따르면, 예술의 본질은 모방이나 재현에 있는 게 아니라, 사건을 일으키는 데에 있다고 했다. 그래 모든 존재자의 아래에 묻혀 잊힌 존재의 체험을 일으켜, 우리를 존재 망각의 상태에서 깨어나게 한다. 피카소의 그림이나 고야의 그림을 통해 체득하는 예술의 세계는 바로 우리들 삶의 모습 그대로이다. 미셸푸코Michel Foucault가 말했듯, "사유의 전 지평을 산산이 부숴버리는" 존재의 의미를 해석해 넘으로써 비로소 우리는 삶의 진실에 눈뜨게 된다. 그러므로 수필문학이 지나치게 일상성에 몰두한다거나 고상하거나 품위 있는 것과의 정반대 개념인 키치kitsch적 사고에 매달린다면, 문학성을 얻기 힘들 것은 자명한 일이겠다.

루카치가 예단한 바 있듯, 우리는 지금 문학이 총체적 인간의 진실을 담아내지 못하는 우울한 시대에 살고 있다. 그러므로 본격수필이라면, 서정의 감미로움과 때로는 벽을 뚫는 비평의식이 있어야 하고, 유머나 서정 어린 섬광이나 "좀처럼 붙잡기 힘든 인간 영혼의 가장 은밀한 곳에 자리 잡은 마음의 미세한 풍경"을 그려야 할 것이다. 이는 한 편의 수필이 일상의 이삭 줍기가 아니라, 자신의 성 쌓기에 주력해야 함을 의미한다. 그러기 위해서는 미로 찾기와 예술의 탈주가 필요할 것이다.

수필작가 문화란(문정자)의 약력에 의하면, 그는 서울교육대학교에서 미술심화교육을 수학하고, 단국대학교 대학원 한문학과에서 시문학을 전공하였다. 또한 1999년 문학박사 학위를 취득하였으며, 사단법인 유도회儒道會에서 동양고전인 문사철을 수학하기도 한 작가이다. 단국대학교에서 고전문학을 강의하였고, 성균관대학교 대학원에서는 서예미학을 강의하기도 하였다. 서예미학 연구서《옥동玉洞과 원교員嶠의 동국진체 탐구》,《한국서예, 선인先人에게 길을 묻다》,《동국진체 서풍의 미학세계》,《개정판 옥동玉洞과 원교圓嶠의 동국진체 탐구》 등의 저서만으로도 작가의 관심이 서예를 근간으로 하여 수필미학으로 진화하고 있음을 보

게 한다.《계간 현대수필》로 등단하여(2018) 2019년에는 수필집
《탄천별곡》을 출간하기도 한 그가 이제 수필집《사유와 감성의
뜨락》을 상재하게 된 일은 의미 있는 일이겠다. 그의 저작에는 작
가가 전력투구해 온 서예미학만이 아니라, 문화 전반에 걸쳐 외연
확대를 통해 전통 문법으로부터 식상한 수필판에 경계넘기, 경계
가로지르기를 보여 준다. 그런가 하면, 수필 창작에서의 굴절과
변용 그리고 이종결합, 혼성모방의 실험적 수필 쓰기를 통해 변화
를 촉구하는 수필판에 신선한 바람을 일으키고 있지 않나 싶다.

　수필작가 문화란의 수필집《사유와 감성의 뜨락》의 글문을 조
심스레 연다. '사유와 감성' 이 '뜨락' 과 만난다. 사유는 다분히
지성적이고 사변적이다. 반면에 감성은 정서적이고 미적 감수성을
지니고 있다. 이 두 축이 교직하면서 서로 융회하여 새로운 패러
다임을 추구한다. 사유와 감성의 접점에 '뜨락' 이라는 공간의 의
미가 예사롭지 않다. 이는 수필에서의 허물 벗기요, 미로 찾기가
된다. 수필창작에서의 새로움을 추구하고자 하는 작가의 혜안이
자, 미래지향적 작법이겠다. 그래 문화란의 수필은 사유와 감성이
굴절과 변용되는 세계의 진실을 보여준다. 나아가 대상에 착목하
는 작가의 사유와 감성이 문학적 형상화의 과정을 거쳐 언어적 성
찰에 이르게 한다. 추억, 예술, 여행, 사유, 감성이란 주제를 중심

으로 총 5부, 52편의 수필이 포진한 그의 수필집은 표제만으로도 사유의 진폭을 감지하게 한다. 존재 사태에 대한 감성적 수필과 문화예술 전반에 걸친 작가의 예지가 광범위하게 펼쳐진다. 한 마디로 문화란의 수필은 예술의 진경을 보는 듯, 존재 미학을 음미하게 한다.

헤겔은 그의 저서 《법철학》 서문의 마지막에서 "미네르바의 올빼미는 황혼이 깃들 무렵에야 비로소 날기 시작한다."고 말한 바 있다. 노회한 철학자의 이 고전적 잠언이 가리키는 것은, 현실적인 여러 모순의 지양태로서의 통일적인 삶을 향한 철학적 예지란, 대체로 기존의 삶에 대한 객관적인 성찰이 가능한 전환기적 마디절에서 움트기 시작한다는 것이었다. 이런 논지는 표면적으로 철학적인 지혜의 현실적 지체성을 가리키는 것처럼 보이지만, 사실은 다가오는 새로운 시대에 대한 선견성을 강조하고 있다고 보아야 할 것이다.

수필작가 문화란의 수필작품들을 일별하며 필자에게 먼저 다가온 느낌은 헤겔의 바로 '미네르바의 올빼미'라는 그 촌철한 어구가 주는 상징성이었다. 이 한 마디가 주는 상상의 진폭이야말로 더 이상의 핍진을 요구하지 않는다. '철학적 지혜의 현실적 지체성'이야말로 존재미학을 추구해야 할 수필작가의 최대의 무기가 아닐까. 이런 경향성은 그의 작품을 통찰하면 충분히 이해될 대목일 것이다.

결론부터 이야기하자면, 수필작가 문화란의 수필세계는 앞서의 루카치의 언명과 같이 "좀처럼 붙잡기 힘든 인간 영혼의 은밀한 곳에 자리 잡은 미세한 풍경"에 포커스를 맞추고 있다. 이는 미셸푸코의 존재 의미의 해석이요, 사물을 인식하고 분별하는 로고스Logos이자, 작가의 실존 인식은 파토스Patos의 형상화일 것이다. 이런 해석은 그의 작품에서 구체적으로 파악된다.

이제 문화란 수필에서 보여주는 사유와 감성이라는 상호 모순된 지양태에서 탐색된 '실존적 파토스의 형상화와 인문학적 성찰'을 구체적으로 밝혀보고자 한다.

2. 실존적 파토스의 형상화와 인문학적 성찰
2-1. 통속문학—키치에서 전복顚覆적 예술로

문화란의 수필은 언뜻 평범해 보이지만 그게 아니다. 그의 시선은 열려 있다. 사물을 눈에 들어오는 대로 관찰하고, 그 결과를 직핍하지 않는다. 그는 사물과 대상을 자기 나름의 프리즘에 의해 굴절시키고, 용해하여 자기화하고 있다. 이는 인생의 연륜에서 오는 혜안일 것이며, 철학적 바탕 위에서 구축된 자기만의 성채城砦일 것이다. 그 성의 탑은 아주 견고하여 함부로 무너뜨릴 수 없으며, 제멋대로 출입할 수도 없다. 그만의 미적 언어로 해석하고,

의미화하여, 문학적 형상화의 길을 가는 그의 수필적 행로는 탄탄하다.

문화란의 수필들은 작품의 행간에 담겨 있는 의미나 언어의 기의와 기표가 갖는 해석상의 깊이, 삶에 천착한 해석이 무진무궁하다. 그렇기에 그의 수필을 독해하는 독자들은 삶을 철학으로 무장하지 않고서는 작가의 수필세계로의 진입이 쉽지만은 않다. 이만한 깊이의 수필을 만난다는 것은 수필 읽기의 행운일지도 모른다. 무엇이 필자로 하여금 문화란의 수필에서 이런 단정을 내리게 하는가? 이를 구명하기 위함이 이 논의의 단초일 것이다.

음악이나 서예는 각기 다른 영역이지만 둘 다 선율과 리듬을 구성요소로 한다는 점에서 통한다. 또한 둘 다 시간의 흐름을 따라 펼쳐지는 예술이며, 찰나에 시청각적 감흥을 불러오는 점에서도 일치한다. 다만 음악적 선율이 순간에 사라지는 단점을 보완하기 위해 기계의 힘을 빌어야 할 때, 서예는 사람의 정신과 육체에서 나온 리듬을 획의 선율로 종이 위에 펼칠 수 있다는 점에서 다르다.

-〈붓의 철학자, 이광사〉에서

음악과 서예의 만남은 이른바 이종결합, 퓨전이다. 시대의 변화를 간파한 작가의 예리한 촉수가 작가정신의 근간일 터, 그가 짓는 탁월하고 견고한 성채의 형체를 짐작케 한다. 어찌 음악과 서예만의 만남이랴.

수필 〈붓의 철학자, 이광사〉는 세 번째 서예미학서인《동국진체 서풍의 미학세계》를 상재하기도 한 작가의 서예에 대한 박학함과 더불어 서예에 대한 인문학적 인식으로 탐색하고 있다. "서예는 우리의 장구한 역사와 궤軌를 함께 한다. 그동안 수많은 명서가가 출현하였지만, 깊은 사유를 바탕으로 창조적인 성과를 올린 서예가를 든다면 손으로 꼽을 만큼 적은 수에 불과하다."라는 작가의 언술은 18세기 원교 이광사에 집중하게 한다.

① 동양적 우주관에서 사람과 자연의 관계는 천인합일이란 말로 표현된다. 원교는 인간과 자연이 일체일 뿐 아니라 인문인 서예도 역시 일체라고 생각했다.

② 원교는 18세기를 대표하는 명서가이다. 그는 무기력한 조선서예를 개혁하려는 열망에 따라 글씨에 사유를 담아 전통서예의 차원을 격상시켰다. 자연과 인간과 서예가 하나의 기氣로 관통한다는 철학을 바탕으로 자신의 생명본질과 일체인 만물의 생명성을 글씨로 형상화함으로써 서예의 생명화를 이루었다. '원교체'는 철학과 서예, 자연과 인문이 일체라는 예술사유에 의해 출현한 실체이다. 그리하여 누군가 서예의 원형질이 무엇인지를 탐색할 때마다 그는 반드시 소환되어 나와 말하리라.

─〈붓의 철학자, 이광사〉에서

인간과 자연의 합일한 경지는 이른바 동양적 우주관이다. 이런 연유로 서예가 인문학과 통섭함은 자연한 이치일 것이다. ①에서 보듯 인간과 자연의 일체는 원교로 하여금 ②에서와 같이 "생명 본질과 일체인 만물의 생명성을 글씨로 형상화"함으로써 '원교체'라는 사유의 세계를 구축하였을 것이다.

화자의 이런 사유는 서예를 인문학적으로 유추 해석한 발상의 탁월함이 내재해 있다. "원교의 글씨는 오늘날까지 전국에서 기운생동의 미학이 무엇인지를 웅변한다. 자연의 오묘한 이치를 함축한 그 생명의 율동으로…."라는 결미의 의미부여가 설득력을 지닌다. 이를 화자는 "자연과 인문이 일체라는 예술사유"로 해석하고 있다.

인문학적 성찰은 일종의 경계넘기라 하겠다. 미술이나 음악은 풍경이나 소리 자체를 재현한다. 그러나 기호는 에코Umbert Eco의 말과 같이 언제나 '무엇을 대신하는 것'이며, 문자는 순수 기호이다. 즉 글은 언어 그 자체를 재현하는 게 아니라, 어떤 생각 또는 사건을 대신하여 표현하는 것이 된다. 표상체와 직접적으로 관계하는 다른 매체들과 달리 언어는 간접화 매체이다. 하지만 그 사실로 인해 언어는 근본적으로 대화를 전제하게 된다.

포스트모더니즘 세대라 일컬어지는 오늘날 경계 넘나들기 혹은 경계 가로지르기가 하나의 주요한 개념으로 자리 잡은 지 오래이다. '통속문학-키치에서 전복顚覆적 예술로'가 그것이다. 그래 오늘의 문학은 장르 간의 경계는 물론이려니와 문학과 회화, 음악의 상호 텍스트성을 확인하려는 노력이 문예학 연구에서도 주요한 흐름을 형성해 가고 있다.

문화란의 수필은 이런 작법상의 경계넘기를 잘 보여준다. 이런 작가의 수필창작에의 발상은 그의 수필을 낯설게 하면서 문화적 충격을 경험하게 한다. 문학과 서예의 절묘한 조우인 〈붓의 철학자 이광사〉, 신경숙 작가의 〈엄마를 부탁해〉라는 소설을 유사착상한 〈가련다〉, 국제 피아노 콩쿠르에 최연소 나이로 우승한 천재 피아니스트 임윤찬을 화제로 한 〈구도의 길에 선 소년〉, 추사의 예술적 재능과 상상력이 발현된 고졸미, 기괴미에 초점이 맞춰진 〈졸拙의 미학을 추구한 추사〉, 테네시 윌리암스의 희곡을 화제로 한 영화 〈욕망이란 이름의 전차〉, 인간의 순수성을 향한 동경이자 혼융의 하나됨에 대한 희원希願으로 본 〈화가 박수근을 기억하며〉 등이 장르 간의 장벽을 넘어 문화적 융합을 보여주는 퓨전적 발상의 경계 가로지르기를 보여준다. 이들 작품들은 서사적 과정의 스토리텔링을 기반으로 하여 장르 통합이라는 수필창작의 새로운 국면을 보여주고 있다.

수필 〈졸拙의 미학을 추구한 추사〉는 추사의 '고졸미'에 포커스를 맞추고 있다. 이는 "동양적 서화 관점에서 논의되는 풍격 용어로 '기교없는 질박한 상태, 예스럽고 졸박한 상태'" 이른바 '고졸미'를 의미한다. 이 수필은 주로 설명에 치우친 논리적 경향이 짙은 수필로 추사체에 대한 구체적인 해명에 작가의 시선이 머물고 있다. 추사체 형성에 외적 요인은 물론이려니와 내적 요인에 더욱 집중함으로써 본질 찾기와 의미 해석을 통해 작가만의 문화적 안목과 내밀한 존재인식의 성채를 구축하고 있다.

　① 추사가 추구한 졸, 졸렬함이란 기교 없는 본래 그대로의 풍격이다. 그런데 그것을 지나치게 강조하다 보면 다른 기교가 개입되게 마련이다. 무엇을 해야 한다, 무엇을 하지 말아야 한다고 강조할 때 거기에는 생각밖의 또 다른 기교가 덧붙여지는 것이다. 그러한 생각조차 갖지 않을 때 본연의 졸렬함을 이룰 수 있는 것이다.
　② 추사의 창작 특성은 바로 정형화할 수 없다는 점에 있다. 붓을 든 순간 일회적이고 우연한 획의 형상이 출현하기 때문이다. 글씨의 표준이 되려면 보편성과 일상성 그리고 재현 가능성이 전제되어야 한다. 그렇다면 정형화할 수 없는 추사체를 모사模寫하는 것은 가장 실효성이 없는 일이 된다. 더구나 휘호대회를 열어 누가 더 유사하게 쓰는지를 견주는 일은 서예의 길을 가는 초학자에게 위험천만한 일이 될 수 있다. 서예입문기에는 전통적인 필법과 균정한 조형률을 익히는 것이 무엇보다 중요하기 때문이다.
　　　　　　　　　　　　　　　　-〈졸拙의 미학을 추구한 추사〉에서

이렇게 화자는 전통문법으로의 추사의 서체와 인간 그리고 작품세계에 대한 외연적 고구^{考究}에 그치지 않고, 작가의 내적 세계라는 존재 인식 즉 인간화의 측면에 포커스를 맞추고 있다. 현대 사회를 이끌어가는 키워드는 아마도 대상에 대한 '통섭'과 '새롭게 보기'일 것이다. 이른바 화자의 탈 경계와 상호 예술성의 지향은 경계넘기와 융합을 통해 상호 텍스트성을 확인하려는 노력으로 진행되고 있으며, 이런 문예학 연구가 수필의 언어적 성찰에 기여하게 될 것으로 판단된다. 결미의 진술인 "추사체는 추사의 예술적 재능과 상상력이 발현된 고졸미, 기괴미를 감상하기에 좋은 글씨이다. 거기에서 서예의 묘미를 찾고 다양하고 무궁한 맛을 느낄 수 있다면 그것으로 족하다 하겠다."라는 작가의 진솔한 고백이 감동을 배가시킨다.

2-2. 문화란 수필의 이종결합 - 문학과 음악의 경계 넘기

문화란의 실존적 파토스는 음악과 수필, 수필과 소설의 이종결합 또는 혼성모방이다. 화자의 문화 전반에 걸친 시선은 그의 작품에서 다양한 형태로 나타난다. 수필 〈구도의 길에 선 소년〉이 수필에 음악을 결합시켰는가 하면, 〈화가 박수근을 기억하며〉에서는 수필에 미술을 접목시키고 있다.

독일의 평론가이자 소설가였던 토마스 만Thomas Mann은 자신의 글쓰기가 음악과 같다고 하였다. 그는 음의 재료를 선택하듯 글의 소재를 구성하였고, 음악을 작곡하듯 소설을 쓰고자 하였다. 쇤베르크는 음악 표현의 절제와 압축이란 문학표현을 향하는 것이라고 생각했다. 문학과 음악은 실상 언제나 공통의 페르소나 persona였다. 이는 고대 그리스 신들의 고향을 말한다. 그래 그때나 지금이나 문학과 음악은 고향을 향한 순례 행렬을 계속하고 있다.

문학과 음악의 관계에서 먼저 언급해야 할 인물은 후고 리만 Hugo Riemann이다. 그는 음악의 표현도 문학의 언어와 같이 문장으로 구성하며 문학의 원리와 같다고 보았다. 특히 음악의 듣는 행위는 문학의 독서 행위와 동일하여 고도의 논리적 정신활동이라고 보았다. 그는 언어 음악을 통해 음악 표현의 문체와 기법, 구조 등을 문학 서술의 문체와 기법, 서술 구조와 대응시키고자 하였다. 음악의 시각으로 보면 문학의 문법처럼 음악의 문법도 존재하며 양자는 직접적 유사성이나 적어도 같은 차원에서의 비교가 가능하다고 보았다.

수필 〈구도의 길에 선 소년〉은 윤찬이라는 갓 스물의 음악가에게 보내는 존재사태에 대한 인식을 문학문법과 음악문법을 혼용함으로써 대위법적으로 변용시키고 있다. 잉가르덴에 의하면 문학작품의 구조는 네 개의 충으로 이루어진다고 하였다. '언어적 음성 형상의 충', '의미 단위의 충', '묘사된 대상성의 충' 그리고 네 번째의 충은 '도식화된 시점의 충' 이다. 비로소 시공간적 배경 속에 인물과 사건이 감각적으로 나타난다. 이는 '묘사된 대상성의 충' 으로 통일된 질서를 이루게 된다.

① 윤찬은 이제 갓 스물이 되었다. 어린 그가 수많은 사람의 마음을 흔드는 이유는 무엇일까. 스승 손민수는 사람들이 오만과 편견이 없는 윤찬의 성품에 감동하는 것이라 본다. 우승 전 결선 진출자들을 대상으로 한 외신 인터뷰에서 그는, 자신은 커리어에 대한 야망이 없으며 산 속에 들어가서 피아노를 연주하며 살고 싶다고 했단다. 그런 그가 연주가 시작되면 반전의 모습을 보인다. 수줍은 청년은 마치 혼자있는 양 무아의 경지에서 두려움이 없는 강렬한 터치로 열정을 쏟아낸다.

②윤찬은 음악의 정수를 전달하는 메신저로서 완벽한 기교와 영감을 찾아 혼신의 힘을 다하는 구도자로 살아갈 것이다. 청중은 삶의 관성을 내려놓고 그의 신선한 마법에 빠져들 것이다.

그는 환호를 선호하지 않는단다. 환호의 다른 얼굴이 구속일 수 있음을 안 것이다. 애호가라면 윤찬을 지켜주고 요란하지 않게 멀리서 지켜보아야 하는 이유이다.

– 〈구도의 길에 선 소년〉에서

이렇게 문화란의 의식세계에는 서예, 문학, 그림, 음악이 다양하게 취사된다. 종속從屬과 주문主文, 그의 수필의 다층적 인식이 놀랍다. "도道는 길이라 푼다. 세상에는 수많은 길이 있다. 모든 존재는 자신에게 주어진 길을 따라 생명의 역사를 써 내려간다. 그런데 인류의 역사에서 종교와 예술보다 더 인간 정신에 영향을 미친 분야가 있을까."라는 작가의 언술이 지닌 문화사적 깊이가 문학카페에서 즐기는 텍스트의 진지함을 느끼게 한다. 그래 문화란의 수필은 문학과 음악의 경계넘기라 해도 좋을 것이다.

　좋은 수필은 이렇듯 그 소재를 생활 속에서 찾아낸다. 따라서 생활이 곧 수필이고, 수필이 곧 생활이 되는 셈이다. 그러나 우리의 일상생활이란 너무도 낯익어서, 무심히 지나쳐버리는 일이 허다하다. 무심한 눈에는 아무것도 띄지 않는다. 그러므로 생활 속에서 소재를 찾으려면 익숙하고 낯익은 것들을 '낯설게' 바라보아야 한다. 그러면 어느 순간, 그 낯익은 것들이 낯설게 보이고, 그 낯섦이 자기 마음속에 어떤 느낌을 안겨주게 된다. 문화란의 수필읽기는 바로 이 점에서 수필의 새로움을 찾게 한다.

　문화란의 음악적 화제를 도용한 존재해석은 종래 우리 수필의 문법에서 벗어나 새로움을 추구하고자 하는 작가의 의도된 글쓰기일 것이다. 앞서가는 수필창작을 시도하는 작가의 문학정신이 돋보인다. 음악을 수필에 접목한 그의 수필창작의 외연이 더욱 확대되길 기대한다. 이는 수사학에서 말하는 파토스Pathos적 형상화라고 하겠다.

아리스토텔레스는 그의 저서《수사학》에서 설득의 세 가지 수단으로 에토스Ethos, 파토스Pathos, 로고스Logos를 제시하였다. 그의 〈수사학〉에서는 사람의 자연적 성향, 기질, 도덕적 성격 등을 에토스로, 주어진 상황에서 표출되는 감정을 파토스로 구별하였다. 오늘날 파토스는 한편으로 일시적으로 강렬하게 고양된 감정 상태를 가리키는 동시에 다른 한편으로는 무엇인가에 강력한 지속적 욕정인 지배욕, 소유욕 등을 의미하기도 한다.

이와같은 파토스의 형상화는 수필 〈화가 박수근을 기억하며〉에서 더욱 구체화된다.

박수근의 주인공들은 때로는 벽화나 박제된 사물과도 같다. 그럼에도 평면적 인물들이 너나 할 것 없이 강인한 삶의 의지를 머금고 있다. 그의 그림은 흙, 초가집, 아이들, 여인들, 실직한 남자, 노인들의 모습에 형태와 색채를 넣어 생의 지속성으로 환원된다. 묵묵히 이어가는 생의 모습이 바로 희망의 끈임을 표현하려고 했던 것일까. 5, 60년대의 결핍과 누추함의 시간대를 산 인물들에서 참담함이 아닌 정겨움을 느낄 수 있는 까닭은, 그가 겹겹이 누적된 창호지의 질감과 단순화된 형상들로 쓰러져도 다시 일어나는 강인한 삶의 전설을 엮어냈기 때문이다. 고독하지만 따뜻함을 잃지 않은 화가의 인간미가 그러한 형상을 통해 역경의 시대를 정감의 예술로 승화시켰다.

- 〈화가 박수근을 기억하며〉에서

화자는 그림이 지닌 평면적 사유를 넘어 의미 해석에 집중하고 있다. 이는 문화를 보는 작가의 안목일 게 분명하다. 결미의 "박수근의 그림이 지닌 사물의 단순화와 편차가 적은 색채들은 인간의 순수성을 향한 동경이자 혼융의 하나됨에 대한 희원希願이다. 나는 거기에서 시원을 향한 영원한 노스텔지어를 꿈꾼다."라는 진술이 지닌 창작의도를 간파하게 한다.

그림 속에 담겨 있는 인간의 체취, 존재사태에 대한 인식의 거리, 이들이 작품 속에 혼융되어 작품의 깊이를 더하고 있다. 형상화된 파토스의 세계일 것이다. 스토리텔링에 치중한 전개과정과 구성이 플롯텔링으로 다소 진화되었더라면 인문학적 성찰로서의 깊이를 더하지 않았을까 싶기도 하다.

어찌되었든 수필 〈가련다〉는 언어적 성찰과 맥락을 같이한다. 이 수필은 신경숙의 소설 〈엄마를 부탁해〉의 "나는 갈란다"라는 가족에게 남긴 한 마디 언술을 인유引喩하고 있다. 언어 기호에 초점을 맞춘 위르겐 링크Jiirgen Link의 언술에 의하면, 언어의 요소도 기호의 일부라는 사실로 보아, "기호의 영역은 넓다. 하지만 이를 모든 물적 형성체와 생산물로 확대해서는 안 되며, 기호가 모든 기능을 담당하고 있다고 확대해서도 안 된다."고 하였다. 그러므로 우리는 언어의 요소에서 기표와 기의를 구별해야 한다는 것이다. 소설의 한 대목 독백이 화자의 어머니의 마지막 말과 우연히 겹친다. 우연한 언어적 기표와 기의가 화자에게 존재사태의 국면을 보여준다.

> "…나, 갈란다."
> 비장함이었다. 꼭 붙잡았던 삶의 끈이 느슨해졌다. 자식의 짐이 되는 미안함과 생명의 힘이 다한 것을 절감하는 사람의 심정이 어떨지는 짐작조차 하기 어렵다. 불과 두 달 후 어머니는 다시 입원하여 중환자실로 들어가셨다. 그리고 철쭉이 천지에 꽃불을 켜던 사월의 어느 새벽 홀로 이승을 하직하셨다.
>
> ─ 〈가련다〉에서

죽음에 임한 어머니의 비장한 한마디가 울림을 지니고 있다. 죽음에 대한 메타언어적 충리를 보여주는 이 수필은 수필과 소설의 이종결합을 통해 죽음에 대한 사유의 세계를 보여준다. "소멸이 생명체에 주어진 숙명이라 하나 남은 이의 마음엔 그저 허허로운 바람이 맴돈다. 어머니는 이미 가망이 없는 상태였다고 항변도

해 본다. 그럼에도 깊이 각인된 미안함이 지워지지 않는다."라는 화자의 언술이 여운처럼 내려앉는다.

죽음의 의미에 천착한 이 수필은 전통적 문법에서 벗어나 현상을 새롭게 보는 작가의 창작의도가 빛난다. 체험을 통해 존재사태의 의미를 해석해 낸 화자만의 창작기법일 것이다. "낯선 것을 두려워하지 말라."고 니코스 카잔차키스Nikos Kazanzakis는 말했다. 아니, 그의 묘비명에는 "아무것도 바라지 않는다 / 아무것도 두렵지 않다 / 나는 자유롭다"고 했다. 익숙한 것을 두려워하지 말라는 의미겠다. 우리 인생도 이와 다를 바 없지 않은가. 이렇게 문화란의 수필은 일상적이지만 일상을 뛰어넘는 그만의 사유의 세계인 언어학적 성찰에 기대고 있다. 파토스의 새로운 지평이다.

2-3. 존재사태, 철학적 사유

철학에서의 '코기토cogito'는 '생각하다'라는 뜻으로 라틴어인 'cogitare'의 1인칭 형태로 '나는 생각한다'는 뜻이다. 이 말은 '코기토 에르고 숨cogito ergo sum'이란 문장을 한 마디로 줄여 부르는 말로 "나는 생각한다. 그러므로 나는 존재한다."는 말이다. 결국 코기토는 생각, 즉 사유의 문제로 집약된다. 그 자체로는 항상 반성이라고 할 수 있다.

문화란의 수필 〈나는 무엇으로 사는가〉에는 상상의 파토스가 행간에 숨어 있다. 그리스 신화속 이카로스와 장자의 소요유逍遙遊를 인유引喩하여 존재인식의 세계를 그리고 있다. ["이카로스의 신화는 욕망이 가져온 실패를 거울삼아 절제와 중용의 중요성을 시사한다." → "장자의 소요유란 노닒이다."] 이런 두 존재사태의 교접은 화자로 하여금 "무엇으로 날아오를 것인가."라는 의문에 이르게 한다.

　① 흑인 가수는 호소력 짙은 목소리로 절망에서 희망을 노래한다.
I believe I can fly.
　'난 내가 날 수 있다고 믿어', '난 내가 하늘에 닿을 수 있다고 믿어', '내가 그냥 날개를 편다면 난 날 수 있어…'
　어느 날 이 노랫말이 내 맘에 들어와 인생의 모토가 되었다.
　인간의 상상력은 무한 허공에 대한 동경과 비상의 꿈을 신화와 우화로 탄생시켰다.
　② 날기 위한 사유의 힘을 키우려면 인간의 문화인 인문학에 눈떠야 한다고 생각한다. 인문학은 인간의 사상과 문화에 관해 탐구하는 학문이다. 그것은 우리 삶과 직결된 것으로서 인간을 가장 인간답게 만드는데 가치가 있다. 예술과 같은 다양한 형태의 인간 표현을 연구하는 것은 인간의 고유성에 눈뜨게 하고 스스로의 삶에 주체성을 부여하며 또한 비판적 사고와 풍부한 상상력을 키워준다.
　　　　　　　　　　　　　　　- 〈나는 무엇으로 사는가〉에서

이런 화자의 철학적 관념은 위 ①~②에서 보듯 "무엇으로 사는가"라는 거대담론에 이르게 한다. 철학적 상상력이 의미의 깊이를 더하는 이 수필은 텍스트 읽기에 다소 미적 정서의 갈급을 느끼게 하지만 논리적, 철학적 수필의 창작을 소원하는 수필판에 시사하는 바 크리라 생각한다.

"자, 그러면 나는 무엇으로 날아오를 것인가."라는 화두는 화자로 하여금 사유의 지향이 '인문학'에 있음을 자각하게 한다. 동양적 사유의 바탕을 서예에서 찾게 되었다는 고백은 서예를 사랑했던 아버지의 영향과 결속되어 그에게 문학과 서예 철학이 결합된 융합미를 탐닉하게 한다.

문화란의 수필세계는 전통문법에서 보여주는 고정관념을 뛰어넘는다. 장르의 경계를 무너뜨리고 경계 가로지르기를 통해 경직된 수필판에 새로운 변화를 시도하고 있지 싶다. 장르의 결합은 이 시대가 추구하는 아이콘이 아닐까 싶다. 이 수필의 결미에서 "이와 같은 관념이 그 당시 가장 대표적인 예술이었던 서예에 고스란히 반영되었다."라는 언술은 곧 작가가 지향하는 존재사태와 사유의 철학적 깊이를 보여주는 대목일 것이다.

존재사태와 사유의 철학을 엿보게 하는 또 다른 수필이 〈욕망이란 이름의 전차〉일 것이다. 테네시 윌리암스의 희곡에서 착상한

이 수필은 문화란 수필의 경계 가로지르기의 면모를 잘 보여준다. 이 수필 역시 이종결합의 맥락에서 파악된다. 영화화한 테네시 윌리암스의 희곡을 모티브로 한 이 수필은 "인간은 오욕 가운데서도 부를 더욱 갈망한다. 부는 자신의 존재감을 알기에 한껏 도도한 몸짓으로 지나갈 뿐 웬만해선 누구에게 눈길을 주지 않는다. 아주 드물게 지혜와 성실함에 행운까지 타고난 사람에게만 살짝 미소를 보낼 뿐이다. 사람이란 존재가 이런 함정에 잘 빠지다 보니 예부터 헛된 욕망을 경계하는 말이 있다."라는 언술을 지배적 언표장으로 삼아, 넓은 땅을 소유하고 있었던 한 남자의 스토리텔링을 중심으로 전개된다. 인간의 욕망 가운데 하나인 '부富'에 대한 존재인식이 이 수필을 지배하고 있다. 문화란 수필의 상당수가 전고典故와 예화, 서사적 스토리를 중심으로 전개되는 수필지형의 특성을 고려할 때, 이 수필 역시 존재사태와 관련한 사유의 철학을 함유하고 있다. 이 점은 그의 수필이 인간학에 기여하고 있으며, 인간화, 일상의 의미추적이라는 인자를 지니고 있음을 잘 보여준다.

① 부를 갈망하는 전차가 구동을 계속하는 동안 남자의 가계는 점점 곤궁해졌다. 궁핍이 장막을 드리우자 가족은 쓰리고 매운 계절을 통과해야만 했다. 가족의 행복을 위해 시작된 욕망의 전차는

허무한 질주 끝에 결국 궤도 이탈로 끝나고 말았다. 성공하려면 반드시 필요충분조건을 갖춰야 한다. 허술하게 욕망을 추구할 때 그것은 결국 무모한 짝사랑으로 끝날 수밖에 없다.

② 인간은 오욕 가운데서도 부를 더욱 갈망한다. 부는 자신의 존재감을 알기에 한껏 도도한 몸짓으로 지나갈 뿐 웬만해선 누구에게 눈길을 주지 않는다. 아주 드물게 지혜와 성실함에 행운까지 타고난 사람에게만 살짝 미소를 보낼 뿐이다. 사람이란 존재가 이런 함정에 잘 빠지다 보니 예부터 헛된 욕망을 경계하는 말이 있다.

– 〈욕망이란 이름의 전차〉에서

인간 욕망의 대표적인 '부'를 누리기 위한 타자의 삶의 애환이 화자로 하여금 존재사태를 인식하게 하며 철학적 사유의 세계에 머물게 한다. "진정 실속있는 삶이란 이런 게 아닐까?"라는 결미의 진술이 삶의 진실에 닿게 한다.

삶에서 우리가 맞닥뜨리는 일상은 이른바 사유의 조작들이다. 문화란의 수필은 이제 하나하나 퍼즐을 맞추듯 사유의 조작들이 제 모습을 드러낸다. 그래 "우리의 시대는 주어진 쾌락 속에서 우울하며, 강요된 안정 속에서 불안하다."고 누군가 피력하지 않았던가. 수필 〈하기 싫어〉는 이런 사유의 조각들을 서로 맞추고 조율하고 있다.

일출과 일몰을 지켜보았는가! 붉은 해가 뜨고 지는 황홀한 광경은 다만 찰나에 사라진다. 아름답게 핀 꽃도 열흘 붉지 못하고 속절없이 떨어진다. 아름다움은 찰나에 속하기에 귀한 것이다. 냉혹한 시간의 흐름을 감지하는 순간 어느 새 내 인생이 소멸되어 가는 듯한 절박한 감정이입에 빠져든다. 생명 있는 것들의 아름다운 순간이 사라지는 것을 목도하고서야 나의 게으름이 각성을 하는 것이다.

'시간이 가고 있군!',

'그래 뭔가를 해야 해!'

― 〈하기 싫어〉에서

뭔가를 '해야 한다'는 강박관념과 '하기 싫어'라는 대치적 언어의 성찰이 이 수필을 지배하고 있다. 일상에서 추수한 삶의 철학, 존재 해명을 위한 하이데거의 "우리는 어디서 와서 어디로 가는가? 라는 언술은 보스톤미술관에 걸려 있는 로댕의 그림을 떠올리게 한다. 화자의 담담한 사유의 탑에는 "내 게으른 본성도 언젠가 한 번쯤은 쓸모가 있을 것이다. 맞아, 이 시대 화두가 건강하게 오래 살기이니 내 주특기를 살려 한 번 크게 외쳐 볼까나."라는 관조적 선언이 걸려 있다.

화자는 "문화와 예술은 본래 풍요를 먹고 자라는 생물"이라는 서두어로부터 출발하여 문화 전반에 걸친 해박한 지식과 이해를 상세화하고 있다. 이런 진술의 근저에는 앞서의 논의에서 밝혔듯,

존재사태, 철학적 사유를 근간으로 문화 전반에 걸친 이종결합 즉 키치에서 전복적 예술이 깔려 있다. 〈찬란한 문화 천 년의 꿈〉은 이와 같은 맥락에서 풀이된다.

　노자老子의 '크게 공교함은 마치 졸렬함과 같다'(大巧若拙)는 명제는 무조건적인 졸렬함을 의미하는 것이 아니다. 예술에서 '졸렬함'이란 오히려 최고의 기교로 세밀한 묘사를 이룬 후에야 발현되는 '자연스러움'을 뜻한다. 서툴고 졸렬한 것처럼 보이지만 사실은 기교의 최고점을 이미 넘어선 경지의 '서툶'이다. 우리 전통미의 특질로 말해지는 '소박미'가 이처럼 고차원적인 경지의 '서툶'인지에 대해서는 확신이 없다. 나아가 한 나라의 전통미의 특질이 단지 소박미에 그친다는 것에도 아쉬움이 남기는 마찬가지다. 우리의 예술품에선 섬세한 기교와 웅장한 규모와 화려한 기풍을 찾기가 어렵다. 우리에겐 정녕 다양한 예술미를 표현할 만큼의 역량이 없었던 것일까. 인간 내면엔 공통적으로 다양한 미의식이 잠재해 있다고 생각한다. 그렇다면 어찌하여 그것이 우리에겐 소박미 일변도로만 발현된 것일까.
　　　　　　　　　　　　　　　 - 〈찬란한 문화 천 년의 꿈〉에서

　이런 화자의 견해는 새로움을 추구하고 내 것을 지키고자 하는 단서를 찾게 한다. "문화란 인간의 삶에서 형성된 미적 상상력의 소산이며, 문화재란 인간이 창조적 상상력으로 긴 시간 공들여 빚어낸 결과물이다. 그렇다면 우리 문화재의 소박미 일변도와 양적 빈곤현상은 문화예술에 대한 우리의 인식에서 비롯되었다고 볼 수 있다."는 화자의 목소리에 힘이 실리고 동시에 설득력을 지니게 한다. 문화란 수필의 파토스의 세계다.

2-4 문화란 수필의 또 다른 지형

수필은 바다와 같다. 바다는 국경을 초월하고 인종을 초월하며, 국경을 초월한다. 또 시간을 초월하고 언어를 초월하며, 역사나 삶, 죽음마저도 초월한다. 바다는 맑은 물도 받아들이고 더러운 물도 받아들이며, 미개한 고장의 물이나 문명사회의 물도 받아들인다. 그 모든 것을 받아들이고 융화시키며, 혼합하여 이루어진 것이 바다다. 수필도 매한가지다. 문화란의 수필은 그 원천을 서정에 두고 있다. 하지만 현대인의 삶이 그러하듯, 사노라면 잠시 정서적 공간과 거리를 두고 살아가게 마련이다. 작가 문화란의 경우에도 예외는 아닐 것이다.

그의 사유의 샘에는 지금까지 살펴본 실존적 파토스, 이종결합의 문화적 제형태뿐만 아니라 미적 언어의 감성이 또 하나의 축으로 자리잡고 있다. '시골운동회', '장터밥상', '기찻길 소묘', '운학천 억새꽃', '토끼몰이', '천둥소리' 등, 이런 언어적 기표들이 자연스레 토포필리아Topophilia와 노마드nomad를 자각하게 한다. 기하학적인 삶에서 찾는 공간에는 위 나열된 작품들의 표제만으로도 화자만이 아니라 독자의 가슴까지 뛰게 한다. 작가의 또 다른 수필적 지형일 것이다. '현대'라는 번다한 일상에서 잠시 물러나 사물을 관조하는 그의 사유는 곧 존재의 응시요, 일상의 투시일 것이다. 이런 정서적 감흥은 앞서 논의한 문화 전반에 걸친 융합과 통섭이 잘 버무려진 맛 예술로 승화하고 있다.

① 어렴풋이 들려온 소리에 잠이 깬 나는 더는 잠들 것 같지 않다. 창호지 미닫이문을 빠끔히 미니 동이 트려면 아직 먼 듯 청회색 하늘은 짙은 어둠속에 잠겨 있다. 부모님과 동생들이 자고 있는 안방에서는 아무런 기척이 없다. 눈을 감은 채 나는 오늘 벌어질 운동회를 설렘으로 상상해본다.

　- 〈시골 운동회〉에서

② 시장기가 심한지라 눈은 오직 빠르게 밥집 간판을 쫓는다. 마침내 간판도 없는 허름한 밥집 하나를 찾아낸다. 때늦은 점심을 주문하고 따뜻한 방바닥에 앉아 기다리려니 노곤함이 밀려온다.

밥상이 들어왔다. 칠이 희끗희끗 벗겨진 알루미늄 밥상엔 채소 몇 가지가 고작이었지만 고춧가루 붉은 물이 알맞게 오른 무생채가 식욕을 돋운다. 서둘러 밥에 무생채를 듬뿍 넣고 참기름과 고추장을 넣어 비벼선 거칠게 한 입 가득 문다. 이렇게 맛있어도 되는가. 평생 이처럼 꿀맛인 밥을 먹어본 일이 있던가.

　- 〈장터 밥상〉에서

③ 폭풍우가 다가올 모양이다. 번개가 번쩍 스치자 몇 초의 간격을 두고 천둥소리가 '쾅' 고막을 때린다. 마치 허공중에 폭약을 설치해 놓은 것처럼 찢어지는 듯한 굉음을 내고는 사라진다. 곧 이어 굵고 세찬 빗줄기가 허공을 가로지른다. 냇가의 물길도 겁먹은 듯 사색이 되어 서둘러 흘러간다. 바람이 허공을 휩쓸어가자 버드나무 가지가 이리저리 거세게 춤을 추기 시작한다.

　– 〈천둥소리〉에서

　이들 작품들은 표제에서 보듯 언어적 미감이 반짝인다. "모든 문학은 주정적 경험의 표현이다."라고 언급했던 최재서의 언명을 떠올릴 필요도 없이 문화란의 수필은 정情의 문학에서 출발하고 있다.

　①의 시골운동회를 떠올려보라. 우리의 감성은 이미 그 운동장에 펄럭이는 만국기와 함께 부모 형제, 마을 사람들을 떠올리게 한다. 비록 지금 몸은 노마드이지만 고향에 대한 토포필리아를 자각하게 한다. ②의 장터밥상의 경우도 매한가지다. 게다가 남편과 함께 체험한 ③의 천둥소리 역시 정서적 미감에 흠뻑 빠지게 한다.

　여기 정情은 개성의 주관으로 개성의 본체는 생명 그 자체다. 생명 자체의 핵은 정이다. 이들 수필들은 일상에서 잠시 물러나 현상을 바라보는 관조적 태도가 텍스트 읽기에 있어 정서적 미감을 느끼게 한다. 존재의 응시와 일상의 투시는 인간학이라는 수필의 행로와 맥락을 같이 한다. 정서의 이미지화에 성공한 이들 작품들은 과거로의 회귀를 통해 순연한 인간으로의 길을 보여준다. 그 길은 다름아닌 실존적 파토스일 것이다.

3. 에필로그 – 나가면서

우리는 지금 도대체 무엇 때문에 글을 쓰는가? 바르트에 의해 '작가의 죽음'이 선포된 것도 이미 오래전 일이다. 하지만 인간 정신의 근본은 분명 인문학에 있다. 하여 글을 쓰는 궁극적 목적은 인간존재에 대한 탐구와 자기 구원일 것이다.

수필작가 문화란의 수필집 《사유와 감성의 뜨락》에서 구현된 "실존적 파토스Patos의 형상화와 인문학적 성찰"은 문학을 향한 작가의 가상세계의 성城일 것이다. 그러나 이는 환상의 성이 아니고, 이상理想의 성 '빨레 이데알Palais Ideal'이다. 문화란의 수필읽기는 그가 구축한 이상의 성을 향한 존재인식의 길 떠남이지 싶다. '미네르바의 올빼미'가 가리키듯 그의 수필은 현재의 소멸 속에서 새로운 생명을 잉태하듯 일상에서 철학적 담론을 끌어내고 있다. 그렇기에 독자는 그의 수필에서 일상이란 현실 위에 직조織造한 상상의 세계를 엿보게 된다

이렇게 독자들에게 감동을 주는 훌륭한 작품 속에는 그 작품을 창조해 낸 저자의 남다른 의식이 담겨 있다. 그리하여 오래도록 독자에게 사랑을 받는 명작 속에는 적어도 그 저자의 생애가 농축되어 독자를 흡인함으로써 감동과 정서적 미감에 함몰하게 하는가 하면, 적당한 거리를 두고 저자의 삶을 지각하게 하는 각성과 삶의 길을 제시하기도 한다. 삶과 존재의 문제를 다루는 수필문학에서는 더욱 그러하다.

수필은 자기 영혼과의 만남일 것이다. 하지만 모든 수필이 이런 영혼과의 만남을 불꽃으로 피워 올릴 수 있겠는가? 단순한 영혼 외에 그 어떤 분석이나 통찰도 진실로 그의 영혼과 속삭인 뒤에 영감에 찬 것이 아니라면, 독자들에게 감동과 충격을 줄 수 없을 것이다. 그러므로 수필적 자아의 고독한 영혼 깊숙이 자리한 자기 심령과의 속삭임으로 길어 올린 영감에 찬 내밀한 글을 대할 때 비로소 우리는 한 작가의 깊은 사상과 만나게 된다. 한 마디로 문화란의 수필은 파토스, 실존적 세계관을 그리고 있다 하겠다.

칼릴 지브란Kahlil Gibran은 이름 그대로 '영혼의 위로자' 요, '영혼의 치유자' 였다. 그의 아름다운 영혼의 언어는 불확실한 이 시대를 살아가는 우리에게 긍정적 사고와 행동으로 세상을 바라볼 것을 속삭인다. 그가 말한다. "작품을 만드는 유일한 방법은 내 속에 있는 최선의 것을 모두 끌어내는 것." 이라고. 수필작가

문화란의 수필은 바로 이런 수필적 경지에 놓여 있어 변화의 시
대에 실존적 인식을 깨우치게 하는 마력과도 같은 문학적 감동에
취하게 한다. 수필로 짓는 문화란의 성채가 더욱 견고해지길 기대
한다.*